2. Doppelband der Hier und Jetzt Reihe

Die beste Zeit ist genau jetzt
(Band 3)

Die Antwort ist ganz einfach – eigentlich
(Band 4)

Robin Lang

Bibliografische Informationen der deutschen Nationalbibliothek:
Die Deutsche Nationalbibliothek verzeichnet diese Publikation in der Deutschen Nationalbibliographie, detaillierte bibliographische Daten sind im Internet über dnb.dnb.de abrufbar.

TWENTYSIX – Der Self-Publishing-Verlag
Eine Kooperation zwischen der Verlagsgruppe Random House und BoD-Books on Demand

© 2017 Lang, Robin

Herstellung und Verlag:
BoD – Books on Demand, Norderstedt

ISBN: 9783740729448

Danksagung

Ein großer Danke geht an all die, die mich unterstützen, mir zuhören, mich erden – kurz: an all die, die mir auf die eine oder andere Art helfen, meinen Traum zu leben!

Die im Buch vorkommenden Personen sind frei von mir erfunden. Ähnlichkeiten zu lebenden Personen sind frei erfunden – was ich selber an der einen oder anderen Stelle echt schade finde!

Alle Rechte an Bild und Text liegen ausschließlich bei Robin Lang.

Die beste Zeit ist genau jetzt

Band 3 der
Hier und Jetzt
Reihe

Lucca & Sascha

10. September 2016

- Lucca -

Ich schaute mich in meinem Zimmer um – hatte ich tatsächlich alles Wichtige eingepackt?
Ich drehte mich einmal um die eigene Achse und nahm alles in mich auf.
An der Wand hingen Bilder aus alten Tagen.
Ich auf Skiern zusammen mit meiner Schwester, ich inmitten meiner Volleyballmannschaft, mit einem breiten Grinsen im Gesicht – kurz nach dem Aufstieg in die nächst höhere Spielklasse. Meine Urkunden von Leichtathletikwettkämpfen.
Wieso hatte ich das nur alles hängen lassen?
Aber sie jetzt abzunehmen würde auch keinen Sinn mehr machen.
Ich griff an meine Räder, drehte mich auf der Stelle und rollte aus meinem Zimmer raus, meinen Rucksack auf dem Schoß. Ich schloss die Tür leise hinter mir und stand meinen Eltern gegenüber.
Meine Mutter hatte Tränen in den Augen.
„Lucca, bist du sicher, dass du das willst? Wieso musst du von uns weggehen? Wieso in eine andere Stadt? Du hattest es doch so gut bei uns, oder?"
Meine Mama – sie verstand es einfach nicht!
Die letzten sieben Jahre war ich in einem goldenen Käfig groß geworden. Nie hatte ich es wirklich geschafft, zu leben. Seit dem Unfall hatte ich fast alle Entscheidungen meinen Eltern überlassen. Der Hausunterricht, das Fernabitur, die Lehre im Hotel meiner Eltern. Meine Schwester hatte ihre Flügel ausgestreckt und das heimische Nest verlassen, kaum, dass sie 18 geworden war. So hatte ich seit fünf Jahren mit meinen Eltern allein in diesem Haus gelebt. Sie hatten für mich alles umbauen lassen. Ich bekam einen Treppenlift, das Badezimmer war vergrößert worden – ich will nicht

undankbar klingen, aber ab und zu hatte ich das Gefühl, dass sie mich mit all den Umbaumaßnahmen dazu bringen wollten, nie wegzugehen. Es war ein Unfall, ich hatte nie jemandem einen Vorwurf gemacht. Aber die Schuldgefühle meiner Umgebung hatten mir manchmal die Luft zum Atmen genommen.
Nun war ich 24 und es wurde für mich Zeit, hier rauszukommen.
Ich war noch nie weit oder lange von zu Hause weg gewesen – sieht man von den Klassenfahrten in der Schule bis Klasse acht oder den Aufenthalten in der Reha in den letzten Jahren ab.
Unzufrieden mit der Situation hier war ich schon länger, aber ich brauchte die richtige Gelegenheit, den richtigen Job. Ich brauchte einen neuen Anfang – aber nicht auf Teufel komm raus. Es musste passen!

Ich konnte mich noch gut erinnern, wie ich vor über zwei Wochen in meiner Pause die Zeitung gelesen hatte und dort die Anzeige sah, die mein Leben verändern sollte. Es war eine eher unscheinbare Anzeige, eine Werbeagentur suchte eine neue Kraft für die Rezeption. Man sollte über Erfahrung, Freude am Umgang mit Menschen, aber auch Ellenbogen zum Durchsetzen, Teamfähigkeit und gute Englischkenntnisse verfügen. Das passte alles genau auf mich. Neben Englisch sprach ich noch Spanisch und Französisch – was sollte man sonst tun, wenn man fast ein Jahr nur im Krankenhaus gelegen hat? Ich hatte mir zuerst leidgetan, die Welt verflucht, die mitleidigen Blicke meiner Freunde ausgehalten, mit meinem Freund Schluss gemacht, mir noch ein bisschen leidgetan und dann angefangen, nach vorne zu blicken.
Ich hatte meine Energie kanalisiert, wie es einer der mich betreuenden Psychologen so schön ausgedrückt hatte.
Zum einen begann ich, wie verrückt die Unterrichtsinhalte nachzuarbeiten, lernte die Sprachen und dann arbeitete ich so intensiv an und mit meinem Körper, dass ich vier Jahre nach meinem Unfall am Heidelberger Rollimarathon teilgenommen hatte. Es war ein harter Kampf bis dahin

gewesen. Gegen viele Widerstände, aber wenn ich eines gelernt hatte: aufgeben gab es nicht, weder mich selber, noch mein Ziel.

So hatte ich mich also schlau gemacht über die Firma „Mc & M", ich hatte sie im Internet gesucht, mir die Fotogalerie angesehen – wobei mir nur eine Kollegin direkt total unsympathisch war. Außerdem suchte ich Informationen über den Standort des Büros. Und als ich feststellte, dass es in einem Gebäude lag, das nach neusten Standards gebaut war, also über behindertengerechte Parkplätze, Aufzüge und Toiletten verfügte, war die Sache für mich klar. Ich schrieb die Bewerbung und ließ nichts aus, spielte mit offenen Karten, holte mir Referenzen aus all unseren Abteilungen im Hotel. Mein Onkel – und der Mitinhaber – war mir eine große Hilfe, denn mein Vater hätte mir am liebsten gar kein Zeugnis ausgestellt. Wie gesagt, meine Eltern wären froh, wenn ich für immer bei ihnen bleiben würde. Aber für mich stand fest, dass ich mit 24 Jahren auf eigenen Beinen stehen musste – wenn auch nur im übertragenen Sinne.

Mein Weg schien der richtige gewesen zu sein, denn ich wurde nicht nur zu dem Bewerbungsgespräch eingeladen, nein, ich hatte sogar den Job bekommen. Und die Stelle bot noch ein Gutes – ich hatte bereits am Tag der Bewerbung eine wundervolle Frau kennengelernt. Sue war nur zwei Jahre älter als ich, arbeitete seit Februar in der Firma und hatte mir sogar angeboten, übergangsweise bei ihr zu wohnen.
Auf dieses Angebot war ich eingegangen.
Ich sollte bereits zum 15. September stundenweise anfangen, um alle Abläufe kennen zu lernen und um eingearbeitet zu werden.
Die Frau, die den Job bisher gemacht hatte, würde zum 1.10. aufhören. Bis dahin wollte ich die Zeit nutzen, um mich an die Leute, das Aufgabenfeld und die Umgebung zu gewöhnen. Außerdem wollte ich mir eine bezahlbare Wohnung suchen. Wobei bezahlbar relativ war, ich hatte noch so gut wie nichts von dem Schmerzensgeld meines Unfalls gebraucht – man konnte mich durchaus vermögend

nennen. Aber man konnte eben nicht alles mit Geld bezahlen!

Ich schaute auf die Uhr – noch eine Stunde, dann würde Sue zusammen mit „ihrer Familie" hier auftauchen, um mir beim Umzug zu helfen. Es handelte sich dabei um Teile ihre Clique, die wohl wie Pech und Schwefel zusammen hielten. Ihren Freund hatte ich schon kennengelernt – wie es der Zufall so wollte, war sie mit unserem Chef zusammen. Ein super sexy Typ aus den USA, der Sue zuliebe nach Deutschland übergesiedelt hat. So, wie ich Sue verstanden hatte, würde sie noch ein befreundetes Pärchen mitbringen, das beim Schleppen helfen sollte.
Sue und ihr Freund Nate – oder Jonathan McCabe – hatten mich hier auch schon besucht. Nate hatte einen guten Eindruck auf meine Eltern gemacht und ihnen sowohl als mein zukünftiger Chef als auch als mein vorübergehender Mitbewohner fest versprochen, dass er immer auf mich aufpassen würde.
Das hatte sie etwas beruhigt, denn Nate war 30 – für meine Eltern ein klares Indiz dafür, dass er auch verantwortungsbewusst sein würde.
So saßen wir nun in der Küche und warteten. Diese angespannte Stille, dieses unangenehme Schweigen, herrschte so oft in diesem Haus, dass ich manchmal einfach nur schreien wollte. Auch nach sieben Jahren konnten meine Eltern nur schwer mit der Situation umgehen.

Zum Glück klingelte es – ob Sue und ihre Freunde zu früh waren?
Mein Vater schien auch froh, der Küche entkommen zu können, er sprang förmlich auf, um zu öffnen.
Wir hörten Stimmen aus dem Flur, Stimmen, die immer lauter wurden.
„Nein, Lucca will dich nicht sehen, es ist mir egal, was du gehört hast …"
„Bitte, Herr Thoma, nur kurz, ich … "
Oh nein, warum heute?
Wieso tauchte Tobi, mein Exfreund seit sieben Jahren,

ausgerechnet heute hier auf? Das Schicksal ersparte mir auch gar nichts.
Gefolgt von meiner Mutter machte ich mich auf den Weg zur Haustür, wo mein Vater alles tat, um Tobi loszuwerden.
„Lucca – bitte, ich muss mit dir reden!", rief er, als er mich sah.
Mein Vater warf mir einen fragenden Blick zu, ich nickte nur kurz und fuhr an allen vorbei raus auf den Hof, Tobi folgte mir.
„Du siehst gut aus ..."
„Tobi, lass die Floskeln, was willst du? Du hast seit damals nicht mit mir geredet, also warum heute?"
„Ich habe gehört, dass du weggehst. Ich finde, du solltest nicht gehen, du gehörst doch hier her! Ich wollte mich noch mal für alles bei dir entschuldigen, ich ..."
„Mein Entschluss steht fest, es geht dich nichts an und was die Entschuldigung angeht – die kommt ein bisschen spät, meinst du nicht?"
„Ich ..."
Zum Glück fuhr in diesem Moment ein schwarzer Lieferwagen mit der Aufschrift „Studio Mr. Van T." durch die Einfahrt – das Motorgeräusch übertönte alles, was Tobi noch hätte sagen wollen. Kaum hielt der Wagen, öffnete sich die Beifahrertür und Sue kam herausgesprungen. Sie rannte auf mich zu und nahm mich zur Begrüßung in den Arm.
„Hi, Süße, fertig für den großen Tag? Ich freu' mich so, das wird sooooo toll!"
Sie klang, als wäre sie 13 und wir wären auf dem Weg zur Klassenfahrt oder sowas. Nate kam angeschlendert, drückte mir einen Kuss auf die Stirn und nahm seine Freundin in den Arm.
„Beautiful – überfall Lucca doch nicht so, wenn du Pech hast, dann überlegt sie sich das nochmal!" Aber er lachte dabei übers ganze Gesicht.
Dann wendete er sich Tobi zu.
„Und wer bist du? Willst du auch helfen?"
In diesem Moment stiegen noch zwei Männer aus dem Van. Sie waren um einiges älter als ich und wirkten ziemlich imposant. Sie trugen T-Shirts, die nichts von ihren Tattoos

verdeckten, zumindest nicht an ihren Armen. So, wie sie aussahen, zogen sich die Tattoos aber bestimmt auch weiter über den Körper.
Der eine ergriff das Wort: „Ich glaube nicht, dass dieser Milchbubi uns helfen könnte!" Dabei lachte er und schlang seinen Arm um den anderen Mann, der in das Gelächter mit einstimmte. Die Umarmung sah nicht so aus, als wäre sie einfach nur eine kumpelhafte Geste.
Dann wandte er sich an mich und streckte mir seine (zum Teil ebenfalls tätowierte) Hand entgegen.
„Hi, ich bin David und das ist mein Mann Michael. Du musst Lucca sein. Sue spricht von nichts anderem mehr."
Dann sah er noch mal zu Tobi – oder besser auf ihn herab. Tobi schaute völlig überfordert von einem zum anderen.
Ich wusste, was er denken musste. Bei uns in der Gegend sah man solche Männer selten – Nate mit modischem Bart, langen Haaren, die zum Zopf gebunden waren, David und Michael ziemlich tätowiert, groß, breitschultrig. Davids blonde Haare waren an den Seiten kurz rasiert, dafür hing ihm das Deckhaar bis weit über die Schultern. Michael hatte eine schier unendliche Zahl von kleinen Ringen im rechten Ohr, dazu noch Stecker in Augenbrauen und Nase. Seine Haare waren rabenschwarz und eindeutig gefärbt, die Augen geschminkt.
Aber beide Männer – ich schätzte sie auf Mitte 30 – machten einen so ruhigen, netten Eindruck, nicht zuletzt, weil Michael mir zuzwinkerte, dass ich am liebsten laut losgelacht hätte.
Mein Umzug würde ein Spektakel auslösen in unserem kleinen Dorf, da war ich mir nun noch sicherer.
Tobi war mehr der Schicki-Micki-Typ, immer wie aus dem Ei gepellt, kein Haar lag falsch, die Klamotten gebügelt – der Traumtyp in unserem kleinen Ort. Etwas, was auch schon vor sieben Jahren so gewesen war und heute immer noch so war. Mit seinen 27 Jahren war er einer der begehrtesten Junggesellen. Wenn ich ihn aber jetzt so neben diesen Männern stehen sah, musste ich David recht geben – er wirkte wirklich eher wie ein Milchbubi.
„Das ist Tobi – er wollte gerade gehen, er hat alles gesagt,

was er zu sagen hatte. Oder gibt es noch etwas?"
Tobi starrte mich an, als hätte er kein Wort verstanden. Er stotterte ein bisschen rum und meinte dann: „Ne, das heißt ja, ich ... ich geh dann mal. Pass auf dich auf, Lucca!"
Mit diesen Worten sah er bedeutungsschwanger in die Runde – als wollte er mich vor diesen Menschen warnen!
David schien das zu merken, denn er sagte prompt: „Sag mal, Lucca – bist du Tattoo-Jungfrau? Das werden wir ändern, wir machen direkt einen Termin bei uns im Studio!"
Dabei zwinkerte er mir zu. Allerdings gefiel mir die Idee eines Tattoos ziemlich gut. Wenn ich nun bald an der Quelle sitzen würde, vielleicht würde ich es tatsächlich machen.

Nate klatschte in die Hände.
„Alles fertig, Lucca – was muss alles mit?"
Ich führte die vier in die Garage, wo wir alles eingelagert hatten, was auf jeden Fall mit musste. Dazu gehörten mein Rennrolli, wie ich ihn liebevoll nannte, außerdem mein Schreibtischstuhl und mein Bett. Das waren Dinge, auf die ich auf keinen Fall verzichten konnte – Sue hatte mir versichert, dass es für die Männer überhaupt kein Problem sei, die Sachen zuerst zu ihr und dann später in meine eigene Wohnung zu bringen.
Meine Koffer passten fast alle in mein Auto, genauso wie mein Alltagsrolli.
Nach nicht mal 20 Minuten waren all meine Sachen verstaut. Meine Eltern hatten die ganze Zeit stumm daneben gestanden. Meine Mutter wieder mit Tränen in den Augen, mein Vater äußerlich ruhig, aber ich wusste, auch für ihn war es nicht leicht, mich gehen zu lassen. Allerdings würde er es nie zeigen und er würde nie versuchen, mich so unter Druck zu setzen wie meine Mutter.
Während ich das Einladen überwachte, bekam ich mit, wie sich David und Michael meinen Eltern vorstellten. Meine Mutter traute sich fast nicht, die ihr entgegengestreckten Hände zu nehmen, aber nach kurzer Zeit hörte ich sie mit den beiden sogar lachen.
Vielleicht würde ja doch alles gut werden?
Ich hoffte, dass meine Eltern meine Entscheidung bald

akzeptieren würden, denn ich würde höchstens noch zu Besuchen zurück kommen – aber nur, wenn sie mich auch wirklich gehen ließen.

Ich beobachtete meine Eltern – sie waren alt geworden in den letzten Jahre. Sowohl meine Schwester als auch ich waren Wunschkinder gewesen, wir waren gerade mal ein Jahr auseinander. Allerdings waren meine Eltern damals schon 40 und 43 Jahre alt gewesen. Und wenn ich mir die beiden jetzt so anschaute – heute sah man ihnen jedes ihrer Jahre an. Mein Vater ging auf die 70 zu und trotzdem war er noch jeden Tag im Hotel. Wer weiß, wenn ich weg war, vielleicht würden sie dann endlich einen Gang runter schalten und ihr Leben genießen?

„Hey, Lucca – was sagst du, bereit? Ich werde mit dir fahren, die Jungs fahren mit dem Van, dann können sie Männergespräche führen und Kochrezepte austauschen, denn unsere Machos sind in Wirklichkeit butterweich. Michael steht auf Kitsch wie'n Mädchen und du findest kaum bessere Köche als David und Nate! Aber das bleibt unter uns, ja?"
Ich musste lachen – doch, ich würde mich wohl fühlen mit diesen Menschen!

Gerade, als ich zu meinen Eltern rüber wollte, zeigte mein Handy eine eingehende Nachricht an.
Als ich den Namen des Absenders sah, musste ich lächeln.
Wenn meine Eltern wüssten, dass er und ich so guten Kontakt hatten, dann würden sie wahrscheinlich an mir und meinem Geisteszustand zweifeln – noch mehr als sonst.
Aber Herr Wagner – Max – und ich hatten vor langem unseren Frieden miteinander gemacht.
Für ihn hatte sich vor sieben Jahren auch alles von heute auf morgen geändert. Zuerst war es etwas komisch, aber mit der Zeit wurde er zu einer der wenigen Personen, mit denen ich wirklich reden konnte.
Es war sein Auto gewesen, das mich angefahren und damit

in den Rollstuhl befördert hatte. Ich war ihm vors Auto gelaufen, er war nicht zu schnell, ich aber zu unaufmerksam. Leider hatte der Rest unserer kleinen Stadt das nicht so gesehen.

Max war damals Anfang 30 gewesen, erst vor Kurzem zugezogen, alleinlebend, nur mit seinen Hunden. Er war den Leuten hier sowieso suspekt gewesen, denn er hatte ein Haus am Ortsrand gekauft und alleine umgebaut.

Es war einfacher, ihm die Schuld für den Unfall zu geben. Ihm, dem Neuen, dem Unbekannten. Besser als mir, der „goldenen Tochter", die sportlich, beliebt und aus gutem Hause war.

Er hatte mich damals oft im Krankenhaus besucht – sehr zum Missfallen aller, die die Geschichte gerne nur schwarzweiß gesehen hätten.

Während meine Familie nie so genau wusste, wie sie mit mir reden sollte und meine Freunde mit der Situation völlig überfordert waren, kamen Max und ich uns immer näher. Nein, nicht so ... , er war wie ein väterlicher Freund, ein großer Bruder. Er hatte nach einer schweren Zeit Ruhe bei uns im Dorf gesucht und war innerhalb kurzer Zeit zum absoluten Buhmann geworden. Durch mich!

Das tat er immer lachend ab – er habe sowieso keinen Kontakt gewollt, sondern eher die Ruhe gesucht, meinte er dann immer.

Ich hatte oft in seiner Werkstatt gesessen, Kaffee mit ihm getrunken und ihm zugesehen, geredet, geschwiegen, wenn ich die Stille in meinem Elternhaus nicht ausgehalten hatte.

Wenn ich ehrlich war, dann würde ich neben meinen Eltern nur Max vermissen, wenn ich jetzt wegging.

Ich öffnete die Nachricht.

„Die Spatzen pfeifen es von den Dächern – sogar ich hab es gehört :-) Du verlässt uns heute?"

„Das hab ich dir schon oft erzählt, tu nicht so!"

„Ich werd dich vermissen, Kleines, wer trinkt denn nun in Zukunft meinen Kaffee?"

„Du hast meine neue Adresse, komm mich besuchen – du wirst mir auch fehlen ..."

Es stimmte, er würde mir fehlen, er hatte mir viel Halt und Freundschaft gegeben.
Ich musste an unsere letzte Unterhaltung zurückdenken.
Ich hatte ihm halb ernst halb lachend vorgeschlagen, mitzukommen, weil ihn hier doch sowieso nichts halten würde.
Er hatte mich ernst angeschaut und gemeint: „Wenn ich soweit bin, vielleicht tu ich das, Kleines, aber noch bin ich nicht soweit!"

Eine neue Nachricht riss mich aus meinen Gedanken.
„Ich habe auch gehört, dass das Arschloch bei dir aufgetaucht ist – alles klar?"
(Max hatte Tobi nicht ein einziges Mal bei seinem Namen genannt - für ihn war er immer das Arschloch gewesen, womit er im Grunde ja recht hatte!)
„Ja, er kam, um sich zu entschuldigen für damals, als würde mich das heute noch interessieren! So, wir fahren ab, genieß die Ruhe und danke für alles!"

Wenn ich noch mehr mit Max schreiben würde, dann würden mir gleich die Tränen kommen. Es fiel mir wirklich schwer, ihn zu verlassen, meinen Fels in der Brandung!
Ich verstaute mein Handy und sah zu David, Michael und Nate hinüber, die miteinander herumalberten. Was wäre, wenn Max solche Freunde hätte? Wäre er dann ein anderer geworden? Auf jeden Fall konnte ich ihn mir mit den dreien zusammen besser vorstellen, als alleine mit seinen Hunden in seinem Haus. Aber er hatte ja gesagt, dass er noch nicht so weit sei. Wer weiß, was die Zeit so bringen würde?

11. September 2016

- Lucca -

Ich wurde wach und musste mich erstmal orientieren.
Richtig – ich war gestern umgezogen. Die drei Männer hatte ohne große Probleme all meine Dinge in mein „Übergangszimmer" gebracht. Die Wohnung war okay, aber für mich nicht ideal. Ich würde mich intensiv nach einer anderen, eigenen Wohnung umschauen müssen. Ich hatte ziemlich genaue Vorstellungen, wie meine perfekte Wohnung aussehen müsste, damit sie für mich geeignet sein würde. Mit Max hatte ich schon Pläne für eine Küchengestaltung gemacht – die würde er mir einbauen. Ein guter Grund, warum er mich dann für einen längeren Zeitraum besuchen müsste. Vielleicht würde ich auch direkt etwas Geeignetes kaufen. So als Investition?

Heute stand für mich auf jeden Fall erstmal das Erkunden der näheren Umgebung an. Ich brauchte ein gutes Schwimmbad zum Trainieren, einen Buchladen zum Schmökern und ein nettes Café. Damit war ich zufriedenzustellen.
Zwar hatte Sue mir vorgeschlagen, ich könnte heute auch mit zu ihrer Freundin Ela und deren Familie zum Brunchen kommen, aber das wollte ich an meinem ersten Tag dann doch nicht direkt. Ich war in den letzten Jahren so viel allein gewesen, dass ich jetzt nicht gut damit klar kam, zu viel unter Menschen zu sein.
Man sollte meinen, ich würde mich nach Menschen, Freunden sehnen, aber eigentlich machten mir zu viele auf einem Haufen Angst. Seit meinem Aufenthalt im Krankenhaus und hinterher in der Reha waren die Kontakte zu meinen gleichaltrigen Freundinnen eingeschlafen. Zuerst waren sie noch bei mir aufgetaucht, aber der Gesprächsstoff

ging uns schnell aus. Die Mädchen meiner Volleyballmannschaft erzählten von ihren Turnieren, den Erfolgen, den Jungs – nichts, womit ich noch viel zu tun hatte. Die Freundinnen aus der Schule lästerten über Lehrer, motzten über die Klausuren und schwärmten von Jungs. Auch damit hatte ich nichts zu tun. Tobi wurde nicht erwähnt, zumindest meistens. Ab und zu rutschte sein Name raus – kein Wunder, er war der beliebteste Junge in der angesagtesten Clique, jeder wollte da dazu gehören.
Im Nachhinein war mir klar geworden, dass ich wohl nicht aus großer Liebe, sondern eher wegen des Ruhmes und des Ansehens mit ihm zusammen gewesen war. Aber mein 17-jähriges verletztes, betrogenes und dann auch noch gelähmtes Ich (alles in mehrfacher Hinsicht) hatte das nicht wahrhaben wollen!

Es hatte gedauert, bis ich aus meinem selbstgebuddelten Loch wieder herausgekommen war. Definitiv nicht der Verdienst meines alten Umfelds. Einen großen Dank musste ich Max aussprechen, denn er hatte mit viel Zeit und Geduld einen Weg zu mir gefunden. Und dann während der Reha – zusammen mit ebenfalls Betroffenen und deren Familien, den Pflegern und Zivis - war wundervoll gewesen!
Am liebsten wäre ich dort nie weggegangen, aber nur in diesem Schonraum leben, das wäre auch nicht gegangen, dann wäre ich nicht da, wo ich jetzt war.
Während ich mir meinen Rollstuhl zurecht rückte, um einsteigen zu können, musste ich grinsen. Meine Gedanken an die Reha hatten auch die Erinnerung an einen bestimmten Zivi wieder geweckt. Er hatte mich in meiner letzten Reha betreut und mir gezeigt, dass mein Körper noch in allen Bereichen funktionierte. Er war weder mein erster Mann gewesen (das war – im Nachhinein leider - Tobi gewesen) aber auch nicht mein letzter. Er hatte mir den nötigen Schubs in die richtige Richtung gegeben. Wir waren bestimmt nicht ineinander verliebt gewesen. Aber heiß aufeinander, das konnte keiner leugnen.
Wir hatten auch heute noch Kontakt, ab und zu eine Nachricht, ein Treffen, ein Essen, viel Gelächter und

Gespräche, mittlerweile war er neben Max einer meiner guten Freunde. Durch ihn hatte ich das Gefühl für meinen Körper wiederbekommen, nicht nur, was meine Sexualität anging, nein, ich hatte auch meinen Stil entdeckt.
Ich saß im Rollstuhl – aber das hieß nicht, dass ich mich nicht schminken oder schicke Klamotten tragen konnte. Und es hieß auch nicht, dass ich nicht flirten oder Männer ansprechen konnte, wenn mir danach war.
Das hatte mir auch geholfen, mit erhobenem Kopf durchs Leben zu gehen. Ich ließ mir nichts mehr gefallen, ich lernte zwischen Mitleid und Mitgefühl zu unterscheiden. Natürlich waren Menschen gehemmt, wenn sie mir das erste Mal gegenüber standen. Dafür hatte ich jedes Verständnis, aber danach musste mehr kommen. Was genau, das konnte ich nicht richtig beschreiben – einfach mehr und danach suchte ich bei den Menschen.

Ich fuhr zum Schrank und betrachtete mich im Spiegel – meine kurzen Haare waren im Moment zweifarbig, mein natürliches mittelblond wurde von roten Strähnen durchzogen. Meine braunen Augen waren etwas zu groß und machten mein Gesicht interessant (oder wenn man es nicht gut mit mir meinte: falsch proportioniert). Würde ich stehen können, wäre ich 1,70 m groß. Aber das würde ich nie wieder schaffen.
Durch mein Training war meine ohnehin nie filigrane Figur noch sportlicher geworden – meine Arm- und Schultermuskeln waren besser definiert als bei so manchem Mann. Natürlich entsprach ich keinem Standardschönheitsideal, aber hässlich war ich auch nicht!
Nach meiner allmorgendlichen Bestandsaufnahme machte ich mich auf den Weg ins Badezimmer – einer der Hauptgründe, warum ich nicht lange hier bleiben konnte. Der Raum war zu klein, um für mich wirklich gut zu funktionieren. Aber für die nächsten Wochen würde es gehen.
Kaum war ich fertig, hörte ich Geräusche aus der Küche.

Dort stand ein ziemlich verschwitzter, halbnackter Nate und kochte Kaffee.
„Guten Morgen, Lucca – gut geschlafen? Magst du auch einen Kaffee? Sue braucht morgens immer direkt einen, bevor ihr Tag überhaupt starten kann!"
Ich beobachtete, wie dieser Mann eine Tasse mit rosa Aufdruck mit völliger Selbstverständlichkeit mit Kaffee, Süßstoff und Milch füllte und diese Tasse wort– aber nicht blicklos Sue in die Hand drückte, die gerade in die Küche schlurfte.
„Danke – schwarz ohne alles, wenn es geht."
„Wow – eine Frau nach meinem Geschmack!", lachte Nate, gab mir den Kaffee und seiner Frau einen dicken Kuss.

„Lucca, möchtest du wirklich nicht mit zu Ela und Sam kommen? Sie sind echt schon ganz gespannt darauf, dich kennenzulernen …? Nates Eltern und seine Schwester werden auch da sein, die sind zu Besuch aus Atlanta da. Das sind wirklich nette Leute."
Nate schüttelte lachend den Kopf. „Darling, just stop it! Sie hat doch schon gesagt, dass sie nicht mit möchte. Lass sie doch – nicht jeder steht so auf Gesellschaft wie du."
„Schon gut, Nate. Glaub mir, Sue, ich freu mich auch darauf, eure Freunde kennenzulernen, aber nicht heute. Ich muss erstmal hier ankommen, mir die Gegend angucken. Nächstes Mal gerne, okay?"

Montag, 12. September 2016

- Lucca -

Meine letzten Tage „in Freiheit" begannen, am 15. sollte ich zum ersten Mal mit in die Firma kommen. Sue und Nate waren früh ins Büro gefahren und ich hatte mir mehrere Termine für heute vorgenommen.
Zuerst hatte ich eine Verabredung mit einem Makler, denn alleine würde ich wohl kaum eine geeignete Wohnung für mich finden.
Dann hatte ich vor, mich in dem Schwimmbad umzuschauen, das ich gestern auf meinem Streifzug gefunden hatte. Von außen hatte ich gesehen, dass es mit Familien und Schwimmwütigen gut besucht war. Aber eindeutig zu voll, um ein Gespräch zu führen.
Nachdem ich alle nötigen Dinge in meinen Rucksack gestopft und für den Fall der Fälle meine Schwimmtasche im Kofferraum verstaut hatte, machte ich mich auf den Weg zum Makler.

Bei ihm handelte es sich um eine „Sie", sie war gut 20 Jahre älter als ich. Ich hatte ihr Büro übers Internet gefunden, ihre Homepage hatte mich direkt angesprochen. Sie hatte unter anderem darauf hingewiesen, dass sie auch speziell barrierefreie Wohnungen im Programm hätten.
Sie empfing mich in ihrem Büro und bot mir einen Kaffee an.
„Guten Tag, Frau Thoma. Nach Ihrem Anruf habe ich mich ein bisschen umgehört, ob ich etwas Geeignetes für Sie finden kann. Lassen Sie mich zusammenfassen – am liebsten wäre Ihnen eine barrierefreie Wohnung im EG, Garten nicht nötig, aber eine Terrasse wäre okay? Eventuell mit späterer Kaufoption, drei Zimmer, am liebsten die Küche separat. Richtig? Gut, ich muss gestehen, die Auswahl ist natürlich

nicht riesig. Dennoch habe ich zwei interessante Angebote für Sie zusammengestellt. Die beiden Objekte liegen recht zentral, wenn man den Standort Ihrer Arbeitsstelle in Betracht zieht. Sie sagten, dass eine Arbeitgeberbescheinigung für Sie auch kein Problem sei? Gut, gut. Wenn Sie mögen, könnten wir uns beide Objekte gleich heute Vormittag ansehen. Sie klangen so, als wären Sie daran interessiert, diese Dinge schnell abzuwickeln?"
Wow, mit dem Tempo dieser Frau hatte ich nicht gerechnet. Aber die beste Zeit für alles im Leben war genau jetzt. Und so stand ich keine 20 Minuten später in der ersten Wohnung. Sie hatte ein Zimmer zu wenig (also zwei) und war recht dunkel. Außerdem roch es unangenehm, so, als hätte der Vormieter in irgendeiner Ecke etwas hinterlassen.

Die zweite Wohnung war schon besser, aber auch nicht das, was ich suchte oder mir vorgestellt hatte. Ich hatte zwar noch nie alleine gewohnt, aber meine Vorstellungen waren recht klar. So dankte ich meiner Maklerin und erbat mir für die zweite Wohnung Bedenkzeit, die erste schloss ich sofort aus. Im Gegenzug versprach sie mir, sich noch mal umzuhören, ob sie nicht noch etwas Passenderes finden konnte.

Nach unseren Besichtigungen machte ich mich auf den Weg zur Schwimmhalle. Einen Aufzug hatten sie schon mal, das war gut.
Es war ein eher altmodisches Bad, denn statt eines unpersönlichen Kassenautomaten saß eine ältere Dame in einem Kassenhäuschen und strickte – Montagvormittag war wohl nicht so die Zeit mit den meisten Besuchern.
Ich erklärte ihr kurz mein Anliegen, aber da sie mir nicht weiterhelfen konnte, holte sie schnell einen der beiden Schwimmmeister, die Dienst hatten.
Keine fünf Minuten später kam ein relativ junger Mann in typischer weißer Bekleidung um die Ecke und begrüßte mich freundlich.
„Hi, ich bin Dennis. Wenn ich das richtig verstanden habe, dann willst du mal einen Rundgang bei uns machen und

schauen, ob du hier trainieren kannst?"
„Genau, ich bin gerade hierher gezogen und suche ein behindertengeeignetes Becken – ich brauche keinen Kran, um ins Wasser zu kommen. Aber ich bräuchte eine geeignete Umkleide, Toilette und Dusche. Außerdem müsste mir immer jemand helfen, um aus dem Becken zurück in den Stuhl zu kommen – habt ihr einen Transportstuhl? Wenn nicht, ich hätte einen, der aber dann vielleicht hier deponiert werden müsste. Und dann wäre es toll, wenn der Stuhl weggeräumt würde, während ich schwimme, damit er nicht blöde im Weg rum steht. Und bevor du fragst – ja, ich kann schwimmen, ich bin kein Anfänger und weiß, was ich kann und was nicht."
Dennis betrachtete mich kurz. „Das sollte alles überhaupt kein Problem sein. Wir haben hier noch einen anderen Rollifahrer, der regelmäßig kommt. Wenn ihr nicht gleichzeitig Hilfe braucht, sollte das kein großer Akt sein. Schwimmst du mit Handpaddel oder ohne?"
Ich atmete sichtbar leichter – Dennis schien sich auszukennen. Das machte mir den Start hier um vieles leichter. Ich bejahte seine Frage.
Dennis schlug mir dann noch vor, in den hiesigen Schwimmverein einzutreten, denn das würde die Eintrittskosten merklich reduzieren. Außerdem könnte ich ja mit dem anderen Rollifahrer zusammen eine Mannschaft bilden, dann würden sie den Verein der Nachbarstadt endlich in allen Wettkämpfen besiegen – unter der Voraussetzung, dass ich so gut wäre, wie ich behauptete.
Da ich für den heutigen Tag sowieso nichts Besseres vorhatte, nutzte ich Dennis' Freundlichkeit direkt aus, ließ mir von ihm helfen und zog meine ersten Bahnen.
Die Schwerelosigkeit im Wasser konnte man mit nichts anderem vergleichen. Es war der Moment, in dem man das Gefühl hatte, dass alles in Ordnung war. Ich musste mir zwar meine Beine zusammenbinden, damit ich schneller schwimmen konnte, aber das sah man kaum. Und viel wichtiger: ich spürte es ja nicht. Ich hatte nur das einmalige Gefühl, mich genauso schnell oder sogar schneller als alle anderen bewegen zu können. Und wer nicht genau hinsah,

sah auch nur mich – nicht meine nutzlosen Beine oder meinen Stuhl.
Ich schwamm meine üblichen zwei Kilometer und genoss das angenehme Brennen in meinen Armmuskeln.
Als ich fertig war, kam diesmal Dennis' Kollegin, brachte den Transportstuhl mit und half mir hinein.
Sie lachte mich an: „Dennis hatte recht – du bist ein unkomplizierter Fall, das sind mir die liebsten! Solltest du noch was brauchen – frag nach Moni. Du kannst den Stuhl anschließend einfach in der Umkleide stehen lassen, ich versorg ihn nachher!"
Damit war sie auch schon wieder weg.
Das war ja einfacher gewesen, als gedacht.
Unwillkürlich musste ich an unser altes Schwimmbad zu Hause denken. Die hatten immer einen Aufstand gemacht am Anfang, als ich mit dem Training angefangen hatte.
Einmal war sogar die Mutter eines kleinen Kindes zu mir gekommen und hatte mich gefragt, ob ich nicht zu einer anderen Zeit schwimmen gehen könnte. Also zu einer Uhrzeit, wenn nicht gerade kleine Kinder da wären, die würden dann Fragen stellen, die man so schwer beantworten könnte. Ich glaube, dass eher die Mutter und nicht das Kind ein Problem mit mir hatte. Kinder sind erstaunlich offen, sie sind ehrlich, stellen ihre Fragen und akzeptieren Tatsachen – Erwachsene denken immer, es gäbe richtiges und falsches Verhalten. Meistens sind sie es mit dem Problem. Integration ist ein tolles Wort – nur leider in den Köpfen noch nicht angekommen. Ich war körperlich eingeschränkt, behindert, gehandicapt, wie auch immer man es ausdrücken wollte, ich war weder blöde, blind oder sonst etwas.
Ich sah die Blicke – auch jetzt, wo ich im Transportstuhl saß, die Paddel auf dem Schoß und im Begriff, das Band um meine Beine zu lösen. Früher hatte ich zurück gestarrt, war sauer, böse, enttäuscht gewesen. Heute machte ich einfach weiter ohne mich umzuschauen. Ich hatte das Band gerade gelöst, als ein etwas vierjähriges Mädchen auf mich zukam.
„Warum hast du deine Beine zusammengebunden – und warum darfst du hier in einem Stuhl sitzen?"
Die Mutter der Kleinen kam mit rotem Kopf hinterher, sie

wusste ganz offensichtlich nicht, wie sie mit der Situation umgehen sollte. Sie schwankte zwischen einer Entschuldigung in meine Richtung und einer Schelte für ihr Kind.
Ich sah sie an und schüttelte nur kurz den Kopf, dann wendete ich mich dem Kind zu.
„Ich kann meine Beine nicht bewegen und damit sie im Wasser nicht hin- und herwackeln, binde ich sie zusammen. Denn ich schwimme viel zu gerne, um mir das von meinen Beinen verbieten zu lassen."
„Werden deine Beine wieder gut?"
„Nein, das werden sie nicht, aber wenn ich im Wasser bin, dann fühlt es sich fast so an!"
„Dann ist es ja gut, dass du so einen tollen Stuhl und das Band hast, oder?"
„Genau, das finde ich auch!"
Ich verabschiedete mich von dem Mädchen und sah der Mutter nochmal in die Augen, nun war es an ihr, mir zuzunicken.
Dann rollte ich in Richtung Dusche und Umkleide.
War das nun so schwer gewesen?

Donnerstag, 15. September 2016

- Lucca -

Heute war er also, der erste Tag in der neuen Firma. Zuerst sollte ich nur stundenweise da sein und mir alles genau anschauen. Obwohl wir alle Drei zum selben Büro mussten, machten Nate, Sue und ich uns mit drei Fahrzeugen auf den Weg – Sue nutzte bei halbwegs gutem Wetter immer ihr Rad, Nate und ich fuhren mit unseren Autos. Ich hätte auch mit Nate fahren können, aber ich wollte unabhängig sein. Meinen Schreibtischstuhl hatte Nate schon am Tag vorher mitgenommen. Der Stuhl war eine nette Abwechslung zum Rollstuhl. Er erfüllte zwar denselben Zweck, war aber kleiner, wendiger und für die Büroarbeit praktischer. Zwar hasste ich es, von anderen abhängig zu sein, aber ab und zu ging es nicht anders. Ich würde also auf meinen Bürostuhl umsteigen und ein Mitarbeiter musste dann meinen Rolli wegfahren. Einen festen Ort hatte Nate sich noch nicht überlegt, solange würde er in der Büroküche in der Ecke stehen. Sue versicherte mir, dass alle Kollegen helfen würden – bis auf eine vielleicht. Eine doofe Stute, wie sie sich ausdrückte. Den Namen wollte sie mir nicht verraten, ich sollte meine Erfahrungen selber machen – außerdem würde die die Firma zum Jahresende sowieso verlassen, so lange müsste man sie noch ertragen.

Monika, die Frau deren Stelle ich übernehmen würde, erwies sich als nette Frau kurz vor der Rente, die mich den halben Vormittag mit Geschichten über ihre Enkel unterhielt. Die andere Zeit arbeitete sie mich in die wichtigsten Computerprogramme ein, stellte mir die Kollegen vor und klärte mich über die eine oder den anderen auf.
Es war kurz vor der Mittagspause als eine blondierte, extrem geschminkte Frau ins Büro gerauscht kam. Ich erkannte in ihr die, die mir schon auf den Mitarbeiterfotos

unsympathisch gewesen war.
Sie blieb kurz vor Monika und mir stehen.
„Ach, sind Sie die Neue? An Ihrer Stelle würde ich es mir gut überlegen, ob Sie hier arbeiten wollen. Hier hat man keine gute Aussichten, bleiben zu können ..."
Mit einem Blick auf Monika fügte sie hinzu: „Wenn allerdings alles, was man erreichen will, der Job einer Tippse ist, dann ist es vielleicht auch egal, wo man arbeitet."
Mit diesen Worten rauschte sie an uns vorbei in Richtung Küche.
Monika sah mich über den Rand ihrer Brille hinweg an.
„Das war Linda, ihr wurde zum Jahresende gekündigt – viel zu spät, wenn du mich fragst. Das letzte, was sie sich geleistet hat, war Jonathan anzubaggern. Das war zwar nicht der Grund für die Kündigung, aber unschön war es trotzdem. So, wie sie hier mit allen Kollegen umgegangen ist, hätte man sie schon früher vor die Tür setzen müssen. Leider wirst du noch bis Dezember mit der und für die arbeiten müssen. Du wirst noch merken, das ist nicht einfach!"
Damit hatte Monika mir bestätigt, was ich mir schon gedacht hatte – Linda war die doofe Stute, von der Sue mir erzählt hatte.

Wenn ich noch einen Beweis gebraucht hatte – der folgte keine fünf Minuten später.
Linda kam aus der Küche und regte sich lauthals auf: „Seit wann dient denn die Küche als Abstellkammer für Sperrmüll? Die ist doch so schon zu klein und nun steht da auch noch so'n Ungetüm drin rum!"
Ich brauchte einen Moment, um zu verstehen, was sie meinte – mein Rollstuhl stand in der Küche!
Man hatte meinem Rolli ja schon viele Namen gegeben, aber Sperrmüll war bisher noch nie dabei gewesen. Wenn ich eine Sache in Bezug auf Menschen und deren Art zu beleidigen gelernt hatte, dann, dass es immer gut war, in die Offensive zu gehen. Den meisten nahm das so den Wind aus den Segeln, dass sie sich zukünftig eher zurückhielten.
Ich bewegte also meinen Stuhl in ihre Richtung und meinte nur trocken und überaus höflich: „Wenn Sie mit Sperrmüll

meinen 4000 € teuren Rollstuhl meinen, dann muss ich Ihnen leider mitteilen, dass Sie sich an diesen Anblick wohl gewöhnen müssen. Denn sowohl mein Rolli als auch ich werden noch ein bisschen hierbleiben. Und wenn wir schon dabei sind – meine Stellenbeschreibung lautet nicht Tippse, sondern Rezeptionistin und Assistenz der Geschäftsführung."
Linda schnappte sichtbar nach Luft. Es war immer dasselbe, Menschen waren so leicht einzuschüchtern. Herumstänkern, lästern, blöde Sprüche klopfen, das konnten sie gut, wenn es aber darum ging, einen Behinderten beleidigt zu haben, dann ruderten die meisten zurück. Denn bei aller Ekelhaftigkeit, die man sich sonst so erlauben konnte, bevor jemand eingriff - politisch unkorrekt wollte keiner sein. Ich konnte Linda ansehen, dass sie sich fragte, wie sie aus dieser Situation wieder herauskommen würde. Aber die Möglichkeit wollte ich ihr erst gar nicht geben. Ich fuhr statt dessen ohne ein weiteres Wort an meinen Platz zurück und beschäftigte mich mit dem auf einmal wahnsinnig interessanten Programm. Aus dem Augenwinkel sah ich, wie Linda noch einen Moment unschlüssig im Gang stehen blieb, bevor sie zurück in die Küche ging.
Kurz darauf kamen Sue und Nate angeschlendert.
„Wir haben mitbekommen, dass du deine erste Schlacht hier geschlagen hast! Aber es schien, als würdest du dich bestens behaupten können, deshalb haben wir nicht eingegriffen. Alles klar, Süße?" fragte Sue.
Ich lachte nur.
„Wenn das ihre gesamte Munition gewesen ist, dann war das ja eher harmlos. Glaubt mir, ich hab schon Schlimmeres durchgemacht!"
Nate zwinkerte mir zu. „Fertig für die Mittagspause mit uns? Dann hol ich mal deine Kutsche." Mit diesen Worten schob er meinen Rolli aus der Küche.
Zu dritt quetschten wir uns in den Aufzug und fuhren ins Erdgeschoss.
Schräg gegenüber vom Büro lag ein kleines Bistro, das die beiden zielsicher anpeilten. Ich folgte ihnen einfach.

Eines musste man den beiden lassen – sie waren herrlich unkompliziert.
Wir saßen eine knappe Stunde zusammen, sie unterhielten mich mit Geschichten über Nates Neffen. Zwei Jungen, die er erst vor wenigen Wochen gefunden hatte. Kinder, die sein viel zu früh verstorbener Bruder nie kennengelernt hatte. Die Geschichte war traurig und schön zugleich. Bald würde ich die Mutter der Zwillinge und deren Freund Sam kennenlernen.
Nach dem Essen trennten wir uns, ich hatte einen freien Nachmittag, während die beiden anderen zurück ins Büro mussten.
Das Wetter spielte mit und ich fuhr in den nahegelegenen Park und machte es mir dort eine Stunde mit einem Buch gemütlich.
Mitten in der schönsten Szene klingelte mein Handy. Eigentlich neigte ich dazu, nicht dranzugehen, wenn mich ein Buch fesselte, aber es war meine Mutter. Wenn ich nicht ranging, dann würde sie sofort eine Suchmannschaft losschicken
„Hallo, Mama … , ja, mir geht es gut, ich habe mich prima eingelebt und war heute auch schon den Vormittag im Büro. … Nein, ich habe noch keine Wohnung für mich gefunden, aber das Zimmer bei Sue ist in Ordnung. … Ja, die sind alle nett zu mir, du musst dir keine Sorgen machen."
Die größte Angst meiner Mutter war, dass ich alleine nicht zurecht kommen würde. Sie wollte mich vor allem beschützen. Leider hatte sie über Jahre nicht gesehen, dass ihre Art mich auf Dauer erdrückt hatte. Sie war diejenige, die nicht mit meinem Unfall zurecht gekommen war. Sie hatte sich Vorwürfe gemacht und machte sie sich mit Sicherheit auch heute noch. Vielleicht ahnte sie, dass der Vorfall etwas mit Tobi zu tun gehabt hatte?
Sie hatte mir immer wieder gesagt, was für ein netter, wohlerzogener, höflicher Junge Tobi doch wäre und dass ich mich glücklich schätzen könnte, dass er mich wollte. Über seinen fragwürdigen Charakter wollte sie nichts hören. 'Männer sind nun mal so', bekam ich zu hören, wenn ich mich über seinen Kontrollwahn aufregte. Es wäre bestimmt

seine Art, mir seine Liebe zu zeigen.
Ich hatte ihr nie erzählt, was genau in dieser Nacht passiert war. Ich hatte mit niemandem darüber gesprochen, außer mit Max.
Als Tobi im Krankenhaus aufgetaucht war, hatte ich ihn nur gebeten zu gehen und nie, nie, nie wieder zu kommen. Sollte er es trotzdem tun, würde ich erzählen, was mich so aufgeregt hatte, dass ich vor Max' Auto gelaufen war.
Er hatte sich daran gehalten, bis letzten Samstag.
„Lucca – hörst du mir überhaupt noch zu?", hörte ich meine Mutter fragen.
„Sorry, ich war abgelenkt. Was hast du gesagt?"
„Ich habe dir gerade erzählt, dass Tobi mich nach deiner Nummer gefragt hat. Hast du was dagegen, wenn ich sie ihm gebe?"
Mit einem Schlag war ich wieder bei der Sache.
„Mama, bitte, tu mir den Gefallen und gib sie ihm nicht, ich will echt keinen Kontakt zu ihm. Die Sache ist lange vorbei und ich habe überhaupt kein Interesse an einer Neuauflage."
„Aber der war doch immer so ein netter Kerl. Er meinte, er mache sich Sorgen wegen deiner neuen Freunde und so."
Ich hörte die Frage in ihrer Stimme.
„Mama, du hast Nate kennengelernt, er ist Geschäftsführer einer Werbefirma, was soll daran Sorgen bereiten?"
„Na, diese beiden anderen eben …"
„Mama, auch mit denen ist alles in Ordnung, glaub mir. Außerdem habe ich die hier gar nicht zu Gesicht bekommen bisher!"
„Also gut, wenn du meinst. Ich richte Tobi also aus, dass du keinen Kontakt willst.
Und nun muss ich Schluss machen, ich hab einen Kuchen im Ofen. Wann kommst du uns besuchen?"
Ich war gerade mal fünf Tage weg von zu Hause!
„Mama, vielleicht in zwei Wochen, ich muss doch erstmal hier ankommen. Wir können zwischendrin ja telefonieren. Ich hab dich lieb, gib Papa einen Kuss. Ich muss Schluss machen!"
Mit diesen Worten legte ich auf.

Warum wollte Tobi meine Nummer, warum nahm er nun nach all den Jahren Kontakt zu mir auf, warum der Besuch am Tag meines Auszugs?

Ohne es zu wollen, holen mich die Erinnerungen an damals ein ...

11. März 2009 – eine Stunde vor dem Unfall -

„Wo warst du gestern Abend? Ich habe versucht, dich zu erreichen, du warst nicht zu Hause, ich habe bei dir angerufen und dein Handy hattest du auch nicht an! Und wie läufst du überhaupt rum?"
Ich war gerade bei meinem Freund angekommen, hatte mich auf einen netten Abend mit ihm gefreut, statt dessen bekam ich nur wieder Vorhaltungen zu hören. Himmel, Tobi und ich gingen seit einem guten halben Jahr miteinander, ich war gerade 17, er 19. Wir hatten ziemlich schnell das erste Mal miteinander geschlafen. Er war mein Erster gewesen, ich hatte keinerlei Erfahrung, aber so toll, wie meine Freundinnen immer getan hatten, war es nicht gewesen, auch die Male danach nicht. Aber am meisten störte es mich, wenn er mich dauernd kontrollierte. Er wollte wissen, wann ich wo war und mit wem ich unterwegs war. In letzter Zeit meckerte er immer öfter daran herum, was ich trug.
Ich schaute an mir runter. Es war ein ungewöhnlich milder Märzabend, also hatte ich mich für Leggings und ein langes Shirt entschieden. Wir hatten nichts vor, also war ich nicht ausgehfein.
„Was stimmt denn nicht daran?" Ich hatte eigentlich keine Lust, mich mit ihm zu streiten.
„Was daran nicht stimmt?" Er wurde lauter. „Was daran nicht stimmt? Du bist meine Freundin, ich hab einen Ruf zu verlieren, wenn du so verlottert rumläufst. Ich wette, gestern als du unterwegs warst, hast du dich mehr zurecht gemacht, oder?"
Er hatte mir in die Haare gegriffen und bog meinen Kopf

nach hinten.

„Tobi, du tust mir weh!"

„Ich frag dich noch mal – mit wem warst du gestern unterwegs?"

„Ich bin dir keine Rechenschaft schuldig, ich gehöre dir nicht!"

Er lachte nur. „Oh doch, du weißt es nur noch nicht ..."

Er ließ mich so plötzlich los, dass ich fast nach vorneüber fiel.

„Ich frag dich nur noch einmal – wo warst du gestern?"

Langsam machte Tobi mir echt Angst.

In diesem Moment klingelte zum Glück sein Telefon. Er sah mich noch einmal an und nahm dann das Gespräch an.

„Hi, ... nein, heute kann ich nicht ... Ja, gestern müssen wir wiederholen ... Ich kann es kaum erwarten ... Morgen? Ok, ich hol dich ab ... Tschüss!"

Was sollte das jetzt?

„Mit wem hast du da gesprochen, Tobi?"

Er blickte mich kalt an. „Ich wüsste nicht, was dich das angehen sollte."

„Aber ich bin deine Freundin und das klang komisch!?"

„Es geht dich nichts an, aber ich kann dir sagen – sie ist besser als du!"

Ich war wie vor den Kopf gestoßen. Zuerst ließ er mir gegenüber den Macho raushängen, behandelte mich wie sein Eigentum und dann gab er zu, eine andere zu haben?

„Weißt du, Lucca, ein Mann hat nun mal Bedürfnisse und die kannst du bestimmt nicht erfüllen – aber fürs Image und so bist du ganz hilfreich, deshalb wirst du mich auch nicht los werden!"

Ich spürte, wie die Tränen in mir aufstiegen. Warum war er so zu mir?

Er kam wieder auf mich zu.

„Und nun sag mir, wo du gestern warst!"

Ich nahm all meinen Mut zusammen.

„Tobi, ich glaube nicht, dass ich noch mit dir zusammen sein will ..."

„Und ich glaube nicht, dass dich jemand fragen wird. Du bist meine Freundin und so wird es bleiben!" Er hielt mich

am Arm fest, ich versuchte mich zu lösen, stattdessen griff er nur fester zu.
Ich musste zugeben, ich sah seine Hand nicht, ich spürte nur die Ohrfeige.
Aus Reflex trat ich ihm in die Eier und rannte, so schnell ich konnte. Mein Fahrrad ließ ich bei ihm stehen, ich rannte einfach nur. Meine Wange brannte, die Tränen verschleierten mir den Blick und so hatte ich das Auto nicht kommen sehen. Das nächste, was ich wusste, war, dass ich im Krankenhaus aufwachte und meine Beine nicht mehr spürte ...

Ich erwachte wie aus einer Trance. Ohne es zu merken, hatte ich zu weinen angefangen. Die Tränen waren zum Teil aus Angst vor der Erinnerung und zum Teil aus Wut geflossen. Wut darüber, dass er nach über sieben Jahren immer noch diese Macht über mich hatte. Ich war nicht mehr die kleine, leicht zu beeindruckende 17- jährige. Ich hatte gedacht, ich hätte das alles hinter mir gelassen.
Warum war er wieder in meinem Leben aufgetaucht?
Einer seiner Sätze von damals ging mir nicht aus dem Kopf. Als ich ihm damals gesagt hatte, dass ich ihm nicht gehören würde, hatte er geantwortet: „Oh doch, du weißt es nur noch nicht ..."
Aber der Satz von damals konnte doch nichts damit zu tun haben, dass er wieder in meinem Leben aufgetaucht war, als ich unser Dorf verlassen hatte, oder?
Mir wurde plötzlich kalt.
Ohne einen weiteren Umweg fuhr ich zurück zu meinem Auto, verstaute meinen Rolli und machte mich auf den Weg zu Sues Wohnung, wo ich mir ein heißes Bad einließ und mich in die Wanne legte. Zum Glück hatte ich mein Podest mitgebracht, das man in die Wanne einhängen kann – das machte das Ein- und Aussteigen leichter. Bestimmt bildete ich mir das alles nur ein!

Freitag, 16. September 2016

- Lucca -

Zum Glück waren Sue und Nate abends spät nach Hause gekommen und hatten mich in Ruhe gelassen. Heute Morgen sah die Welt schon ganz anders aus. Ich hatte gut geschlafen, nicht geträumt und mich davon überzeugt, dass Tobi bestimmt nichts mehr von mir wollte.

Wie die letzten Morgen auch, trafen Sue und ich uns zum Kaffee in der Küche, den Nate für uns vorbereitet hatte. Wir unterhielten uns kurz über die Pläne fürs Wochenende – am Samstag hatte ich zwei weitere Besichtigungstermine und wollte wieder trainieren gehen. Und für Sonntag stand ein Frühstück bei Ela und ihrer Familie an.
Ich wurde von diesen Leuten adoptiert – ob ich nun wollte oder nicht!

Im Büro arbeitete ich Seite an Seite mit Monika, nahm ihr Arbeit ab, ließ mich von ihr anleiten. Kurz: wir waren ein tolles Team und ich bedauerte es jetzt schon, dass sie nur noch zwei Wochen hier sein würde. Sie hatte eine herrlich lockere und doch mütterliche Art. Sie unterstützte mich und dramatisierte meinen Rolli nicht.
Wir lachten gerade über eine ihrer Geschichten, als vom Treppenhaus her eine dunkle, angenehm klingende Stimme kam. „Monika, was soll ich bloß machen, wenn ich Ihr Lachen in zwei Wochen nicht mehr hören darf? Wollen Sie mich heiraten??"
Monika verdrehte die Augen und guckte gespielt böse in Richtung der Stimme.
Innerhalb weniger Augenblicke tauchte der Mann zu dieser Stimme auf – eindeutig ein Fahrradkurier, betrachtete man seine Kleidung, den Helm, den Rucksack. Aber da gab es mehr zu sehen: kurze braune Haare, strahlend blaue,

lachende Augen, unrasiert, er war klein, bestimmt nur 1,70 m, aber sehr muskulös (dank der Radfahrklamotten, die nichts versteckten, konnte ich das gut beurteilen). Seine Arme waren soweit sichtbar tätowiert, „full sleeves" nannte man das wohl. In der einen Hand hielt er ein Paket, in der anderen eine weiße Rose.

„Ohhh, nun bin ich wohl in einem Interessenkonflikt, Monika, wieso haben Sie mich nicht vorgewarnt? Ich habe heute leider nur eine Rose dabei – ich wusste nicht, dass ich zwei oder besser einen ganzen Strauß hätte mitbringen sollen. Tut mir leid, meine Schöne", damit zwinkerte er mir zu, „aber diese Rose ist für die Liebe meines Lebens, Monika! Beim nächsten Mal bringe ich dir auch eine mit!"

Monika lachte.

„Sascha, du alter Charmeur. Lucca – darf ich dir unseren Kurier vorstellen? Sascha bringt mir wirklich jedes Mal eine Rose mit, wenn er eine Lieferung für uns hat. Und Sascha, darf ich dir meine Nachfolgerin Lucca vorstellen? Ab dem 1. Oktober wirst du hier mit ihr vorlieb nehmen müssen, aber ich denke, das schaffst du auch!"

Ich merkte, dass Sascha mich beobachtete, musterte, abschätzte, keine Ahnung, wie ich es formulieren sollte. Dabei schien er nie still zu stehen, völlig unter Strom. Er wippte von einem Fuß auf den anderen. Er bewegte die Arme, die Hände. Er schäumte über vor Kraft, vor Energie. Er erinnerte mich an einen Sportwagen, ein kleines Kraftpaket. Mir ging durch den Kopf, dass er genau das Gegenteil von mir war. Wo ich mich kaum bewegen konnte und meine Bewegungen minimieren musste, war er in Bewegung und kaum zu bändigen.

Ich blickte ihm direkt in die Augen, was nur dazu führte, dass er mir ein volles Lächeln schenkte, noch mal zwinkerte und dann – ohne den Blick von mir abzuwenden - zu Monika sagte: „Ich fange an zu glauben, dass der liebe Gott es gut mit mir meint. Ich hatte befürchtet, dass mein Leben trist und leer würde, wenn Sie diesen Posten hier abgeben, aber stattdessen hat er mir einen Engel geschickt, der Sie ersetzen darf!"

Mit diesen Worten überreichte er Monika mit einer

formvollendeten Verbeugung die Rose und das Paket.

„Und wenn Sie nichts dagegen haben, Monika, so würde ich Ihrer reizenden Nachfolgerin gerne die Möglichkeit geben, mir heute das erste Mal eine Unterschrift zu leisten. Erste Male sollte man nicht unterschätzen, man sollte möglichst viele davon sammeln!"

Mit diesen Worten hielt er mir einen kleinen Computer unter die Nase, dazu einen Stift und Monika nickte mir bestätigend zu.

Also leistete ich die Unterschrift – es war ja nicht so, dass ich solche Dinger nicht kannte.

Mit Schwung nahm Sascha es wieder an sich, studierte meine Unterschrift, dann blickte er mir in die Augen.

„Ich freue mich schon auf ganz viele Treffen mit dir, Lucca Thoma!"

Mit diesen Worten war er auch schon wieder weg.

Ich ließ mich in meinen Stuhl zurück sacken, jetzt erst merkte ich, dass ich unwillkürlich gerader gesessen hatte.

„Was war das?"

„Das, meine liebe Lucca, war Sascha, unser Fahrradkurier. Ein wahrer Wirbelwind, immer unter Strom, immer einen Spruch auf den Lippen, immer auf dem Sprung. Er kommt hier ein paar Mal die Woche vorbei, bringt mir wirklich jedes Mal eine weiße Rose mit, flirtet mit allen außer Linda. Einen unkomplizierteren, offeneren, lebenslustigeren Menschen habe ich wirklich selten erlebt. Natürlich kenne ich ihn nicht gut. Einmal haben wir die Mittagspause zusammen verbracht. Wenn ich mich recht erinnere, dann ging es mir an diesem Tag nicht besonders gut und er hat sich einfach zu mir gesetzt, sich mit mir unterhalten und mich abgelenkt. Seit dem Tag bittet er mich immer wieder, ihn zu heiraten oder ihn zu adoptieren. Er ist echt ein lieber Kerl! Ich wünschte, ich wäre 40 Jahre jünger!"

Mit diesen Worten steckte sie die Rose in die Vase und nahm die Arbeit wieder auf.

Wie am Tag zuvor verließ ich die Büroräume mit der Mittagspause, diesmal nur mit Sue, denn Nate musste noch eine Präsentation vorbereiten.

Ich leistete ihr noch einen Kaffee lang Gesellschaft und machte mich dann auf den Weg zurück zur Wohnung.

Ich war nun fast eine Woche hier und es kam mir so vor, als hätte ich hier wirklich ein Zuhause gefunden. Zumindest mit den Menschen hier, nach einer Woche mit den Turteltauben unter einem Dach, war ich mir sicherer als jemals zuvor, dass ich alleine leben wollte.

- Sascha -

Ich saß auf meinem Rad und trat wie ein Besessener in die Pedale.
Diese Augen, dieser Blick, diese Frau.
Sowas hatte ich in meinen 22 Jahren noch nie erlebt. Sie war so beherrscht gewesen, ruhig, wo ich nicht stillhalten konnte. Kontrolliert, wo ich nicht wusste, wohin ich mit meiner Energie sollte.
Sie hatte mich einfach nur angeschaut, beobachtet. Diese riesigen braunen Augen hatten mich angesehen, einfach nur beobachtet, mit einer Intensität und Ruhe, die ich niemals aufbringen würde. Solange ich mich erinnern konnte, hatte ich nicht stillsitzen können. Ich hatte immer zu viel Energie, ich war immer zu anstrengend, zu laut, zu hibbelig gewesen. Das hatte schon im Kindergarten angefangen, in der Grundschule wurde es nicht besser und meine weitere Schulkarriere – darüber wollte ich erst gar nicht nachdenken. Meine Eltern hatte nicht verstehen können (oder wollen?), dass ich einfach nicht konnte. Ich wurde für schlechte Leistungen immer bestraft. Ich wurde gezwungen, länger zu lernen, öfter im Haus zu bleiben. Sie haben mir meinen Sport verboten und mich fast am Schreibtisch festgebunden. Das hatte mich fertig gemacht. Ich hatte wie ein Tier gelitten, nie war ich gut genug. Auf dem Gymnasium war ich gescheitert, mit Ach und Krach hatte ich meine mittlere Reife geschafft. Da war ich schon fast 18 gewesen. Mein Vater hatte mir dann einen Ausbildungsplatz im Einzelhandel besorgt. Das war von Anfang an zum Scheitern verurteilt. Auch da fiel ich auf, immer musste ich mich bewegen, ich konnte nicht ruhig sein. Ich wurde noch in der Probezeit vor die Tür gesetzt und das nicht nur von meinem Chef, nein, auch meine Eltern waren der Meinung, sie hätten nicht mehr die Kraft, sich mit mir und meiner „unmöglichen" Art auseinanderzusetzen.
So fand ich mich mit gerade mal 18 auf der Straße wieder. Sie halfen mir noch, eine kleine Wohnung (andere hätten es ein Loch genannt) zu finden. Dahin transportierten sie alles,

was mir lieb und teuer war. Meine Mutter hatte wenigstens den Anstand, ein paar Tränen rauszudrücken, mein Vater drückte mir statt dessen 1000 € in die Hand und meinte: „Sieh zu, dass du dein Leben in den Griff bekommst!"
Was hätte ich sagen sollen?
Ich wusste selber, dass ich nicht richtig funktionierte. Ich hatte immer zu viel Energie, ich konnte nicht stillhalten.
Es gab in meinem Leben nur zwei Dinge, die mich ruhig werden ließen – das eine war mein Zeichnen, das andere seit kurzem das Tätowieren. Wenn ich mit der richtigen Musik malte oder tätowierte, dann konnte ich mich plötzlich stundenlang konzentrieren. Ich konnte still sitzen, ich konnte eintauchen in das Geschehen.
Aber sonst?
Ich war 22 Jahre und was hatte ich erreicht? Ich war Fahrradkurier – ein guter Job, denn es half mir, meine Energie abzubauen, zu kanalisieren. Dann hatte ich mein Schlagzeug und meine Band. Ich musste lachen, meine Bandkollegen hatte mir den Spitznamen „das Tier" gegeben, wie das bekloppte Monster in der Muppets Show. Es passte zu mir.
Aber was hatte ich sonst vorzuweisen? Eltern, die nichts mit mir zu tun haben wollten, eine kleine Wohnung, aber keine Ausbildung, einen miesen Schulabschluss. Zum Glück hatten mich die Tätowierer von „Mr. Van T." unter ihre Fittiche genommen und bildeten mich aus.

Während ich durch die Straßen fuhr, auf dem Weg zu meinem nächsten Kunden, verfolgten mich wieder diese Augen.
Lucca – allein der Name ließ mich träumen.
Wie konnte ein Mensch so gerade, so ruhig, so kontrolliert sitzen. Ihre wenigen Bewegungen waren absolut effektiv gewesen. Ich hatte mich wie unter einem Mikroskop gefühlt und bestimmt noch mehr rumgehampelt als sonst. Sie musste mich für einen totalen Freak halten.
Sieh es ein, Sascha - du bist ein totaler Freak!
Wie es wohl wäre, eine Frau wie Lucca treffen zu dürfen? Mit ihr Zeit zu verbringen? Würde etwas von ihrer Ruhe auf

mich abfärben können?
Vergiss es einfach!
Meine Eltern hatten recht – ich hatte nichts, konnte nichts und war nichts wert. Das hatten sie mir immer gesagt und gezeigt. Ich war eine Enttäuschung für sie, ich war nicht genug. Bisher hatte es auch keine Frau mit mir ausgehalten. Ich hatte im Laufe der Jahre gelernt, dass Menschen mich nur dann verletzen konnten, wenn ich ihnen mein wahres Ich zeigte. Also ließ ich das einfach sein, ich hatte mir eine Maske antrainiert. Ich war der Sunnyboy, ich hatte immer einen lockeren Spruch auf den Lippen, ich flirtete, überspielte meine Unsicherheit, versprühte gute Laune. Keiner nahm mich ernst, keiner sah in meine Seele.

Samstag, 17. September 2016

- Lucca -

Ich war verliebt – eindeutig!
Soviel Glück konnte ich doch gar nicht haben!
Ich drehte mich um meine eigene Achse, nahm die Umgebung in mich auf.
Ich schaute meine Maklerin an.
„Wieso steht so ein Häuschen leer? Und wieso ist es nicht schon lange weg?"
Sie lächelte mich an.
„Ich wusste, dass Sie es lieben würden. Die Geschichte ist ganz einfach. Ein gut situiertes Paar, Anfang 30, er Betriebswirt und Rollstuhlfahrer, sie Lehrerin, hatte sich dieses Häuschen gebaut. Sie hatten mit dem Wunsch, Kinder zu bekommen, abgeschlossen. Es hatte über Jahre hinweg nicht geklappt. Doch kaum waren sie hier eingezogen, wurde sie schwanger! 'Neues Häuschen – neues Mäuschen', wie man so schön sagt. Deshalb war diese Haus dann auf Dauer doch zu klein für sie und sie haben neu gebaut. Es war ihr ausdrücklicher Wunsch, dass das Haus nur an einen Rollstuhlfahrer vermietet werden durfte. Sie sind vor zwei Wochen umgezogen und haben mir dieses Haus vorgestern angeboten. Ich musste sofort an Sie denken, Frau Thoma. Ich gehe davon aus, dass es Ihnen gefällt?"
Gefallen war gar kein Ausdruck.
Es war perfekt – es war ein Bungalow, ganz und gar rolligerecht gebaut. Die Dusche war ein Traum, die Türen waren extra breit, es gab sogar 4 Zimmer und einen kleinen Abstellraum. Es hatte einen kleinen Garten und eine Garage. Die Wände waren in einem hellen Cremeton gestrichen, es gab keinen Teppichboden, nur Fliesen oder Parkett – wie gesagt, perfekt!
„Wann könnte ich hier einziehen?"
Meine Maklerin lachte. „Die Besitzer würden den

Interessenten gerne zuerst kennenlernen, aber ich denke, Sie werden sich schnell mit ihnen einigen können. Ich vermute, Sie sind deren Traumkandidat. Und außer Ihnen gibt es im Moment auch keinen anderen passenden Interessenten. Ich würde die Besitzer also kontaktieren und ein Gespräch vereinbaren. Wäre nächste Woche im Nachmittagsbereich für Sie machbar? Es wäre gut, wenn Sie die Bescheinigung Ihres Arbeitgebers dann mitbringen könnten. Ich denke, dann können wir den Vertrag direkt in trockene Tücher bringen."
Ich schaute mich noch mal um – in meiner Fantasie richtete ich die Zimmer schon ein.

Gut gelaunt machte ich mich auf den Weg zum Schwimmbad. Bevor ich aus dem Auto ausstieg, schickte ich Max noch eine Nachricht.
„Ich hab meine Traumwohnung gefunden – mach dich bereit, du musst die Küche bauen!"
Die Antwort ließ nicht lange auf sich warten.
„Glückwunsch, Kleines, schick mir die Pläne und ich leg los – sonst alles gut?"
Ich schickte ihm eine Auswahl aus allen grinsenden, küssenden, lachenden Emoticons, die ich finden konnte und schaltete mein Handy wieder aus.

Im Schwimmbad traf ich auf Dennis, der ohne viel Aufhebens den Transportstuhl in die Umkleidekabine stellte, so dass ich mich direkt fürs Schwimmen fertig machen konnte.
Ich zog meine Bahnen und verlor mich in Tagträumen über mein eigenes kleines Häuschen. Die Besitzer wollten zunächst nur vermieten, zu einem Preis, der mein Budget zwar etwas strapazierte, aber ich wollte es und zur Not würde ich eben an das Geld der Versicherung gehen. Das war es mir wert!
Am Ende meines Trainings ließ ich mich glücklich, entspannt und ausgepowert gegen den Beckenrand sinken, genoss die leichten Muskelschmerzen und hatte das gute

Gefühl, etwas für meine Kondition getan zu haben. Ich zog die Handpaddel aus und legte sie an den Beckenrand.
„Wow – du hast dir aber ein intensives Training ausgesucht", hörte ich eine Stimme von links.
Neben mir im Wasser war ein anderer Schwimmer, die Muskeln und sein ausgeprägtes Kreuz ließen darauf schließen, dass er selber nicht wenig schwamm.
„Ich hab noch selten eine Frau gesehen, die mit Paddeln und quasi ohne Beinbewegungen trainiert. Wozu brauchst du so kräftige Arme? Bist du Gewichtheberin?"
„So was Ähnliches – ich bin von meinen Armen abhängig", antwortete ich vage und betrachtete mein Gegenüber genauer. Er sah auf seine Art recht süß aus, nette Augen, ein bisschen älter als ich, glatt rasiert.
„Bist du hier fertig oder willst du noch weiter schwimmen?"
„Im Grunde bin ich fertig, wieso?", fragte ich neugierig.
„Ich dachte nur, wenn du jetzt auch gehst, ob du dann vielleicht noch Zeit und Lust für einen Kaffee hättest?"
Süß, er schien verlegen zu sein.
„Klar, ich habe heute nichts Besonderes mehr vor. Gib mir 20 Minuten und ich bin fertig."
Mit diesen Worten signalisierte ich Dennis, dass ich meinen Transportstuhl brauchen würde. Sofort kam er damit um die Ecke, während ich mich aus dem Wasser stemmte und begann, das Band zu lösen. Dann hob ich meine Beine aus dem Wasser und ließ mir von Dennis in den Stuhl helfen.
„Kann ich sonst noch was für dich tun, Lucca?", fragte Dennis und hob die Paddel und das Band auf, um sie mir in den Schoß zu legen.
„Nein, danke, alles prima!"
Dann drehte ich mich zu dem Mann im Wasser um. Er machte keine Anstalten, das Wasser zu verlassen und hatte den ganzen Austausch stumm beobachtet.
„Also … ähmm … Mir ist gerade eingefallen, dass ich heute doch keine Zeit mehr habe. Also, das mit dem Kaffee, das müssen wir vielleicht verschieben … ," stammelte er unsicher, ohne mir in die Augen zu schauen. Sein Blick wanderte von meinen viel zu dünnen Beinen zu den Paddeln, dann über das Band bis hin zu dem Transportstuhl. Im

Grunde war das nichts anderes als ein Rollstuhl, nur eben komplett aus Plastik, ideal, um damit zu duschen und mit nassen Sachen drauf zu sitzen. Ich konnte förmlich sehen, wie er in seinem Kopf eins und eins zusammen zählte und wie er überlegte, was er noch sagen könnte. Der Stuhl schreckte ihn ab, aber er wollte auch nicht unhöflich sein. Irgendwie traf mich seine Reaktion heute stärker als sonst. Vielleicht, weil ich durch die Wohnungsbesichtigung so euphorisch gewesen war. Ich hatte das Gefühl gehabt, unbesiegbar zu sein. Aber das Sprichwort stimmte: je höher man flog, desto tiefer konnte man fallen. Aber das wollte ich ihm nicht zeigen. Also überspielte ich die Situation.

„Also, wenn du darauf warten willst, bis sich mein Rollstuhl in Luft auflöst, dann muss ich dich enttäuschen, das wird nicht passieren. Und deshalb würde ich mal sagen, dass wir das Ganze vergessen und unsere Wege sich hier trennen."

„Nein, ... ja, ... also es ist nicht so, wie du meinst, ich ..."

Ich ließ ihn einfach weiter stammeln und fuhr davon.

Meine gute Laune war dahin. Wieso sahen die Leute nur immer diesen Stuhl als einen Teil von mir an? Er machte mich nicht aus und trotzdem wurde ich immer wieder darüber definiert.

Himmel, stand ich kurz vor meiner Periode oder warum war ich heute so emotional?

Ich beeilte mich mit der Dusche und saß schon nach einer guten Viertelstunde wieder in meinem Auto.

Nach Hause, beziehungsweise zu Sue und Nate, konnte ich in dieser Stimmung nicht fahren, also stellte ich die Musik laut, kurbelte mein Fenster runter und fuhr ein bisschen durch die Gegend, um mich abzuregen. Ich testete ein paar Wege von meinem Haus (ich dachte wirklich schon von ihm als „meins") zum Büro und war nach einer Stunde soweit entspannt, dass ich zurück fahren und den beiden von meinem Tag erzählen konnte. Die unangenehme Situation im Schwimmbad ließ ich aus.

Sonntag, 18. September 2016

- Lucca -

Wir machten uns um zehn Uhr auf den Weg zu Ela und Sam. Zu meiner Überraschung und Freude waren auch David und Michael da. Nates Familie war gestern wieder abgereist. So saßen wir sieben Erwachsenen am Tisch und unterhielten uns über Gott und die Welt, während die beiden achtjährigen Zwillinge nur auftauchten, wenn sie Hunger hatten. Sonst beschäftigten sie sich mit sich selber.

Ich lernte viel über diese Gruppe Menschen, die auf die unterschiedlichsten Weisen miteinander verwandt und bekannt waren. Ela hatte als junge Studentin Dylan, einen amerikanischen Austauschstudenten kennen und lieben gelernt. Als er zurück in die Staaten musste, blieb sie schwanger in Deutschland zurück. Leider hatte er einen Unfall bevor er seiner Familie von Ela hatte erzählen können, die nun mittellos und ohne Dylans Heimatadresse in Deutschland zurück geblieben war. David und Michael hatten die beiden vorher kennengelernt und sich von da an um Ela gekümmert. Sue hatte Ela dann ein gutes Jahr später getroffen und sie waren zusammengezogen. Anfang dieses Jahres wiederum hatte es zwischen Sam und Ela gefunkt und das wohl schnell und heftig. Erst im Nachhinein hatte sich herausgestellt, dass Sam Michaels kleiner Bruder war. Und dann war da noch Nate. Sam hatte sich auf die Suche nach Dylans Familie gemacht und eine anonyme Mail an alle in Frage kommenden Familien in den USA aus der Nähe Atlantas geschrieben. Und die Familie hatte auf die Mail reagiert, allerdings nicht so, wie Sam gedacht hatte: sie hatten Nate, Dylans kleinen Bruder, nach Deutschland geschickt, um nach dem Absender der Mail zu forschen. Dabei hatte er Sue gefunden – ohne sie gesucht zu haben.

Alles ganz schön verworren, aber wenn ich diese Menschen beobachtete, merkte ich, was mir fehlte: das Gefühl, irgendwo dazu zu gehören, egal, ob durch Blut verbunden oder auch nicht.
In diesem Moment meldete sich Nate zu Wort.
„Nun haben wir alle Lucca unsere Beziehungen erklärt, aber von euch, David und Michael, weiß ich so gut wie nichts. Was ist eure Geschichte?"
Alle Augen waren auf die beiden Männer gerichtet. Die schienen uns gar nicht mehr wahrzunehmen. Michael nahm vorsichtig Davids Hand und drückte sie. Dabei sahen sie sich einfach nur an und lächelten wissend, David Lächeln war vielleicht auch ein bisschen traurig, melancholisch.
Michael fand als erster seine Stimme wieder. „Das mit uns ist eine lange Geschichte und nicht immer schön. Das passt jetzt hier nicht. Irgendwann erzählen wir sie euch mal, die lange, ungekürzte Version. Für heute will ich nur sagen, dass dieser Mann vor über zehn Jahren in mein Leben getreten ist und es total auf den Kopf gestellt hat. Und dafür bin ich ihm jeden Tag aufs Neue dankbar."
Aus dem Augenwinkel sah ich, wie Sam seinem Bruder zunickte und ihm mit der Kaffeetasse zuprostete. Auf diese Geschichte freute ich mich schon, hoffentlich würde ich sie auch hören dürfen.
Bevor die Stimmung kippen konnte, ergriff Ela das Wort und wechselte das Thema.
„Wie macht sich eigentlich euer neuer Tätowierer?"
David lachte gelöst auf.
„Der macht sich gut, er ist zwar ziemlich jung und hat einen grauenvollen Musikgeschmack für mich alten Mann, aber er hat unheimlich viel Talent und Ideen. Nicht mehr lange und wir können ihn alleine auf unsere Kunden loslassen. Es ist erstaunlich, wie viel Geduld er an den Tag legen kann, wenn er sich aufs Malen oder Stechen konzentriert. Den Eindruck vermittelt er gar nicht, wenn man ihn so kennenlernt!"
Sue schien etwas dazu sagen zu wollen, wurde aber von Michael unterbrochen.
„Apropos Tattoo – Lucca, wann bekommen wir dich endlich unter die Nadel?"

Ich musste lachen. „Wieso endlich – wir kennen uns doch gerade mal ein paar Tage!"
„Eben, es wird Zeit, dass du etwas Tinte von uns bekommst, quasi als Begrüßungsgeschenk."
Bevor ich antworten konnte, vibrierte mein Handy und zeigte eine Nachricht einer unterdrückten Nummer an. Ich öffnete das Programm und las die Nachricht.
„Du hättest nicht gehen sollen ..." war alles, was da stand.
Was war das? Wer schrieb mir eine solche Nachricht?
Ich musste ziemlich überrascht ausgesehen haben, denn Sue legte ihre Hand auf meine. „Alles in Ordnung?", besorgt blickte sie mich an.
„Ja, wohl die falsche Nummer erwischt oder so, zumindest macht die Nachricht keinen Sinn und kommt von einer unterdrückten Nummer. Also nichts Wichtiges."
Aber wer schrieb solche Nachrichten an ihm nicht bekannte Menschen?
Zum Glück schaffte ich es schnell, ins Gespräch zurückzufinden und die Nachricht erfolgreich zu verdrängen. Wir blieben noch bis in den frühen Nachmittag hinein. Ich erzählte von meinem Haus und dass ich sobald wie möglich da einziehen wollte. Die anwesenden Männer sagten sofort ihre Hilfe zu und Nate schickte sich selber ein Memo, damit er die geforderte Arbeitgeberbescheinigung fertig machen würde.

Zurück in Sues Wohnung bekam ich wieder eine Nachricht, diesmal von meiner Maklerin. Sie hätte die Vermieter erreicht und die wären mit einem Termin am Dienstag Nachmittag in ihrem Büro einverstanden gewesen.
Die Vorfreude darauf ließ mich abends kaum einschlafen. Meine erste eigene Wohnung, wer hätte vor ein paar Jahren damit gerechnet?

13. Dezember 2009

Zum ersten Mal seit dem Unfall und einem kurzen Aufenthalt im August, direkt nach der Zeit im Krankenhaus, betrat ich wieder mein Elternhaus. Wobei die Verben, die ich bisher so leichtsinnig benutzt hatte, eigentlich nicht mehr passten. Denn ich 'betrat' das Haus nicht. Ich fuhr über die neu gebaute Rampe ins Innere. Dort nahm ich die offensichtlichen Veränderungen in mich auf. Die Treppe war mit einem Lift versehen worden, die schwere Schwingtür zum Wohnzimmer war durch eine Schiebetür ersetzt worden und der Durchgang zur Küche war verbreitert.
Mein Vater kam hinter mir ins Haus. „Wir haben versucht, alles an deine Bedürfnisse anzupassen. Du wirst sehen, oben haben wir Platz für dich geschaffen. Mamas Nähzimmer haben wir mit deinem Schlafzimmer verbunden, die Wand rausgerissen, damit du mehr Platz hast. Und das Bad haben wir auch umbauen lassen ..."
„Schon okay, Papa. Das ist nur alles so viel auf einmal."
Fast sieben Monate war ich weg gewesen, Krankenhausaufenthalte, OPs, dann eine Komplikation durch eine Infektion und die letzten zehn Wochen in Reha, um mich emotional und physisch auf mein Leben vorzubereiten.
Es würde ein verdammt einsames Leben werden, denn den Kontakt zu den meisten meiner Freundinnen hatte ich in den letzten Monaten verloren. Sie führten ein Leben, von dem ich nur träumen konnte.
Der einzige Lichtblick war der Kontakt zu Max gewesen. Ohne, dass meine Eltern es wussten, hatte er mich auch in der Reha besucht und mehr zu meiner Genesung beigetragen als die meisten Therapeuten. Er hatte mir seine Geschichte erzählt und wie er die Kraft gefunden hatte, wegzugehen und neu anzufangen. Diesmal für sich alleine. Gerade dafür bewunderte ich ihn und dies hatte mir die Kraft gegeben, all

das zu erreichen, was ich bisher erreicht hatte.

Weihnachten kam und ging wieder. Ich kam mir wie eine Gefangene im eigenen Haus vor. Aber wo sollte ich hin? Ich hatte noch kein Auto und mit dem Rolli konnte ich schlecht durch den Schnee fahren. Zu wem hätte ich auch fahren sollen? Meine Freundschaft mit Max wurde nicht akzeptiert und meine anderen Sozialkontakte waren, wie gesagt, eingeschlafen!

Samstag, 24. September 2016

- Lucca -

Eine ereignisreiche Woche lag hinter mir.
Es war so viel passiert. Zum einen hatte ich am Dienstag ein wundervolles Gespräch mit meinen Vermietern gehabt. Sie waren zusammen mit ihrem Baby erschienen – ein süßer Wonneproppen von ungefähr einem halben Jahr. Der Frau waren während unseres Gesprächs fast die Tränen in die Augen gestiegen.
Ihr Mann hatte sich mit mir über die Vor- und Nachteile einiger Therapien unterhalten. Sie fanden, ich wäre die perfekte Mieterin für sie und sie kamen mir sogar mit der Miete etwas entgegen. Sie meinten, für sie wäre es das Wichtigste, dass ihr Mieter das Häuschen richtig wertschätzen könnte. Denn sie selber wären dort so glücklich gewesen und wer auch immer dort einziehen würde, sollte auch sein Glück finden.
Ich erzählte ihnen, dass es meine erste eigene Wohnung sein würde und dass ich wegen eines tollen Berufsangebots umgezogen wäre.
Wir wurden uns schnell einig und hatten uns für morgen Mittag verabredet, um die Schlüssel zu übergeben.

Aber außer diesem Gespräch hatte es noch andere Dinge gegeben, die mir diese Woche versüßt hatten.
Sascha war an drei Tagen im Büro aufgetaucht, um etwas abzuliefern oder abzuholen. Jedes Mal hatte er zwei Rosen mitgebracht, eine weiße für Monika und eine rosafarbene für mich.
Ich genoss seine Aufmerksamkeit, die kurzen Unterhaltungen, die Sticheleien, die Art, wie er mit Linda umging oder wie er Monika immer wieder das Gefühl gab, etwas Besonderes zu sein. Er gab auch mir dieses Gefühl, er hatte so eine Art, man musste ihn einfach mögen. Aber ich mochte ihn nicht nur – ich bewunderte ihn, ich beneidete

ihn. Er war so lebendig, er strotzte vor Kraft und Energie. Er meisterte jede Situation mit einer Selbstsicherheit, die ich trotz vieler Jahre Therapie nicht erreicht hatte und auch nie wieder erreichen würde.

Neugierig wie ich war, hatte ich nach der ersten Rose im Internet nachgeschaut, was rosa Rosen bedeuten: „Rosafarbene Rosen sind das Symbol weiblicher Jugend und Schönheit sowie der jungen Liebe und der darin angelegten Hoffnung. Die Aussage ist durchaus erotisch zu verstehen, wenn auch mit der zarten Zurückhaltung eines Frischverliebten, der sich der Gegenliebe noch nicht gewiss ist."

Ob Sascha das wusste? Wahrscheinlich interpretierte ich aber zu viel hinein. Welcher Mann würde sich schon die Mühe machen, die Bedeutung von Blütenfarben nachzusehen? Und wenn er es wüsste, dann würde ich bestimmt keine rosa Blüten von ihm bekommen. Was konnte er auch von mir wollen? Ich war das genaue Gegenteil von ihm. Ich glaubte zwar, dass er nicht wusste, dass ich im Rollstuhl saß, aber selbst ohne diesen Umstand waren wir wie Tag und Nacht.

Aber solange wir uns nur in den wenigen Augenblicken im Büro sahen und flirteten, durfte ich träumen, oder?

Einen einzigen Wermutstropfen hatte die Woche gehabt, ich hatte zwei weitere seltsame Nachrichten bekommen, die erste am Dienstag und die zweite heute.

Die erste war ziemlich dieselbe wie von Sonntag: „Warum bist du nur gegangen ... ?"

Die zweite machte es nicht besser: „Warte auf mich!"

Ich hatte keine Ahnung, was ich davon halten sollte. War es ein blöder Scherz von irgendwem oder bekam ich Nachrichten, die gar nicht für mich bestimmt waren?

Um mich von diesen Gedanken abzulenken, rief ich zu Hause an. Ich wollte meinen Eltern erzählen, wie gut es mir ging, dass ich die Wohnung bekommen hatte und wie viel Spaß mir die Arbeit machte.

Nach zweimaligem Klingeln nahm mein Vater ab.

„Hallo, Lucca! Wie geht es dir?"
„Hallo Papa, mir geht es super, ehrlich. Der Job ist toll, die Leute sind nett und, ob du's glaubst oder nicht, ich habe die perfekte Wohnung für mich gefunden."
Ich erzählte ihm alles über das Haus, schwärmte ihm davon vor. Ich wollte ihm mit meiner genauen Beschreibung die Sorgen nehmen. Er sollte wissen, wie gut ich es getroffen hatte. Er hörte sich alles genau an. Er war nie der große Redner gewesen und meistens reichte er mich nach wenigen Minuten an meine Mutter weiter. Und auch diesmal unterbrach er mich.
„Das freut mich für dich. Ich gebe dich mal an deine Mutter weiter. Die wollte dich auch sprechen, dann kannst du ihr das alles erzählen. Ach …, bevor ich es vergesse, ich habe letzte Woche Tobi beim Einkaufen getroffen. Er wollte deine Nummer, ich hab sie ihm gegeben. Du hast doch nichts dagegen, oder? Nach eurem Gespräch an deinem Umzugstag hatte ich das Gefühl, du kämst wieder besser mit ihm klar? … So, deine Mutter ist da …"
Ich war wie vor den Kopf gestoßen. Tobi hatte meine Nummer?
Irgendwie schaffte ich es, mich halbwegs normal mit meiner Mutter zu unterhalten und gleichzeitig das Gespräch kurz zu halten.

Es kam mir vor, als hätte das Telefonat ewig gedauert. Nach gefühlten fünf Stunden beendeten wir das Gespräch. Dann fiel mir mein Handy aus der Hand.
Mein Vater hatte Tobi meine Nummer gegeben und kurz danach hatten diese Nachrichten angefangen. Gab es tatsächlich einen Zusammenhang? Aber warum jetzt? Warum nach über sieben Jahren? Wir hatten keinen Kontakt seit über sieben Jahren, seit ich ihn aus meinem Krankenhauszimmer geworfen hatte. Wir hatten uns kaum gesehen, ab und zu hatten sich unsere Wege in unserem kleinen Kaff gekreuzt, aber er hatte nie versucht, Kontakt zu mir aufzunehmen. War mir aus dem Weg gegangen. Wieso sollte sich das mit meinem Wegzug geändert haben?
Ich konnte mir das nicht erklären, aber wahrscheinlich irrte

ich mich. Es gab keinen Grund, warum Tobi jetzt nach all diesen Jahren mit so einer Psycho-Scheiße anfangen sollte, oder?

- Sascha -

Ich hatte die letzte Nacht mal wieder kaum geschlafen. Ich schlief sowieso wenig. Meine Mutter hatte sich von Anfang an darüber beschwert, dass ich ein anstrengendes Baby gewesen sei. Ich hätte viel geschrien, kaum Mittagsschlaf gemacht. Die letzte Woche war wunderbar und frustrierend zugleich gewesen. Ich war jeden Nachmittag und Abend bei David und Michael gewesen, hatte zugeschaut, durfte beim Umsetzen von Kundenideen helfen. Ich räumte auf, lernte viel für die einzelnen Arbeitsbereiche. Michael hatte eine Ausbildung zum Rettungssanitäter und in diesem Zuge damals auch eine Ausbildung zum Piercer gemacht. Er wusste eine Menge über Akupunkturpunkte und den Verlauf von Nervenbahnen. Er erzählte mir ein paar Geschichten von schlechten Piercings, bei denen Nerven durchtrennt worden waren. Wirklich alles andere als schön. Aber ich glaubte nicht, dass dies mein Gebiet werden könnte. Schon beim Zuschauen stellte ich fest, dass ich dafür nicht die Ruhe aufbringen würde. Ganz anders als beim Tätowieren. Hier konnte ich ewig zusehen, das Geräusch der Nadel, die Art, wie die Farben sich mischten, all das faszinierte mich, beruhigte mich.
Jeden Abend war ich zufrieden nach Hause gefahren, voller neuer Eindrücke und Ideen. Oft hatte ich mich noch an mein Schlagzeug gesetzt oder gemalt.
Und da begann dann immer der frustrierende Teil des Tages. Luccas Augen verfolgten mich, alles, was ich malte, erinnerte mich daran. Diesen Braunton richtig hinzubekommen, war eine Herausforderung. Ich gab mir so viel Mühe und trotzdem passte es nie genau.
Ich hatte sie dreimal gesehen, immer, wenn ich auf meiner Tour zu ihrem Büro musste, brachte ich ihr eine rosafarbene Rose mit. Bescheuert, ich weiß. Aber wer so wenig schläft wie ich, der hatte verdammt viel Zeit zum Lesen. Romane waren nicht so mein Ding, aber Informationen sog ich auf, unsortiert flogen sie in meinem Kopf hin und her. Das war

schon mein Problem in der Schule gewesen – ich hatte alle Informationen in meinem Kopf, ich konnte sie nur nicht in dem Tempo sortieren, wie die Lehrer es gerne gehabt hätten. Und schon gar nicht zu dem Zeitpunkt, wenn ein Blatt vor mir lag. Nach den Arbeiten kannte ich jede Antwort und hätte sie nun aus dem Gedächtnis aufschreiben können. Aber das ging nicht.
Als ich die erste Rose für sie besorgte und die Farbauswahl der Blüten sah, kam mir in den Sinn, was ich mal über die Farbsymbolik gelesen hatte, rosa stand für eine unerwiderte, noch nicht ausgesprochene Liebe, für Jugend und Schönheit. Pathetisch, das war mir klar. Wer wusste sowas schon? Lucca machte mir nicht den Eindruck, als würde sie es verstehen. Sie blieb immer hinter ihrem Schreibtisch sitzen, nicht ein einziges Mal war sie aufgestanden, um eine Vase zu besorgen. Sie hatte mich nur zurückhaltend angesehen, die Rose entgegengenommen, mir gedankt und weitergearbeitet. Wir hatten uns bisher keine zehn Minuten unterhalten. Ich erzählte ihr kleine Geschichten und jedes Lächeln, das sie mir schenkte, versüßte mir den Tag. Beim dritten Mal war ich drauf und dran, sie zu einem Kaffee einzuladen, denn ich wusste, dass sie immer nur bis mittags da war. Aber just in diesem Moment war Linda aufgetaucht und hatte die Stimmung zerstört. Sie legte den beiden Frauen einen Stapel Arbeit auf den Tisch und unterbrach so unseren Blickkontakt. Hinter Lindas Rücken äffte ich sie nach und erntete dafür ein echtes Lachen von Lucca.
Ach, Lucca, diese Frau übte eine Anziehungskraft auf mich aus, wie ich es noch nie erlebt hatte. Nächste Woche würde ich es wagen, ich würde sie einladen, ich würde sie bitten, mit mir einen Kaffee zu trinken. Mehr als nein sagen konnte sie nicht und wenn sie nein sagte, dann wüsste ich zumindest, woran ich war. Nicht, dass ich mir allzu große Hoffnungen machte, aber ich hatte lernen müssen, dass man mit vagen Vermutungen und Annahmen auch nicht weiter kam. Ich sprach die Dinge lieber an und wusste dann Bescheid. Auch, wenn ich wie in diesem Fall echt Angst hatte vor einer Ablehnung.
Ich war völlig hin- und hergerissen. Einerseits wusste ich,

dass Lucca Klassen besser war als ich und sich mit einem Loser wie mir nicht abgeben sollte, andererseits hoffte ich, dass sie es trotzdem tun würde.

Montag, 26. September 2016

– Lucca -

Der Sonntag war perfekt gewesen, ich hatte die Schlüssel für mein Häuschen bekommen und Max hatte zugesagt, sich heute Abend mit mir dort zu treffen, um die Maße für meine Traumküche zu nehmen. Die Arbeitsflächen, Schränke, Spüle und Herd würden genau so angepasst, dass ich überall aus meinem Rolli heraus drankommen würde. Unter Arbeitsplatte und Spüle würden keine Unterschränke montiert werden, so dass ich wie bei einem Tisch darunter fahren könnte, um die ideale Arbeitshöhe zu haben. Im Zuge dieser tollen Entwicklung hatte ich mich dazu hinreißen lassen, einen Termin mit David auszumachen. Am Dienstagabend wollte ich bei ihm im Studio vorbeischauen zu einer Vorbesprechung für ein Tattoo. Ich hatte auch schon Ideen – ich hätte gerne einen Phönix, nicht besonders groß, auch nicht unbedingt bunt. Ich wusste nur noch nicht, wohin genau. Der Phönix symbolisierte alles, was ich durchgemacht hatte. Der Unfall hatte mein Leben verändert, auf den Kopf gestellt und nun nach all den Jahren war ich bereit zu einem Neuanfang, zusammen mit diesen Menschen hier und meinem Umzug. Es war soviel passiert in den letzten zwei Wochen, manchmal kam es mir schon fast unwirklich vor. Wenn ich jetzt noch diese seltsamen Nachrichten ausblenden könnte, dann wäre mein Leben zum ersten Mal seit Jahren ganz und gar im Lot.

Da Monika sich heute morgen krank gemeldet hatte – es war ihr total unangenehm, so kurz vor ihrem letzten Arbeitstag – war ich zum ersten Mal alleine an der Rezeption. Bei dem Gedanken musste ich lächeln, denn ich musste an Saschas Spruch über erste Male denken. Ich wusste, dass es nur ein Wunschtraum war – aber träumen war ja wohl erlaubt, oder?

Kurz vor der Mittagspause – zum ersten Mal (da war es wieder) würde ich auch nachmittags arbeiten – hörte ich wie jemand die Treppen raufgelaufen kam. Ich erkannte diese schnellen Schritte mittlerweile direkt. Sascha kam die Treppe hoch, in der einen Hand Unterlagen, in der anderen zwei Rosen.
„Lucca – Traum meiner schlaflosen Nächte. Wieso bist du heute ganz alleine hier?"
„Monika ist krank, du wirst mit mir alleine vorlieb nehmen müssen."
„Nur zu gerne, meine Schöne, nur zu gerne!", mit diesen Worten überreichte er mir die beiden Rosen. Er musste sich weit bis zu mir über den Schreibtisch beugen, denn ich war nun mal nicht so mobil.
„Lucca, ich wollte dich etwas fragen ..."
Ich schaute von den Rosen auf. Die weiße würde ich – wie Monika es sonst auch tat – in die Vase auf dem Schreibtisch stellen, meine Rosen nahm ich immer mit nach Hause.
„Was wolltest du mich fragen?"
„Also, hättest du vielleicht mal Lust, einen Kaffee mit mir zu trinken, von mir aus in deiner Mittagspause oder nach der Arbeit?"
Ich zögerte, denn ich konnte diese Frage nicht einordnen. Das musste er wohl als Ablehnung verstanden haben, denn sein sonst so offenes Lächeln verwandelte sich in eine Maske.
„Schon klar, du magst nicht, oder?"
Gott, ich war zu keinem vernünftigen Gedanken in der Lage – Sascha wollte mit mir ausgehen, Zeit mit mir verbringen? Ich genoss seine Aufmerksamkeit viel zu sehr, um ihm zu zeigen, dass ich im Rollstuhl saß. Ich genoss die Illusion, dass er mich als 'ganze Frau' sah. Wobei ich wusste, dass ich mir etwas vormachte. Früher oder später würde er es sowieso erfahren. Also nahm ich all meinen Mut zusammen.
„Nein, das ist es nicht, ich möchte schon. Wie wäre es am Mittwoch nach der Arbeit? Heute und morgen habe ich schon was vor. Holst du mich hier ab? Ich muss dir nur noch etwas sagen, ich ..."

In diesem Moment tauchte Linda auf und riss Sascha den Umschlag aus der Hand. „Statt hier rumzutrödeln, könntet ihr auch arbeiten – so wie alle anderen, die hier ihr Geld verdienen." Sie zeichnete Saschas Bestätigung ab und machte deutlich, dass er nun gehen solle.
Der zwinkerte mir zu und machte eine eindeutig übertriebene Verbeugung in Lindas Richtung, dann verschwand er die Treppe hinunter.
Linda schaute mich süffisant grinsend an. „Na, da bandelt wohl die Tippse mit dem Botenjungen an, ist das nicht süß? Kennt er deine Kutsche schon, Prinzessin?"
Klar, sie musste aussprechen, was ich am meisten fürchtete. Ich wollte sie nicht merken lassen, wie sehr sie mich getroffen hatte.
„Linda, weißt du, was du mich mal kannst? … Du kannst mich mal arbeiten lassen!"
Mit diesen Worten drehte ich mich weg. Ich wollte mir von ihr nicht meine Laune verderben lassen!

Nach der Arbeit machte ich mich direkt auf den Weg zu meinem Häuschen. Man kann mich ja doof oder übertrieben nennen, aber ich hatte heute Morgen direkt ein paar Kleinigkeiten in den Kofferraum gepackt, die ich heute schon dort aufstellen wollte.
Ein Blick auf die Uhr zeigte mir, dass Max in ein paar Minuten auch da sein würde, so schnappte ich mir den kleinen Karton und öffnete die Haustür.
In diesem Moment zeigte mein Handy eine eingehende Nachricht an. Ich rechnete mit einer Information von Max, wann er ankommen würde, stattdessen war es wieder die unterdrückte Nummer.
„Bald sind wir wieder zusammen <3"
Mir lief es eiskalt den Rücken runter. Was sollte das alles? Wer trieb da sein Spiel mit mir?
Als ich eine Hand auf meiner Schulter spürte, zuckte ich zusammen. Ich sah mich um. Max bemerkte sofort, dass etwas nicht stimmte.
„Kleines, was ist los, du guckst, als wäre der Teufel hinter dir her … ?" Dann fiel sein Blick auf mein Handy und die

dort angezeigten vier Nachrichten.
"Was ist das, Lucca? Wer schreibt dir solche Texte?"
Ich kämpfte mit den Tränen.
"Ich weiß es nicht, ich habe keine Ahnung. Ich bekomme sie, seit ich weggezogen bin. Glaubst du, dass Tobi ...? Mein Vater hat ihm meine Nummer gegeben. Aber warum sollte er das tun?"
"Mit sowas sollte man nicht spaßen, du musst zur Polizei gehen."
"Und was soll ich denen sagen, dass ich seit zwei Wochen genau vier seltsame Nachrichten bekommen habe? Meinst du nicht, das ist ein bisschen übertrieben?"
"Lucca, du hast offensichtlich Angst, es beunruhigt dich, du musst es jemandem erzählen. Solche Nachrichten sind doch nicht normal, egal, wie viele du davon bekommst!"
"Ja, ich werde mit jemandem darüber reden. Aber ich will mir davon auch nicht die Laune verderben lassen. Bisher ist ja nichts weiter passiert als diese Nachrichten."
"Nein, Entschuldigung, aber an dieser Stelle muss ich mal den Erwachsenen raushängen lassen – sowas darf man nicht auf sich beruhen lassen!"
"Okay, ich rede mit meinen Mitbewohnern, vielleicht wissen die einen Rat und meistens bin ich ja auch mit einem von denen unterwegs. Die passen schon auf mich auf. Und nun komm und lass uns die Küche vermessen."
Damit beendete ich die Unterhaltung.

Nachdem Max ungefähr 20 Minuten in meiner neuen Küche rumgemessen hatte und alle nötigen Daten hatte, bestand er drauf, mich bis zu Sue zu begleiten. Zum Glück waren die beiden nicht zu Hause, so konnte er nicht das gewünschte Gespräch mit Nate führen. Er nahm mir aber das Versprechen ab, mich jetzt jeden Abend bei ihm zu melden und meinen Freunden von meinem Verdacht zu erzählen. Immerhin hätten sie Tobi gesehen und könnten die Augen mit aufhalten.

Dienstag, 27. September 2016

- Lucca -

Ich wurde schon aufgeregt wach. Ich würde es tun, ich würde heute tatsächlich zum ersten Mal in meinem Leben (ups, schon wieder ein erstes Mal) ein Tattoostudio betreten. Und nicht nur irgendeins, im Internet hatte ich herausgefunden, dass es sich beim Studio „Mr. Van T." um eines der besten Studios in der Region handelte. Normalerweise musste man Monate auf einen Termin warten. Und ich gehörte nun zu den wenigen Menschen, die einfach so in diesem Laden ein- und ausgehen konnten.

Der Arbeitstag verging wie im Flug, mein Handy war bis auf eine Nachricht meiner Schwester und einen Anruf meiner Mutter stumm. Das war ich aber gewohnt, wer nicht viele Freunde hatte, der wurde auch nicht kontaktiert.
Und nun saß ich in meinem Auto vor dem Studio und traute mich nicht, auszusteigen. Ich hatte Angst, wollte ich wirklich ein Tattoo?
Ja, eigentlich schon, aber vielleicht doch nicht heute?
David nahm mir die Entscheidung ab, denn er klopfte an meine Fensterscheibe und grinste mich an. „Na, musst du noch ein bisschen Mut sammeln? Komm doch erstmal rein, trink einen Kaffee oder auch ein Sektchen und wir unterhalten uns. Ist auf jeden Fall bequemer als im Auto!"
So holte ich meinen Rolli, stieg aus und folgte David ins Innere des Ladens.
Michael saß hinter einem kleinen Tresen und hämmerte auf der Tastatur rum.
„Mein Mann liebt die Buchführung, es ist jedes Mal ein Genuss, ihm zuzusehen", lachte David und schlang seinen Arm um den ziemlich brummigen Kerl. Der hob jetzt aber sein Gesicht und drückte David einen dicken Kuss mitten

auf den Mund.
„Also, wenn ihr Hilfe bei der Buchführung braucht – ich kann das und ab und zu ein paar Stunden könnte ich euch bestimmt unterstützen."
„Ich glaube, ich habe mich gerade verliebt, willst du mich heiraten, Frau?"
Hatte ich schon mal gesagt, dass ich diese Menschen einfach nur lieben konnte?
„So, Lucca, was magst du trinken? Einen Kaffee erstmal? Und dann sag uns mal, was du dir so überlegt hast oder auch nicht."
Ich musste einmal tief atmen und erklärte dann: „Ich glaube, ich will einen Phönix, aber nicht zu groß und ich weiß auch noch nicht, wo genau. Und es sollte nicht zu bunt werden."
„Okay – das Motiv passt zu dir, das wäre nicht das Problem. Sag mal, wir haben gerade einen neuen Tätowierer, hättest du etwas dagegen, wenn er bei unserem Gespräch dabei wäre? Ich habe ihm noch nichts von dir oder deinem Rolli erzählt, ich will auch wissen, wie er darauf reagiert. Micha und ich haben beide schon die verschiedensten Menschen gestochen, auch Querschnittsgelähmte wie dich, oder Brandopfer, Frauen nach Brustoperationen, vernarbte Haut, so ziemlich die ganze Palette. Aber unser Neuer natürlich noch nicht. Allerdings musst du zustimmen, denn ein Tattoo ist immer Vertrauenssache."
Nun war auch schon alles egal, warum nicht noch einen Zuschauer mehr?
„Ne, mach nur, kein Problem!"
„Super, ich denke, er kann auch bei der Umsetzung helfen, denn er ist ein echter Künstler. Moment, ich geh ihn kurz holen."

Micha und ich unterhielten uns die paar Minuten, bis David zurück kam, über den letzten Sonntag, mein Haus, den anstehenden Umzug.
„Lucca?"
Bei dieser Stimme drehte sich mir der Magen um. Warum war Sascha hier?

Langsam drehte ich mich und traute mich gar nicht, ihm in die Augen zu sehen.

- Sascha -

Es gab wenige Momente, in denen ich meinem Gehirn dankbar war, dass die Eindrücke so schnell auf mich einströmten. Dies war einer davon – ich nahm die Situation in mich auf. Lucca hier, sie sah mir nicht in die Augen, sie war bei meiner Stimme zusammengezuckt, die Tatsache, mich hier zu treffen, war ihr unangenehm, der Rollstuhl. Alles machte auf einmal Sinn. Ihre perfekt ruhige Haltung im Büro, die Effizienz ihrer Bewegungen, die Tatsache, dass sie gezögert hat, mit mir einen Kaffee trinken zu gehen, dass sie mir etwas erzählen wollte. Sie war in meinen Augen die selbstsicherste, ruhigste Person, die ich kannte, aber hier war sie unsicher. Sie wartete auf meine Reaktion und hatte Angst vor ihr.

Und noch eine Sache ging mir durch den Kopf – wenn hier irgendjemand diese Frau tätowieren würde, dann wäre ich das und kein anderer. Egal, ob David und Michael schwul waren oder nicht, das war allein meine Aufgabe, mein Privileg!

Das alles ging mir innerhalb einer Sekunde durch den Kopf, vielleicht war es auch noch schneller.
Ich schlenderte zu ihr hinüber, setzte mich auf den Stuhl neben ihr, nahm ihre Hand und meinte: „Hey, ich dachte, wir sehen uns erst morgen wieder, wenn ich dich nach der Arbeit abhole. Solche Spontanbesuche sind nicht fair – ich habe gar keine Rose für dich!"
Bei diesen Worten sah sie mir in die Augen, ein schüchternes Lächeln zog sich über ihr Gesicht.
„Hi Sascha, ich wusste nicht, dass du hier arbeitest."
„Jetzt hast du mir die Überraschung verdorben, ich wollte dich morgen beim Kaffee mit diesem coolen Job beeindrucken." Ich grinste sie an und zwinkerte ihr zu.
„Und, bist du beeindruckt?"
„Ziemlich ...?", fragte sie halb lachend.
„Was heißt ziemlich, du musst sehr beeindruckt sein, immerhin darf nicht jeder bei diesen beiden Legenden

lernen!"
Nun lachte sie übers ganze Gesicht. Ich glaube, ich habe noch nie etwas Schöneres gesehen.
Wir saßen einfach nur da, schauten uns in die Augen, ich durfte ihre Hand halten, sie hatte sie mir immer noch nicht entzogen. Alles in mir kam zur Ruhe, mein Bein wippte nicht, meine Gedanken rasten nicht. Ich war ganz im Hier und Jetzt.
Der Bann wurde gebrochen, als einer der beiden anderen sich hörbar räusperte.
Lucca schaute weg, entzog mir ihre Hand und prompt fing mein Bein wieder an zu zittern.
„So, ich sehe, ihr zwei kennt euch?", diese Frage kam von Michael und klang zum einen neugierig, zum anderen aber auch wie eine Warnung. Manchmal, wenn er schlecht drauf war, dann zeigte mein einer Boss, dass er zum Tier werden kann, wenn ihm etwas nicht passte. Ich konnte mir gut vorstellen, dass er echt schwierig und gemein werden konnte, wenn es sein musste. David war anders, ruhiger, gelassener, weniger aggressiv – trotzdem war ich mir der Dynamik ihrer Beziehung noch nicht so ganz klar.
Lucca ergriff das Wort: „Sascha arbeitet als Fahrradkurier und kommt zwei- bis dreimal die Woche im Büro vorbei."
„Das erklärt aber nicht die Sache mit der Rose …?!"
Nun schaltete sich David ein. Er legte seine Hand auf Michaels Schulter, streichelte ihn. „Micha, es sieht nicht so aus, als ginge uns das was an und für die beiden scheint alles in Ordnung zu sein."
„Alles, was meine Familie betrifft, geht mich was an und für mich gehört Lucca zu meiner Familie." Bei diesen Worten funkelte er mich an und signalisierte mir, dass er mich im Auge behalten würde.
Ich grinste nur. Jetzt, wo ich wusste, dass Lucca unter Michaels Fittichen war, machte ich mir weniger Sorgen um sie.
Um mich sorgte ich mich nicht. Wenn er mich nicht für vertrauensvoll gehalten hätte, dann hätten die beiden mich nicht in ihren Laden gelassen. Entspannt lehnte ich mich zurück und nahm Luccas Hand wieder in meine. Es waren

schöne Hände, nicht klein und zerbrechlich, sondern lang und stark, sie konnten halten und greifen. Ich hoffte, sie würden auch mich halten.

David setzte sich nun auch zu uns und legte Stift und Papier auf den Tisch.

„Dann lasst uns mal anfangen. Lucca, kannst du nochmal erklären, was du dir so vorgestellt hast?"

Sie räusperte sich, schaute uns alle der Reihe nach an, ihr Blick wanderte auch über meine Hand, die ihre hielt und fand dann meine Augen.

„Also, nach allem, was ich so erlebt habe in den letzten Jahren, fand ich, dass ein Phönix ein passendes Motiv für mich sein würde. Allerdings bin ich nicht gut, was das Zeichnen angeht. Er sollte aber nicht zu groß werden und ich weiß auch nicht, wohin ich ihn haben will. Könnt ihr mich an Stellen tätowieren, wo ich nichts spüre?"

Aufmunternd drückte ich ihre Hand und ließ sie dann los. Lucca quittierte das mit einem fragenden Blick, ich lächelte sie an und griff nach Stift und Papier.

Kaum hatte sie ihr Motiv genannt, hatten meine Gedanken ihr Tempo wieder aufgenommen. In meinem Kopf existierte das Bild schon und ich wusste auch, wohin es musste. Schnell skizzierte ich mit ein paar Strichen einen weiblichen Torso, ich deutete den rechten Hüftknochen an und genau an dieser Stelle ließ ich vor den drei Augenpaaren einen Phönix entstehen. Etwas fünf Zentimeter hoch, nur in Schwarz- und Grautönen. Doch das reichte nicht. Ich holte schnell einen tiefroten Stift und ergänzte Flammen, die den Schwanz des Tieres vom Untergrund abhoben.

Ich blickte nicht von meinem Bild auf und sagte mehr zu mir als zu den anderen. „Mehr Farbe brauchst du nicht, mein Schöner."

Ich spürte Luccas Hand auf meinem Bein. Das holte mich aus meiner Trance heraus. Ich blickte ihr in die Augen – sie schimmerten, als würde sie mit den Tränen kämpfen.

„Er ist perfekt. Genau so muss er sein!"

Ich sah meine beiden Mentoren an – beide hatten ein zustimmendes Lächeln auf den Lippen und als Michael mir zunickte, wusste ich, dass ich eine weitere Hürde genommen

hatte. Er schien zu akzeptieren, was auch immer da zwischen Lucca und mir war. Wie selbstverständlich legte ich meine Hand wieder auf Luccas, die sie nicht von meinem Bein weggezogen hatte.
„Lucca hat recht, dieses Bild ist perfekt. Ich will gar nichts daran ändern. Und wenn ich mir die Sache genau betrachte," David warf einen bedeutungsschwangeren Blick auf unsere Hände, „dann wirst du das Tattoo wohl stechen wollen?"
Mit einem Mal wurde ich unsicher. „Wenn Lucca mir das erlauben würde, dann wäre mir das eine Ehre."
Fragend blickte ich die Frau an meiner Seite an. Oh Gott, ich hoffte, sie würde mich das machen lassen. Aber sie hatte die Chance, es sich von zwei der angesagtesten Künstler stechen zu lassen. Ich dagegen war nur ... ich.
„Ich meine, ich könnte verstehen, wenn du es dir von David stechen lassen willst, er ist besser, hat mehr Erfahrung ..."
Leicht drückte sie mein Bein. „Ich möchte das sehr gerne. Immerhin sammeln wir immer noch unsere ersten Male zusammen und da wäre es falsch, wenn ein anderer mir mein erstes Tattoo stechen würde, oder?"
Ich war im Himmel, oder ich träumte oder was auch immer. Was hatte ich getan, um das hier zu verdienen?
Diesmal war es Michael, der den Bann brach und redete.
„Ich glaube, ich will gar nicht wissen, was hier gerade passiert. Lucca, wann willst du das Tattoo haben? Heute direkt oder willst du lieber noch ein bisschen warten? Ich gebe zu bedenken, dass du am Wochenende umziehen willst und wenn du dann ein frisches Tattoo hast, dann wirst du jede Bewegung doppelt spüren, gerade, wenn du Saschas Vorschlag mit dem Hüfttattoo annimmst. Wobei ich sagen muss, dass ich ihm recht gebe, das ist der ideale Ort dafür!"
„Dann würde ich gerne noch warten, denn im Moment steht mein Umzug im Vordergrund. Ich will zum einen Sue und Nate nicht länger stören und zum anderen will ich in meine eigenen vier Wände umziehen."
„Gut, dann wäre das geklärt – Sascha, bringst du Lucca zu ihrem Auto? Und bleib nicht zu lange draußen, gleich kommt der nächste Kunde und du hast Arbeit!"

- Lucca -

Schweigend verließen wir das Studio. Ich wusste nicht, was ich sagen sollte. An meinem Auto hielt ich an und suchte nach meinem Schlüssel.
Sascha ging vor mir in die Knie, legte mir zwei Finger unter das Kinn und hob meinen Kopf, so, dass ich ihm in die Augen blicken musste.
„Ist dein Rolli das, was du mir noch sagen wolltest?"
Ich nickte.
„Und – was sollte das ändern? Glaubst du, ich will jetzt keinen Kaffee mehr mit dir trinken gehen? Wenn du mich lässt, dann führe ich dich auch gerne zum Essen aus, ins Kino, zum Frühstück. Egal, Hauptsache, ich darf dich kennenlernen. Darf ich für deinen Umzug auch meine Hilfe anbieten?"
Ich biss mir auf die Unterlippe, er machte mich tatsächlich verlegen. Meine Kehle war wie zugeschnürt, ich bekam keinen Ton heraus.
Sanft, so zärtlich, dass ich die Berührung fast nicht spürte, fuhr Sascha mit seinem Daumen über meine Unterlippe.
„Gott, ich würde dich jetzt so gerne küssen."
Mit diesen Worten brachte er sein Gesicht meinem sehr nah, aber nicht nah genug, dass unsere Lippen sich berühren könnten. Er sah mir fragend in die Augen. Ich wusste, worauf er wartete. Seine Lippen zitterten leicht. Wie konnte ein so energiegeladener Mann so unsicher sein?
Ich überbrückte den Abstand zwischen uns und legte meine Lippen auf seine. Viel zu schnell beendete er den Kuss. Er lächelte mich an.
„Ich muss jetzt leider wieder rein. Pass auf dich auf. Ich hole dich morgen gegen 17 Uhr im Büro ab, ist das okay für dich? Ich freu mich darauf!"
Mit diesen Worten öffnete er meine Autotür, sah mir zu, wie ich den Rolli verstaute (gut, denn ich brauchte keine Hilfe) und schloss die Tür, als ich fertig war. Er blieb noch stehen, als ich losfuhr und im Rückspiegel sah ich, wie er mir kurz hinterher guckte und dann zurück ins Studio ging.

Himmel, es war doch nicht der erste Mann, der Interesse an mir zeigte, auch nicht der erste Kuss, den ich jemals bekommen hatte, und doch fühlte es sich nach so viel mehr an. Sascha war der erste Mann, der mich kennengelernt hatte ohne von dem Rolli zu wissen und selbst als er es wusste, hatte er sich mir gegenüber nicht anders verhalten. Mit einem Lächeln im Gesicht fuhr ich in den Gartenweg zu Nate und Sue.

- Sascha -

Ich wusste, was mich erwartete, sobald ich ins Studio zurückkommen würde. Aber auch das ließ mein glückliches Dauergrinsen nicht verschwinden. Lucca hatte mich geküsst, gut, ich hatte den ersten Schritt getan, aber ich hatte ihr die Wahl gelassen und sie hatte den Kuss gewählt. Ohne ‚Wenn und Aber'. Sie hatte diesen Kuss genauso gewollt wie ich.
„So, dann lass mal hören, was du zu erzählen hast."
Die Inquisition begann ohne Umschweife.
„Was wollt ihr wissen? Lucca hat euch schon erzählt, woher wir uns kennen. Seit ich regelmäßig dort hinfahre, bringe ich Monika, der bisherigen Rezeptionistin, eine weiße Rose mit. Und seit Lucca dort arbeitet, bekommt sie auch eine. Ich mag sie, also Lucca. Ich möchte sie besser kennenlernen, ich möchte Zeit mit ihr verbringen."
David unterbrach mich. „Du hast zuerst dieser Monika Rosen mitgebracht und nun auch Lucca? Kannst du dich nicht entscheiden, oder was? Und du denkst, das ist für Lucca okay, wenn sie nur eine von vielen ist?"
Ich unterdrückte ein Lachen, denn das würde die beiden bestimmt nur reizen.
„Monika ist 65, hat vier Enkelkinder und geht in ein paar Tagen in Rente. Und du kannst mir glauben, Lucca ist für mich auf gar keinen Fall 'eine von vielen'. Ich hatte lange keine Freundin und wenn ich Lucca davon überzeugen könnte, einem 'Uns' eine Chance zu geben, dann würde ich alles in meiner Macht Stehende tun, um mich als würdig zu erweisen. Glaubt mir, ich mag Lucca wirklich gerne und ich würde ihr nie bewusst weh tun."
Ich ging zum Kühlschrank, um mir ein Wasser zu holen.
Ich hörte die beiden miteinander flüstern. Leider oder zum Glück waren sie nicht besonders leise: „Du hast doch gesehen, wie die zwei sich angesehen haben. Das dauert nicht lange, dann sind die ein Paar." - „Und, was spricht dagegen? Vertraust du Sascha nicht?" - „Wenn ich ihm nicht vertrauen würde, dann würde er hier nicht arbeiten, das weißt du ganz genau!" - „Wo ist dann dein Problem?" -

„Eigentlich hab ich gar kein Problem damit, aber Sascha soll eben wissen, dass er bloß aufpassen soll. Er muss nicht die Finger von ihr lassen, das wird er gar nicht können. Da hat sie auch ein Wort mitzureden und wird sich durchsetzen. Lucca ist stark – und so wie sie ihn angehimmelt hat, kommt Sascha eh nicht aus der Nummer raus. Aber er soll sie gut behandeln, sonst bekommt er es mit mir zu tun!" - „Micha, ich liebe dich, du alter Brummbär. Mach den Leuten nicht immer so viel Angst."

Ich grinste in mich hinein, natürlich mit dem Rücken zu den beiden, ich würde mich zum jetzigen Zeitpunkt nie trauen, einen der beiden zu verärgern. Ich hatte quasi grünes Licht bekommen. Selbst, wenn sie es mir nicht ins Gesicht gesagt hatten. Nun galt es nur noch, herauszufinden, ob sie auch mit ihrer Einschätzung zu Luccas Gefühlen recht hatten. Oh Gott, wie ich das hoffte. Ich würde es herausfinden, aber ich würde mir Zeit lassen, viel Zeit, denn Lucca war alle Zeit dieser Welt wert!
Eine weitere Diskussion wurde durch das Eintreffen des nächsten Kunden unterbunden. Und nachdem wir fertig waren, fuhr ich gut gelaunt zur Bandprobe und tobte mich aus. Ich schien noch mehr Energie zu haben als sonst.

Mittwoch, 28. September 2016

- Lucca -

Gut gelaunt machte ich mich auf den Weg zur Arbeit. Heute konnte mich nichts aufhalten, bremsen oder mir die Laune verderben. Keine Linda, kein Telefon, das scheinbar dauerklingelte, kein dämlicher Blick beim Mittagessen auf meinen Rollstuhl. Der Tag war perfekt und je näher 17 Uhr rückte, desto nervöser, aufgeregter und hibbeliger wurde ich. Sascha wusste von meinem Rolli und hatte toll reagiert. Er hatte mich küssen wollen, er wollte mir das Tattoo stechen, er hatte meine Hand gehalten. Es war erstaunlich gewesen, immer, wenn er mich berührte, dann war er vollkommen still, ruhig, als würde ihn das erden. Sein Bein hatte nicht mehr gewippt, sein Blick war fokussiert. Gestern Abend, nachdem ich ihn zum ersten Mal für einen längeren Zeitraum hatte betrachten können, war mir die Frage gekommen, wie alt er wohl ist. Wir hatten nie darüber gesprochen. Einerseits ließen ihn seine Art, seine Tattoos, seine Augen, die so viel sahen, älter wirken. Aber nachdem ich ihn gestern beobachtet hatte, waren mir Zweifel gekommen. Zwischendurch sah er sogar jünger aus als ich. Ich war so gespannt auf seine Geschichte. Ich war neugierig auf den Menschen hinter der Fassade, denn dass er nicht nur der dauerhaft gutgelaunte Sunnyboy war, das war mir inzwischen klar. Dafür war er manchmal viel zu ernst und in Gedanken vertieft.

Endlich war es fünf Uhr und ich konnte den Rechner für heute ausmachen. Monika hatte sich tatsächlich eine schwere Grippe zugezogen und würde ihre letzten offiziellen Arbeitstage leider im Bett verbringen müssen. So hatte sich mein Arbeitsbeginn stillschweigend nach vorne verlegt. Für mich kein Problem. Ich war ja da, hatte jede erdenkliche Hilfe und einen tollen Chef – der gerade jetzt um die Ecke

bog, meinen Rolli schob er vor sich her.
„Hi, Sweatheart – willst du mit Sue und mir gleich essen gehen? Wir wollten das neue kleine Restaurant am Seeufer ausprobieren." Bevor ich ablehnen konnte, kam Sascha aus dem Treppenhaus – ganz untypischerweise rannte er nicht, aber er hatte eine Rose dabei. Diesmal eine rote!
„Ich glaube, die Dame hat bereits eine Verabredung – und zwar mit dem glücklichsten Mann in dieser Stadt." Mit diesen Worten kam er hinter meinen Schreibtisch, gab mir einen süßen, kleinen Kuss auf die Wange und überreichte mir die Rose.
„Na, dann weiß ich wohl Bescheid. Ich glaube, wir kennen uns noch nicht. Ich bin Nate, Luccas momentaner Mitbewohner und Vollzeitboss und du wirst dann wohl Sascha sein. Ich hab da sowas läuten hören." Nate ließ diese Worte bedeutungsschwanger in der Luft hängen und reichte Sascha mit hochgezogener Augenbraue die Hand. In dem Moment kam Sue aus ihrem Büro.
„Lass dir von diesen Männern keine Angst machen, Sascha. Ich hatte gestern noch einen Anruf von David. Die Alphakerle unserer Clique haben es sich zur Aufgabe gemacht, über uns Frauen wie die schlimmsten großen Brüder der ganzen Welt zu wachen. Du wirst dir von Elas Typ bestimmt auch noch was anhören dürfen. Lucca gehört zur Familie, also werden andere Kerle generell erstmal angeknurrt."
Sie legte Nate den Arm um die Hüfte und gab ihm einen Kuss. „Dann müssen wir uns wohl alleine die Zeit vertreiben, was meinst du?"
Nate flüsterte irgendwas, während er Sue an sich zog, was Sue erröten ließ – ich glaubte „you are the dessert ...." verstanden zu haben.
Ich schaute weg von den beiden, denn der Moment gehörte ganz ihnen und bemerkte, dass Sascha mich beobachtete. Er legte den Kopf schief und schenkte mir ein Lächeln.
„Brauchst du noch etwas oder können wir los?"
Nate brummte Sascha ein „Bring sie nicht zu spät heim!" zu und widmete sich wieder seiner Freundin.

Bevor Sascha die Hände auf die Griffe meines Rollis legte, sah er mich fragend an: „Stört es dich, wenn ich dich schiebe? Ich würde das gerne tun, dir helfen, dich verwöhnen, dich entlasten, aber wenn du das nicht willst, ist das auch okay für mich."
Ehrlich gesagt, war es schön, jemanden zu haben, der meinen Stuhl schob. Also nickte ich ihm zu und antwortete: „Du darfst mir gerne helfen."
Mit dem Aufzug ging es nach unten.
Kaum öffnete sich die Tür, da merkte ich, dass Sascha unruhiger wurde.
Ich griff hinter mich, legte meine Hand auf seine. „Was ist los? Du hast doch irgendwas auf dem Herzen – bitte, du kannst mit mir reden."
„Es ist nur, ich habe kein Auto, ich kann dich nicht mitnehmen oder nach Hause bringen. ..."
Ich drückte seine Hand leicht. „Hey, ich hab ein Auto, das ist für mich sowieso bequemer, mach dir über sowas keine Gedanken, das ist wirklich nicht wichtig."
Für einen kurzen Moment legte sich ein Schatten über Saschas Augen, als würde er mir nicht glauben. Aber dann lachte er wieder wie immer.
Ob er sich wirklich Gedanken darüber machte, ob er mir genug bieten konnte? Als ob ich darauf Wert legen würde. Tobi war so ein Typ gewesen, für den hatten Äußerlichkeiten und Statussymbole mehr gezählt als Gefühle. Diese Phase meines Lebens hatte ich hinter mir gelassen. Ich suchte einen Menschen, auf den ich mich voll und ganz verlassen konnte und was er hatte, was er mir bieten konnte, war mir egal, solange er mich gut behandelte und respektierte. Eine Trophäe wollte ich nie wieder sein. Ich konnte und wollte auf meinen eigenen Beinen stehen – wenn auch nur bildlich. Bei Tobi hatte sich alles auf Äußerlichkeiten beschränkt, er wollte nicht mich als eigenständige Person, sondern nur fürs Image. Als mir das klar geworden war, war es leider zu spät gewesen. Aber ich hatte mir damals geschworen, nie wieder einen Menschen nach dem Äußeren, seinem Status oder seinem Geld zu beurteilen. Das musste ich Sascha unbedingt klar machen.

Sascha riss mich aus meinen Gedanken.

„Sag mal, muss unser erstes Date eine Einladung zum Kaffee sein?"

„Was schwebt dir denn sonst so vor?"

„Nun, wir könnten mit einem Eis im Stadtpark hier um die Ecke anfangen und dann noch was Essen gehen. Natürlich nur, wenn du Zeit hast ... und Lust, sie mit mir zu verbringen?", er wirkte auf einmal wieder klein und unsicher.

Ich bremste meine Räder so abrupt ab, dass Sascha in meinen Stuhl lief. Aus Schreck ließ er die Handgriffe los, so dass ich mich drehen konnte. Ich sah ihm in die Augen.

„Tu mir mal einen Gefallen und knie dich neben mich, oder beug dich zu mir runter, Sascha!"

„Wieso?"

Trotz der Frage kniete er sich neben mich, brachte unsere Gesichter auf eine Höhe.

Ich legte meine Hände an seine Wangen und betrachtete ihn eine Zeit lang. Himmel, hatte er schöne, ausdrucksstarke, doch im Moment leider sehr traurige Augen. Seine Wimpern waren so lang, dass jede Frau ihn mit Sicherheit darum beneidete, die Wangenknochen waren sehr ausgeprägt und seine Haut fühlte sich unendlich weich und warm an. Er wurde zunehmend unsicherer unter meinem Blick, aber er hielt perfekt still. Fast, als befürchtete er, mich zu verletzen, zu erschrecken, wenn er sich bewegte.

„Sascha, an welcher Stelle unserer Bekanntschaft oder Freundschaft habe ich dir jemals das Gefühl gegeben, dass ich nicht gerne Zeit mit dir verbringen würde? Ich möchte mit dir Kaffee trinken oder Eis essen oder spazieren oder einfach nur da sitzen, ich möchte dich kennenlernen und was wir dabei machen, ist mir egal. Ich möchte möglichst viele 'erste Male' mit dir erleben und das meine ich nicht nur in Bezug auf Nahrungsaufnahme, das kannst du mir glauben. Ich möchte deine Bilder sehen, ich möchte sehen, wie du Schlagzeug spielst, ich möchte, dass du mich begleitest, wenn ich schwimmen gehe und wenn es irgendwann soweit ist, dann möchte ich wohl auch mal mit dir aufwachen ..., wenn du weniger willst, dann lass uns das gleich hier

feststellen! Und es ist mir total egal, ob du ein Auto hast oder nicht oder wie viel Geld du besitzt ..."
Bevor ich weiterreden konnte, verschloss er meinen Mund mit einem Kuss, den ich leider nur sprichwörtlich bis in die Zehen spüren konnte. Aber so weit, wie ich ihn spürte, reichte es auch aus, um mir ein unsagbar warmes Gefühl in die Magengegend und noch tiefer gelegene Regionen zu schicken. Seine Lippen waren unglaublich warm und weich, genau wie der Rest seiner Haut – sah man von den Bartstoppeln ab, die nun leicht über meine Haut kratzten.
Er legte seine Stirn an meine. „Lucca, du machst mich zu einem sehr, sehr glücklichen Mann, ich möchte nur nicht, dass du das irgendwann bereust. Denn es gibt nicht viele Menschen in meinem Leben, die ich nicht enttäuscht habe und die gerne Zeit mit mir verbringen. Es gab eine Zeit in meinem Leben, da wollte niemand Zeit mit mir verbringen. Aber das würde heute, an unserem ersten Date, zu weit führen!"
Er wollte etwas erzählen oder eben gerade nicht, aber das war mir egal, ich wollte es hören, ich wollte alles hören.
„Komm mit!", mit diesen Worten fuhr ich vor ihm her und er folgte mir brav. Ohne Eis und ohne Kaffee fuhr ich zu dem kleinen Park um die Ecke und suchte uns eine freie Bank aus. Ich zeigte auf die Bank: „Setz dich, bitte, mach es dir bequem!" Ohne zu fragen, aber durchaus skeptisch guckend, setzte er sich in die Mitte der Bank. Ich zog meine Bremse an, hievte mich aus dem Stuhl auf die Bank und dann auf seinen Schoß. Ich schlang die Arme um seinen Hals, es dauerte nicht lange und er legte seine Arme um meine Mitte. Sein Blick war immer noch fragend, vorsichtig, kein Lächeln war in seinem Gesicht zu sehen. Er war eindeutig auf der Hut, fragte sich wohl, was ich vorhatte.
Ich kuschelte mich an seine Brust – Gott, war der Kerl gut gebaut, zwar relativ klein und eher gedrungen, aber stark, seine Brust schien nur aus Muskeln zu bestehen. Solide wie eine Mauer, außerdem roch er einfach nur gut – nach Seife und Sonne (sowas hatte ich mal in einem Buch gelesen und mich über die Formulierung amüsiert – nun wusste ich, was die Autorin gemeint hatte!).

„Erzähl's mir, bitte, jetzt, ich will es wissen, es interessiert mich; du interessierst mich!"

- Sascha -

Ich blieb erstmal stumm. Zum ersten Mal in meinem Leben verlangsamten sich die Gedanken in meinem Kopf. Diese wunderbare Frau hatte mir befohlen, mich hinzusetzen und war auf meinen Schoß geklettert, sie hielt mich fest, sie kuschelte sich an mich, sie schnupperte an mir und nun wollte sie meine ganze unschöne Geschichte hören? Womit hatte ich das verdient? Was hatte ich in meinem Leben richtig gemacht, um sowas zu verdienen? Wenn es nach meinen Eltern ging – nichts. Aber konnte ich ihr das schon sagen? Wie konnte sie mich akzeptieren, wenn selbst meine Eltern das nicht schafften?
Wenn sie so auf meinem Schoß saß, dann waren unsere Gesichter auf einer Höhe und ich nahm mir die Zeit, ihres zu studieren, so wie sie es vorhin mit meinem gemacht hatte. Ich sah in ihre wunderschönen braunen Augen, die winzigen Sommersprossen auf ihrer Nase, ihre Lippen, diese Lippen, die sich vor nicht mal fünf Minuten so herrlich weich und kühl angefühlt hatten. Wie ein Versprechen war der Kuss gewesen. Sie vertraute mir, wollte mich tatsächlich kennenlernen. Aber wollte sie das auch noch, wenn sie wusste, dass selbst meine Eltern mich nicht gewollt hatten? Es war wohl wie mit diesem blöden Beispiel mit dem Pflaster – besser auf einmal abreißen statt Stück für Stück, dann war's vorbei. Wenn sie meine Geschichte gehört hatte, könnte sie immer noch entscheiden, ob sie mich kennenlernen wollte. Was hat sie vorhin von gemeinsam aufwachen gesagt? Allein der Gedanke daran ließ eine Region erwachen, die ich in diesem Moment so gar nicht gebrauchen konnte. Ich sah Lucca wieder in die Augen – so, wie sie mich angrinste, spürte sie es wohl auch. Kein Wunder, so eng, wie sie sich an mich gepresst hatte. Okay – damit wäre zum einen der Beweis erbracht, dass sie in ihrem linken Oberschenkel wohl Gefühl hatte und zum anderen, dass die Situation drohte, peinlich für mich zu werden. Lucca hingegen schien die Sache sichtlich zu genießen, denn

statt ein bisschen von mir abzurücken, schien sie noch näher zu kommen. Gut, wenn sie es wollte – ich konnte das. Auch, wenn ich noch nie einem Menschen von meinen Eltern erzählt hatte. Diese blöden ersten Male mit Lucca schienen echt einen Lauf zu haben! Ich rückte sie ein bisschen zurecht auf meinem Schoß, was mir einen sehr belustigten Seitenblick und einen leisen Protestlaut von ihr einbrachte. Dann räusperte ich mich und begann.

„Ich war ein schwieriges Kind, ich hatte Konzentrationsprobleme, konnte nicht gut auf Kommando lernen oder gar Wissen abrufen. Meine Gedanken – genauso wie meine Arme und Beine – konnten und können nicht lange still halten. Das hast du vielleicht schon gemerkt. Ich habe meinen Eltern viel Kummer bereitet. Sie waren das perfekte Paar, die perfekten Anwälte, mit dem perfekten Leben, dem perfekten Haus, nur leider war ich nicht das perfekte Kind. Ich war zu laut, zu wagemutig, fragte zu viel, schlief zu wenig. Sie versuchten, mich zu bändigen, sprachen Verbote aus, konnten nicht verstehen, wieso ich nicht genug lernte, wieso ich in der Schule immer wieder aneckte, versagte. Jede schlechte Note war in ihren Augen ein Versagen. Das ging so weit, dass mein Vater mich tagelang ignorierte, wenn ich mal wieder eine schlechte Note nach Hause brachte. Gegen die Empfehlung der Grundschule schickten sie mich zum Gymnasium. Meine Karriere dort war kurz und heftig. Zwar gab es Lehrer, die sich mit mir Mühe gaben, aber sie hatten auch nicht immer die Zeit dafür. So war ich dort schnell wieder weg. Das Schlimmste war, dass ich vieles von dem, was ich lernen musste, ja wusste, ich konnte es nur nie zum richtigen Zeitpunkt abrufen. Gerade mal so schaffte ich nach einer Ehrenrunde die mittlere Reife, was in den Augen meiner Eltern natürlich zu wenig war. Es passte nicht in ihr Weltbild. Mein Vater vermittelte mir eine Ausbildungsstelle, das ging auch in die Hose. Je mehr ich mich anstrengte, um zu funktionieren, desto verkrampfter wurde ich und das führte bei mir dann stets zu einer Blockade.

Auf jeden Fall haben sie mich aufgegeben.
Ich bemühte mich, ein guter Sohn zu sein, ich nahm keine Drogen, rauchte nicht, trank nicht. Ich war aber nicht klug oder einfach genug für sie. Als ich 18 wurde, warfen sie mich zu Hause raus, sie suchten mir eine winzige, runtergekommene Bude, mein Vater drückte mir 1000 € in die Hand. Das war vor über vier Jahren und das war auch das letzte Mal, dass ich sie gesehen habe. Ich weiß nicht, was sie den Leuten erzählt haben, wo ich hin bin. Einmal traf ich alte Bekannte. Von denen weiß ich, dass sie wohl sogar mal auf einer Veranstaltung erzählt hätten, dass ihr Sohn tot sei. Nun, für sie mag das vielleicht sogar stimmen ..."

Ich hatte ohne Punkt und Komma geredet und Lucca dabei nicht in die Augen gesehen. Als ich sie nun wieder ansah, sah ich, dass sie Tränen in den Augen hatte, eine Träne lief ihr übers Gesicht. Ich fing sie mit dem Daumen auf.

„Hey, das ist kein Grund zu weinen, ich hab's überlebt. Es war hart, aber ich hab's überlebt. Ich bin jetzt hier und habe mehr erlebt und erreicht, als ich mir jemals zu träumen erhofft habe. Es war eine harte Zeit, aber sie hat mich zu dem Menschen gemacht, der ich heute bin, und dieser Mensch hat gerade eine wunderschöne Frau auf dem Schoß und ist sauglücklich!"

Mit diesen Worten küsste ich sie – es war ein tolles Gefühl, dies tun zu können, tun zu dürfen. Lucca löste sich schnell von mir. Hatte ich etwas falsch verstanden, hatte ich die Tränen falsch interpretiert? Wollte sie gar nicht geküsst werden?

Aber sie sah mir nur ruhig in die Augen, streichelte über meine Wange und meinte: „Ich glaube, du bist der ehrlichste und stärkste Mensch, den ich je kennenlernen durfte. Und was deine Eltern angeht – sie haben durch ihre eigene Schuld einen tollen Menschen aus ihrem Leben gestrichen. Was für Idioten." Dann schaute sie mir in die Augen und fing an zu lachen: „Weißt du eigentlich, dass ich zwei Jahre älter bin als du?"

- Lucca -

Mir war immer noch zum Heulen zu Mute, aber ich hatte schnell gemerkt, dass Sascha weder Mitleid noch Tränen gebrauchen konnte. Er war auf die schlimmste nur denkbare Weise von seinen Eltern enttäuscht worden. Sie hatten ihn fallen gelassen, hatten ihn für tot erklärt, weil er nicht in ihr Schema gepasst hatte. Ich fühlte mich richtig elend, wenn ich an all die Liebe, Fürsorge, den Schutz dachte, mit dem meine Eltern mich überhäuft und ab und zu auch erdrückt hatten. Ich hatte manchmal zuviel davon, aber all das gar nicht zu bekommen, muss schlimm gewesen sein für einen kleinen oder später auch größeren Jungen.
Unser Moment wurde von meinem Handy unterbrochen. Zunächst reagierte ich nicht, denn er war viel zu schön, um von einer Nachricht unterbrochen zu werden. Allerdings hörte das Brummen nicht auf, es kamen immer mehr Nachrichten.
Sascha schob mich ein Stück von sich weg und lachte. „Nun schau schon nach, was so wichtig ist ..."
Also nahm ich mein Handy ohne auf das Display zu gucken, entriegelte es und öffnete das Programm, während ich Sascha ansah und genoss, was ich in seinen Augen las.
Dann fiel mein Blick auf mein Handy und ich stieß einen ungläubigen Schrei aus. Denn alles, was ich da las, war:
wer ist der kerl
wer ist der kerl
wer ist der kerl
wer ist der kerl ...

Verwirrt und verängstigt sah ich mich um. Wer beobachtete mich? Wer schickte mir diese Nachrichten? Er musste in der Nähe sein, er musste uns sehen!

Sanft entwand Sascha mir das Handy und schaute sich die Nachrichten an, aus dem Augenwinkel sah ich, dass eine weitere Botschaft ankam, ein Bild von uns beiden. Man sah mich mit angstgeweiteten Augen und Sascha, wie er mich

beobachtete.
Äußerlich war er völlig ruhig, aber ich merkte, wie er zitterte, nur ganz leicht, aber deutlich spürbar. Er brachte seinen Mund an mein Ohr: „Siehst du hier irgendjemand, der dir bekannt vorkommt, der dir solche Nachrichten schickt?" Ich sah mich verstohlen um und schüttelte den Kopf. In diesem Moment hörten wir ein Auto losrasen. Ich drehte mich in Richtung des Geräuschs, aber ich konnte keinen Blick auf das Fahrzeug werfen.
Sascha sagte nichts, setzte mich in den Rollstuhl und schob mich aus dem Park. Das Handy hatte er mir nicht zurück gegeben.
Zuerst wusste ich nicht, wohin er mich brachte, ich war auch viel zu durcheinander, um darauf zu achten. Ich bekam mit, dass er ein paar kurze Telefonate führte, aber er sprach so leise, dass ich nicht wusste, mit wem und über was er redete.
Keine zehn Minuten später sah ich, wo er uns hingebracht hatte – wir standen vor dem „Mr. Van T.". Davor stand ein sehr aufgebrachter Michael und daneben ein ziemlich tätowierter Mann in Bikerklamotten, er war etwas älter als ich.
Wortlos schob Sascha mich ins Studio hinein, die anderen beiden folgten uns. Wir gingen in die Küche. Sascha hob mich aus dem Stuhl und setzte mich wieder auf seinen Schoß, wir saßen genauso da wie eben im Park, nur war die Stimmung bei weitem nicht mehr so entspannt wie eben.
Ich vergrub mein Gesicht an Saschas Hals und wäre am liebsten in einem Mauseloch verschwunden, anstatt die geballte Aufmerksamkeit dieser Männer auf mich zu ziehen.
Da ich nicht wusste, was ich sagen sollte, blieb ich genauso stumm wie die anderen. Zweimal öffnete sich die Tür und schloss sich wieder.
Dann sprach jemand, wohl der Fremde.
Ich sah mich um, außer den Dreien, mit denen ich den Raum betreten hatte, waren nun auch noch David, Sam und Nate im Raum – ich fühlte mich wie unter einem Mikroskop.
„Bevor wir hier anfangen, Lucca, möchte ich mich erstmal vorstellen. Ich bin Jakob Richter, ein Freund von Sascha und außerdem Polizist. Er hat mich angerufen und gebeten,

möglichst schnell hierher zu kommen. Viel hat er mir nicht erzählt oder erzählen können, nur, dass es wichtig sei und es sich womöglich um einen Fall von Stalking handelt. Kannst du mir mehr erzählen?"
Ich musste mich wohl oder übel der Realität stellen, ich hatte die anderen Nachrichten verdrängt, aber nun änderte sich die Qualität und machte mir Angst.
Ich setzte mich gerade hin, soweit das möglich war, denn Sascha hielt mich ziemlich fest. Ich sah ihm in die Augen, streichelte leicht über seine Hände. Er bemerkte wohl, dass er mich mit stählernem Griff gehalten hatte und ließ etwas lockerer. Ich räusperte mich und sah die Männer um mich herum an.
„Die Nachrichten haben vor gut zwei Wochen angefangen. Bisher waren es drei oder vier. Nichts Besonderes und schon gar nichts so Persönliches. Zuerst war es die Frage 'Warum bist du gegangen?' und dann ein 'Warte auf mich'. Ich habe das nicht ernst genommen."
„Okay, hast du irgendwem davon erzählt?"
„Nein, das heißt doch. Max, ein Freund von mir" - ich merkte, wie Sascha sich verspannte und mich fragend ansah. Ich streichelte ihm über die Hand und drückte sie leicht, aber ich spürte auch, dass Sascha mich mehr von sich wegschob - „hat vorgestern noch eine Nachricht mitbekommen, die hieß 'Bald sind wir wieder zusammen <3'. Max meinte, ich solle zur Polizei gehen. Aber ich habe es herabgespielt. Was sollte ich denn der Polizei sagen? Vielleicht hat sich ja auch nur jemand verwählt."
„Nein, bestimmt nicht und dein Freund hatte recht, du hättest da schon zur Polizei gehen sollen. Mit solchen Menschen ist nicht zu spaßen. Hast du einen Verdacht, wer dahinter stecken könnte?"
„Ich möchte niemanden zu Unrecht beschuldigen ..."
„Das klingt nach einem 'Aber', also, wen hast du im Verdacht?"
„Vor über sieben Jahren hatte ich einen Freund, der mich nicht gut behandelt hat, in der Nacht meines Unfalls hatten wir einen fiesen Streit, er hat mich geschlagen und mir gesagt, dass ich ihm gehören würde. Als ich dann vor ihm

weggelaufen bin, bin ich direkt vor ein Auto gerannt. Als Resultat sitze ich im Rollstuhl. Er hat sich aber seit meinem Unfall nicht mehr bei mir blicken lassen. Wieso sollte er jetzt so handeln?"
„Warum Menschen so handeln, weiß man nie so genau. Hat sich irgendetwas geändert in den letzten Wochen?"
„Nun, ich bin weggezogen aus unserem Dorf, ich habe den Job bei Nate angenommen. Er kam am Tag meiner Abfahrt zu meinen Eltern, wollte mit mir reden ..."
„Das Weichei, mit dem du dich gestritten hast, als wir dich abgeholt haben?", fiel mir David ins Wort.
Jakob nickte: „Wenn er tatsächlich in irgendeiner Form auf dich fixiert ist, dann reichte es ihm vielleicht, dich in seiner Nähe zu wissen. Durch deinen Umzug mag er das Gefühl bekommen haben, dass er dich nicht mehr unter Kontrolle hätte. Gib mir mal seinen Namen, ich werde ihn überprüfen lassen."
Ich schrieb Tobis Daten auf, so gut ich konnte. Seine neue Adresse hatte ich nicht, als wir ein Paar gewesen waren, hatte er noch bei seinen Eltern gelebt. Also schrieb ich deren Adresse auf.
Während Jakob telefonieren ging, sah mich Sascha fragend an.
„Ich weiß, es geht mich nichts an, aber ich muss es trotzdem wissen – wer ist Max?" Er wirkte schon wieder so unsicher, so traurig, als würde er damit rechnen, dass ich ihn verlassen würde.
„Du musst dir keine Sorgen machen, Max ist wirklich nur ein Freund, wohl mein einziger in den letzten sieben Jahren. Du wirst ihn am Samstag bei meinem Umzug kennenlernen, glaube mir, er ist wirklich nur ein Freund, wenn auch ein sehr, sehr guter!
Aber es tut mir leid, in was ich dich da mit hineingezogen habe. Ich meine, wenn ich tatsächlich einen Stalker habe .... ich könnte verstehen, wenn dir das zu viel wird ... ?"
„Glaube mir, es braucht mehr als einen durchgeknallten Irren, um mich von dir fern zu halten! Ich befürchte nur, dass du damit leben lernen musst, ziemlich viele unserer 'ersten Male' in den nächsten Tagen zu erleben, denn ich werde dich

nicht mehr aus den Augen lassen, bis das hier ausgestanden ist." Ich verstand zwar nicht ganz, was er damit meinte, lehnte mich aber wieder an ihn an.
Da kam auch Jakob schon wieder. „Also, wir haben ihn gefunden. Die Kollegen werden sein Alibi für heute überprüfen. Seine Akte ist blütenrein bis auf eine Anzeige einer Frau vor vier Jahren wegen Gewalt, die wurde aber am Tag darauf wieder zurückgezogen. Also nichts Verwertbares. Bis die Sache geklärt ist, wäre es aber gut, wenn du nicht alleine unterwegs wärst. Wo wohnst du im Augenblick? Ist da sichergestellt, dass du nicht alleine bist?"
Ich sah, dass Nate antworten wollte, doch Sascha kam ihm zuvor: „Sie wird bei mir wohnen, ich stelle sicher, dass sie nicht alleine ist. Das ist zwar nicht ideal, aber am Samstag ziehst du ja sowieso bei Nate und Sue aus, dann werde ich mit zu dir ziehen, wenn das für dich in Ordnung ist, Lucca?"
Ich sah mich um, keiner der anderen Männer schien den Plan irgendwie komisch zu finden. Im Gegenteil, sie nickten zustimmend und hatten sogar die Frechheit, trotz der ernsten Lage zu grinsen. Sue hatte wohl mit ihrer Aussage über Alphamänner recht gehabt.
„Dann wäre das ja klar, und du musst mir versprechen, vorsichtig zu sein, Lucca. Tu nichts Unüberlegtes, man weiß nie, was in so Köpfen vorgeht. Außerdem musst du bitte morgen auf der Polizeiwache vorbeikommen. Das hier ist nur ein erstes informelles Gespräch, wir müssen die Daten genau aufnehmen und dann brauchen wir eine Kopie der Handydaten. Wann könntest du morgen vorbeikommen? Ich würde dann den Termin für dich fix machen."
Nun fanden alle Männer ihre Sprache wieder. Sowohl Nate (als mein Chef) als auch David (als Saschas Chef) machten klar, dass die Arbeitszeiten nun wirklich keine Rolle spielten und dass keiner richtig Ruhe hätte, bevor die Sache nicht ausgestanden sei.
Gott, womit hatte ich solche Menschen um mich herum nur verdient?

Der Weg zurück zu meinem Auto verlief auch schweigend. Von dort fuhren wir zu mir, Nate hatte Sue schon informiert und die hatte mir eine Tasche mit den nötigsten Dingen zusammengepackt. Ich räumte noch zwei, drei andere Sachen mit ein und verabschiedete mich von Sue. So hatte mein Auszug bei ihr nicht aussehen sollen. Aber ich sah es ja ein, dass es so das Beste war. Sue verabschiedete sich von mir, als würden wir uns nicht morgen im Büro, sondern erst in Wochen wiedersehen.

Dann lotste Sascha mich zu seiner Wohnung. Sie lag zum Glück im Erdgeschoss und war mit 2 Zimmern geräumig genug, dass ich mich mit meinem Rolli dort bewegen konnte. Natürlich gab es nur ein Bett …

- Sascha -

Lucca stand mitten in meinem Wohnzimmer und nahm den Raum in sich auf. Ich versuchte zu sehen, was sie sah. Ich hatte nur wenige Möbel, ein altes Sofa, einen Tisch mit vier bunt zusammengewürfelten Stühlen, einen alter Fernseher und überall an den Wänden Bilder von mir. Ein Stehpult zum Malen - als mein eigener Blick dorthin fiel, wurde mir schlagartig heiß und kalt. Denn es gab ein Motiv, das mich seit zwei Wochen ständig beschäftigte – Luccas Augen, Luccas Hände, Luccas Gesicht. Auf und neben dem Tisch, sogar an die Wand gepinnt, waren bestimmt 20 Skizzen von ihr. Sie betrachtete die Bilder ganz genau und als sie feststellte, wer mir – in meinen Gedanken – Modell gesessen hatte, breitete sich ein strahlendes Lachen über ihrem Gesicht aus.

„Also, wenn du heute nicht mit mir zusammen auf dem Foto gewesen wärst, dann könnte man glauben, dass du mein Stalker wärst. Da du es aber offensichtlich nicht bist, fühle ich mich sehr geschmeichelt."

Ich atmete erleichtert aus und setzte ihre Tasche auf dem Sofa ab.

Die ganze Fahrt hatte ich überlegt, wie ich das heikle Thema der Schlafsituation ansprechen sollte.

„Lucca, wir müssen reden. Ich weiß nur nicht, wie ich es sagen soll, ohne, dass es doof oder komisch klingt. Wie du siehst, habe ich natürlich nur ein Bett, das werde ich dir überlassen und auf dem Sofa schlafen. Denn wenn eine Sache in den nächsten Tagen voll lauter 'erster Male' definitiv nicht stattfinden wird, dann ist das DAS erste Mal. Ich meine, also, du hast heute im Park gespürt ... , ich meine, du weißt, wie ich ... Gott – gibt es eine Chance, dass du mich aus dieser Nummer rauslässt?"

Sie biss sich auf die Lippe, wohl um sich ein Lachen zu verkneifen und schüttelte den Kopf. Dieses kleine Biest, sie wusste ganz genau, was ich sagen, was ich fragen wollte. Angriff ist die beste Verteidigung.

„Also, du hast gespürt, welche Gefühle du bei mir auslöst,

was dein Körper mit meinem anstellt. Ich meine, also du hast es doch gespürt, oder?" (Toller Angriff, ich stotterte mir einen zurecht und sie ließ mich zappeln – nächster Versuch.) „Lucca, ich weiß, wir kennen uns noch nicht lange, aber ich weiß, dass ich viel für dich empfinde. Wir haben noch nicht darüber geredet, natürlich nicht, so weit waren wir ja noch gar nicht. Gut, du sollst also wissen, dass ich mir nichts Schöneres vorstellen kann, als mit dir zu schlafen, als dich nackt in meinen Armen zu halten und zu spüren. Aber wenn Sex für dich nicht geht, dann ist das für mich auch in Ordnung, ich meine, ich weiß ja gar nicht, ob du überhaupt, ... also wie stark dich deine Behinderung einschränkt. Im Oberschenkel hast du Gefühl, das weiß ich ... Ich glaube, ich rede mich um Kopf und Kragen, oder?" Irgendwann beim Sprechen hatte ich die Augen zu gemacht, denn die ganze Sache war mir so unangenehm. Vielleicht lag ich ja auch mit allem falsch? Als sie mich am Arm berührte, zuckte ich zusammen. Ich hatte nicht gemerkt, dass sie auf mich zugekommen war.

„Sascha, ich weiß, was du mich fragen willst. Und du hast recht, eigentlich ist diese Unterhaltung nach ein paar Küssen fehl am Platze, aber ich denke, wir beide wissen, worauf das mit uns hinauslaufen wird. Deshalb will ich dir ein paar ungestellte Fragen beantworten und auch etwas dazu sagen. Definitiv ja – ich kann ziemlich normal Sex haben und ich will ihn auch mit dir. Aber ich bin aus dem Alter raus, wo ich lockere Dinge oder eine Affäre suche. Halt mich für altmodisch, aber ich möchte eine völlig normale, ruhige Beziehung mit einem Mann, der mich respektiert und mag. Wenn das hier für dich also nur eine Eintagsfliege hätte werden sollen und du mich nun nur umstandshalber an der Backe hast, dann sag mir das bitte."

„Was?? Nein, natürlich nicht, also, natürlich ja, ich meine ... , Gott, Frau, du verwirrst mich. Normalerweise funktioniert mein Gehirn super, wie ein kleiner Computer und schon lange nicht mehr so unorganisiert wie als Jugendlicher. Aber bei dir brennen wohl meine Synapsen wieder durch.
Was ich meine ist: nein, du bist keine Eintagsfliege, ja, ich möchte auch all das, was du suchst, am liebsten mit dir, denn

ich mag dich sehr, sehr, sehr gerne. Ich bin froh, dass du 'ziemlich normal' Sex haben kannst, was auch immer du damit meinst. Und nun kommt mein ‚Aber' – ich werde nicht mit dir schlafen, solange diese Sache nicht halbwegs ausgestanden ist. Es würde sich für mich nicht richtig anfühlen, viel zu überhastet. Nur, weil du jetzt quasi bei mir einziehst und ich ab Samstag dann bei dir" - ich sah, dass sie ansetzen wollte zu sprechen - „nein, das ist nicht verhandelbar. Solange Tobi oder wer auch immer nicht gestoppt ist, werde ich bei dir wohnen. Und, wenn du magst, auch gerne darüber hinaus!! Also, nur, weil wir jetzt zusammenwohnen, heißt das nicht, dass wir unsere Beziehung überhasten werden. Deal?" Ich hielt ihr die Hand hin, doch anstatt sie zu ergreifen, winkte sie mich mit dem Zeigefinger zu sich herunter. Ich beugte ihr mein Gesicht entgegen, sie verschränkte ihre Hände hinter meinem Kopf und zog mein Ohr an ihren Mund. Langsam, gaaaanz langsam strich sie mit ihrer Zungenspitze über meine Ohrmuschel, mir sackten fast die Beine weg.

„Aber auch, wenn wir es langsam angehen lassen, darf ich dich doch trotzdem küssen, anfassen und an den Rand deiner Willenskraft bringen, oder?" und mit diesen Worten biss sie mir zum guten Schluss auch noch leicht ins Ohrläppchen.

Ich war ja bestimmt ein geduldiger, eher ruhiger, in mich gekehrter Mensch, aber was zu viel war, war zu viel. Ich hob sie aus dem Rolli, trug sie in mein Schlafzimmer und warf sie sanft aufs Bett.

Himmel, war diese Frau schön – sie lachte aus vollem Herzen, stützte sich auf ihren Ellbogen ab und sah mich herausfordernd an. Ich könnte mich an diesen Anblick – sie in meinem Bett, mit vom Lachen (oder etwas anderem) geröteten Wangen – echt gewöhnen!

Ich krabbelte zu ihr aufs Bett und bedeckte ihren Körper mit meinem, ohne, dass wir uns berührten. Dann beugte ich mich tief zu ihr hinunter und flüsterte nun meinerseits in ihr Ohr: „Wir werden ja sehen, wessen Willenskraft am strapazierfähigsten ist, meine Süße."

Dann redeten wir eine ganze Weile nicht mehr, sondern küssten und streichelten uns – wessen Willenskraft auch

immer, beide wurden auf die bestmögliche Art getestet.
Als es draußen langsam dunkel wurde, trug ich Lucca ins Wohnzimmer, wo wir es uns auf dem Sofa bei Pizza, einer Flasche Wein und einem alten Schwarzweißfilm gemütlich machten. Ich saß in der Sofaecke, ein Bein auf dem Boden, das andere auf dem Sofa, Lucca saß vor mir und kuschelte sich an meine Brust. So hätte ich auch schlafen können. Aber für Lucca schien es auf Dauer unbequem zu werden. Das merkte ich daran, dass sie immer öfter ihre Position veränderte, ohne sich wirklich zu bewegen.
„Hey, ich glaube, es wird Zeit fürs Bett. Soll ich dir deinen Stuhl holen und deine Sachen ins Bad bringen? Was brauchst du?" Ich hielt ihr ihre Reisetasche hin. Sie wühlte ein paar Sachen heraus und ließ sich von mir helfen. Ich brachte sie ins Bad und ging selber ins Wohnzimmer, um dort aufzuräumen. Ich hörte, wie sie sich fertig machte und als sie das Bad verließ, ging ich selber hinein, putzte Zähne und entschied mich dann dafür, zur Abwechslung mal in Shorts und T-Shirt zu schlafen.
Ich schaute nochmal kurz ins Schlafzimmer, um Lucca eine gute Nacht zu wünschen. Sie lag still und unbeweglich, genauso wie sie sonst immer saß, ein Bild der Ruhe und Ausgeglichenheit.
„So, ich leg mich jetzt auch hin – brauchst du noch etwas für heute Nacht?"
Sie setzte an, öffnete den Mund und schloss ihn wieder.
„Was, kannst du es nicht sagen? Ist es was Schlimmes?", neckte ich sie.
Sie biss sich wieder mal auf die Lippe und sah mich schüchtern an. „Ich muss gestehen, bei Tag war das was anderes, aber nun, im Dunkeln ... Bitte, halt mich nicht für durchgeknallt, Sascha, aber ich hab echt Angst, ich weiß nicht, ob ich ein Auge zubekomme. Diese ganze Nachrichtensache setzt mir mehr zu, als mir lieb ist. Würdest du dich noch ein bisschen zu mir legen, dich mit mir unterhalten, mir was erzählen. Ich glaube, ich mag nicht alleine sein!"
Danke, lieber Gott, dass ich mir mehr als sonst angezogen hatte, dass ich nochmal in dieses Zimmer gegangen war.

Ohne zu zögern, schlüpfte ich hinter Lucca ins Bett, so dass sie gegebenenfalls leicht raus und zu ihrem Rolli kommen konnte, zog sie an meine Brust, legte meinen Arm um sie und begann, ihr Geschichten zu erzählen. Mein Leben, meine Kunst, meine Bilder, meine Musik.

Es dauerte nicht lange und sie entspannte sich komplett, ihr Atem wurde gleichmäßig – sie war eingeschlafen.

Donnerstag, 29. September 2016

- Lucca -

Zum zweiten Mal innerhalb weniger Wochen wurde ich morgens wach und wusste nicht so recht, wo ich war. Obwohl, der warme Körper hinter mir, der tätowierte Arm, der um mich geschlungen war, die Bilder über dem Bett. Ich wusste genau, wo ich war – ich war genau da, wo ich sein wollte. In Saschas Arm, in Saschas Bett, in Sicherheit, denn wenn ich eins wusste, dann, dass Sascha es sehr persönlich nahm, mich zu beschützen. Wenn es nach mir gehen würde, dann würden wir einfach in diesem Bett liegen bleiben, bis die ganze Scheiße mit meinem Stalker abgeschlossen war. Aber wir hatten für heute Morgen einen Termin mit Jakob im Revier ausgemacht. Bei Gelegenheit würde ich Sascha auch fragen, woher er Jakob kannte. Denn die Blicke, die sie gestern ausgetauscht hatten, waren mehr als das Verhältnis zwischen einem Tätowierer und einem Kunden. Auch die Tatsache, dass mein Freund (ja, ich glaube, er war mein Freund, oder?) Jakobs Nummer im Handy gespeichert hatte, zeigte, dass sie sich näher kannten.
Aber nachdem Sascha mir gestern ein paar Geschichten seiner verkorksten Vergangenheit erzählt hatte – einiges davon hatte ich nur im Halbschlaf mitbekommen - war ich mir sicher, dass Jakob ihm irgendwie auf die Beine geholfen hatte. Ich erinnerte mich noch daran, dass er mir die 'Wohnung' geschildert hat, in der seine Eltern ihn untergebracht hatten. Wenn ich die jemals in die Finger bekommen würde, dann müssten sie sich warm anziehen, denn sie schienen genug Geld zu haben und hatten ihren 18-jährigen Sohn in einem verlausten Loch inmitten des schlimmsten Problemviertels untergebracht, um ihn loszuwerden.
Ich spürte eine Bewegung hinter mir. Sascha wurde wach – schade, ich würde gerne noch in diesem Kokon aus Wärme

und Mann liegen bleiben. Aber ich wusste, was gleich passieren würde. Mein edler Ritter würde feststellen, dass er eingeschlafen war, obwohl er sich doch nur hatte zu mir legen wollen. Ich spürte, wie er sich versteifte...
Here we go ... 3 ... 2 ... 1
„Oh Gott, Lucca – entschuldige, ich wollte hier nicht liegen bleiben, ich bin eingeschlafen. Ich wollte doch aufs Sofa gehen."
Ich merkte, wie er von mir wegrücken wollte. Das Erste, was er dadurch erreichte, war, dass er mir seine Erektion in den Rücken drückte. Mein Körper reagierte prompt und im Rahmen meiner Möglichkeiten (shit – leider waren das nicht viele, selten hatte ich es so bereut wie heute) rückte ich ihm hinterher und hielt mit beiden Händen seinen Arm fest, den er unter mir herausziehen wollte.
Gerne hätte ich mich jetzt rumgedreht und ihm ins Gesicht gesehen, aber das war nur leider gar nicht möglich. Das würde ewig dauern, das wusste ich.
„Sascha, bitte, bleib, ich habe so gut geschlafen wie schon lange nicht mehr. Wir waren uns doch einig, dass wir beide eine Beziehung wollen, also können wir auch in einem Bett schlafen." In diesem Moment war ich so sauer auf meine Beine, darauf, dass ich mich nicht so bewegen konnte, wie ich wollte. Tränen der Wut stiegen in mir auf. Ich versuchte, sie runterzuschlucken, aber eine bahnte sich ihren Weg und tropfte auf mein „Kissen", auf Saschas Arm.
„Lucca – warum weinst du? Was ist nicht in Ordnung? Ich bleib natürlich bei dir! Schatz, rede mit mir, was ist los?"
„Meine Beine sind los, oder eben nicht, ich kann mich noch nicht mal zu dir rumdrehen um dir ins Gesicht zu sagen, was ich denke und fühle. Das ist so scheiße, so zum Kotzen, so frustrierend ..."
Statt Worten ließ er Taten folgen. Er legte einen Arm unter meine Beine, hob mich an und drehte mich auf den Rücken. Dann verteilte er lauter kleine Küsse auf meinem Gesicht. Er küsste mir die Tränen weg und sah mir die ganze Zeit in die Augen.
„Lucca, ich sehe dich, genau dich und mir sind deine Beine egal. Lass mich deine Beine sein, gib mir deine Ruhe, deine

Stärke, mehr will ich nicht."
Langsam schob ich meine Hände unter sein Shirt, fühlte seine warme Haut, seine Muskeln. Er hielt still, sah mir in die Augen und ließ mich gewähren. Auch, als ich ihm das Shirt über den Kopf zog, wehrte er sich nicht, er half mit. Unsere Blicke hielten einander die ganze Zeit gefangen. Dann nahm ich mir die Zeit, seinen Oberkörper zu betrachten. Wie ich vermutet hatte, endeten seine Tattoos nicht an den Schultern, sie zogen sich ein gutes Stück über die linke Brust und den Bauch. Manchmal konnte ich einzelne Motive erkennen, ein Sternbild und einen Kompass, ein kleines Schiff mit zerfetzten Segeln, das hilflos auf den Wellen trieb. Manchmal waren es auch nur Muster, die ineinander verliefen. Ich fuhr einige der Motive mit den Fingerspitzen nach – manchmal waren es Schriftzeichen, Wörter in verschiedenen Sprachen.

Er ließ mir Zeit, aber nach ein paar Minuten nahm er meine Finger und küsste die Spitzen einzeln.

„Mein Schatz, ich würde dich gerne noch stundenlang ansehen und genießen, wie du meinen Körper streichelst, aber wir haben Jakob versprochen, um neun Uhr auf der Wache zu sein. Und um elf Uhr liefere ich dich im Büro ab, denn mein Chef beim Kurierdienst hat mir nur den Vormittag frei gegeben. Also müssen wir leider hier aufhören. Aber heute Abend gehöre ich wieder ganz dir. Meine Bandproben habe ich bis auf weiteres auf Eis gelegt. Und nun, sag mir, wie ich dir helfen kann oder wo du meine Hilfe brauchst?"

Mit diesen Worten gab er mir einen Kuss auf die Nasenspitze und schwang sich aus dem Bett.

„Ich müsste mal ins Bad, aber das schaffe ich alleine. Was ich gebrauchen könnte, wäre ein schwarzer Kaffee – nichts zu essen, ich bekomme heute Morgen nichts runter. Lieber nach dem Gespräch etwas aus der Bäckerei."

„Gut, dann sehen wir uns gleich in der Küche – ich bin der gutaussehende Mann mit dem Kaffee in der Hand!"

Er zwinkerte mir zu und ließ mich alleine.

- Sascha -

Lucca hatte nicht lange im Bad gebraucht. Ich wusste, dass meine Wohnung alles andere als behindertentauglich war. Aber es war nur noch für zwei Tage. Lucca hatte mir schon direkt nach der Besichtigung von ihrer neuen Wohnung vorgeschwärmt. Dann hätte sie endlich den Platz, den sie zum bequemen Wohnen bräuchte. Ich würde ihrem Häuschen gerne meinen Stempel aufdrücken, eine persönliche Note, vielleicht würde Lucca mir erlauben, ihr ein Bild an eine der Schlafzimmer- oder Wohnzimmerwände zu malen?

Wir waren auf dem Weg zu Jakob – ich war sehr froh gewesen, dass er gestern in der Nähe gewesen war, als ich ihn angerufen hatte. Ich verdankte diesem Mann ziemlich viel – allem voran mein Leben, denn ohne sein Einschreiten vor vier Jahren hätte ich meine ersten Wochen alleine nicht überlebt.

Lucca war äußerlich völlig gefasst, aber ich merkte, dass ihr Blick beim Autofahren in alle Richtungen wanderte. Ich legte meine Hand auf ihr rechtes Bein. Es fühlte sich so dünn an, kein Wunder, dass sie so wenig wog.

Schweigend fuhren wir durch die belebten Straßen und parkten direkt vor dem Gebäude. Jakob wartete schon auf uns und brachte uns direkt zu seinem zuständigen Kollegen. Heute sah er professioneller aus als gestern. Er trug Jeans, T-Shirt und Turnschuhe, die Bikerkutte trug er natürlich nicht.

„Sascha, von mir aus kannst du gerne mit rein gehen, solange Lucca das recht ist. Denn für mich steht außer Frage, dass du nichts mit der Sache zu tun hast. Aber wenn meine Kollegin dich bittet, rauszugehen, dann dreh nicht durch, denn es gibt manchmal Dinge, die nicht für andere Ohren bestimmt sind."

Mit diesen Worten klopfte er an eine Tür und öffnete sie, ohne auf ein „Herein" zu warten.

Als ich die Frau hinter dem Schreibtisch erkannte, warf ich Jakob einen belustigten Blick zu. „Kollegin", ja, ne, ist klar …

„Hallo, Sascha, du hast dich ewig nicht bei uns blicken lassen, also hast du die Neuigkeiten von meiner Beförderung noch gar nicht gehört – selber schuld, du treulose Tomate." Mit diesen Worten zog mich die zierliche, blonde Frau in ihre Arme.

„Tina, grüß dich, seit wann hast du den Posten? Darf ich dir meine Freundin Lucca vorstellen? Ich hätte mir gewünscht, dass ihr euch unter anderen Umständen kennengelernt hättet, aber leider ist es, wie es ist. Lucca, das ist Tina, Jakobs Frau und scheinbar wurde sie hinter einen Schreibtisch befördert."

Tina reichte Lucca die Hand zur Begrüßung. „Hallo, Lucca, Sascha hat recht, es ist schade, dass wir uns so kennenlernen, aber es freut mich trotzdem, die Frau kennenzulernen, die Saschas Herz erobert hat. Ich hoffe, dass die Sache hier schnell abgeschlossen werden kann, dann müsst ihr uns unbedingt besuchen kommen. Aber jetzt lasst uns anfangen ..."

Jakob gab seiner Frau einen Kuss und verließ den Raum, während Lucca und ich uns an den Schreibtisch setzten. Kurz darauf kam auch Tina zu uns und setzte sich uns gegenüber.

„So, am besten erzählst du mir alles von Anfang an, lass nichts aus, keine Nachricht, kein komisches Gefühl, nichts ist unwichtig. Und dann können wir über deinen Verdacht reden. Und du musst dich entscheiden, ob Sascha bleiben darf oder gehen soll. Hier geht es nur um dich – und wenn du dich unwohl fühlst, dann hat das Gespräch keinen Sinn. Wir müssen in die Tiefe der Geschichte gehen und da kannst nur du entscheiden, wer sie hören darf."

Ich hielt meinen Mund, Tina hatte recht. Ich kannte nicht die ganze Geschichte mit diesem Tobi und ich wusste nicht, wie viel Lucca uns schon erzählt hatte.

„Nein, Sascha soll bleiben, er kennt die meisten unschönen Dinge schon, den Rest soll er auch erfahren."

Und dann erzählte Lucca alles nochmal. Sie zeigte die Nachrichten, davon wurden auch Kopien gemacht, dann erzählte sie, dass Tobi durch ihren Vater ihre Handynummer bekommen hatte. Sie erzählte von der Nacht ihres Unfalls

und wie die Beziehung zu ihm sich geändert hatte im Laufe der Monate. Wenn ich den in die Finger bekam ...
Mich hatten meine Eltern rausgeworfen, weil ich nicht gut genug war und dieses Arschloch wurde in allem von seinen Eltern unterstützt.
Nachdem Lucca alles erzählt hatte, ergriff Tina das Wort.
„Ich will ehrlich sein, Lucca, solange dein Stalker nicht mehr tut, nicht wirklich in Erscheinung tritt, können wir nicht viel tun. Deinen Exfreund haben wir gestern schon überprüft. Er hat ein Alibi für den Nachmittag – seine Freundin hat bestätigt, dass er bei ihr gewesen sei. Wobei sie einen ziemlich verängstigten Eindruck gemacht hat bei der Unterhaltung, aber für den Moment sind wir machtlos. Die Nachrichten waren nicht von seinem Handy, aber in der heutigen Zeit hat man ja schon mal zwei oder drei davon. Tut mir den Gefallen, seid vorsichtig und aufmerksam. Sascha, bitte sorge dafür, dass Lucca zu keiner Zeit alleine ist. Und noch was – schlag ihn nicht tot, wenn du ihn in die Finger bekommst. Ich sehe dir an, dass du das am liebsten tun würdest, aber das bringt niemanden weiter, okay?"
Mit diesen Worten verabschiedeten wir uns voneinander.

- Lucca -

Ich fühlte mich wie nach einem Marathon. Die ganze Sache hatte mich geschlaucht. Als ich meine Geschichte mit Tobi erzählt hatte, fühlte ich mich einerseits freier, andererseits aber auch belasteter. Mir wurde beim Erzählen immer klarer, wie viele Demütigungen ich damals freiwillig von ihm ertragen hatte, ohne mich zu wehren. Er hatte mich klein gehalten, fertig gemacht, manipuliert und er hatte sogar angenommen, mich trotz seiner letzten Aktion halten zu können. Wie hatte ich das damals nur geschehen lassen können?
Sascha schob meinen Rolli nur bis vor die Tür. Dort setzte er sich auf das Geländer und sah mich an.
„Alles klar, Süße? Das war ganz schön viel da drinnen. Soll ich Nate anrufen, dass du heute doch nicht mehr ins Büro willst?"
„Nein, ich glaube, arbeiten ist jetzt genau das Richtige für mich, nur so kann ich mich ablenken. Ich habe nur festgestellt, was für ein Schaf ich vor sieben Jahren gewesen bin. Wie habe ich das alles geschehen lassen können?"
„Du warst geblendet, du warst jung und du warst durch deine Umgebung beeinflusst. Aber du hast auch bewiesen, dass du stark bist."
„Was, wenn wir Tobi Unrecht tun, was, wenn er es wirklich nicht war, sondern irgendein anderer Irrer? Immerhin hat seine Freundin ihm ein Alibi gegeben."
„Ja, aber du hast Tina gehört – das war dieselbe Frau, die ihn angezeigt und dann diese Anzeige zurückgezogen hat. Was, wenn sie einfach nur Angst vor ihm hat? Er wird sich schon nicht so verändert haben, dass er nun ein netter Kerl geworden ist!"
„Ja, du hast wahrscheinlich recht. ... Tina und Jakob sind nett. Wie lange kennt ihr euch schon?"
Sascha rieb sich mit der Hand durchs Gesicht. Ein klares Zeichen, dass er nach Worten suchte, dass sein Gehirn wieder schneller arbeitete, als er folgen konnte.
„Wenn du nicht darüber reden willst, dann ist das in

Ordnung!", ich legte meine Hand auf sein Bein.
„Ne, schon gut, es ist nur ein Teil meiner Vergangenheit, der nicht besonders schön ist."
Ich lachte auf. „Sascha, ich habe gerade da drinnen zu Protokoll gegeben, dass mein Ex mich geschlagen, gedemütigt, überwacht und auch quasi vergewaltigt hat, wenn ich keine Lust auf Sex hatte – glaub mir, ich weiß, was unschöne Zeiten sind!"
Sascha sah mich an, als würde er mich zum ersten Mal sehen. „Du hast recht – wir sind echt ein schräges Paar. Aber weißt du was?", er sprang vom Geländer und kniete sich vor mich hin. Dann bewegte er sein Gesicht ganz nah an meins, so nah, dass unsere Lippen sich berührten. „Wir sind vielleicht ein schräges Paar, aber ich glaube auch, dass alles im Leben aus einem bestimmten Grund passiert. Und ich für meinen Teil bin dem Schicksal verdammt dankbar, dass es mich zu dir geführt hat. Ob schräg oder nicht – ich gehöre ganz dir, wenn du mich willst!" Und dann küsste er mich, zuerst knabberte er zärtlich an meiner Unterlippe, doch schnell vertiefte er den Kuss und alles andere um uns herum wurde unwichtig.
Ein recht lautes Räuspern ließ uns den Kuss beenden.
„Jakob, ich hoffe, du hast einen guten Grund, warum du uns störst", knurrte Sascha seinen Freund an.
„Also, wenn ihr gleich Eintritt nehmen wollt für eure Show, dann sagt Bescheid, ich geh mit dem Hut rum, aber ansonsten würde ich euch raten, euch ein etwas ruhigeres Plätzchen zu suchen als den Haupteingang des Polizeipräsidiums. Aber eigentlich soll ich nur von Tina ausrichten, dass sie euch so schnell wie möglich zum Abendessen erwartet."
„Alles klar, grüß sie von uns – ich melde mich wegen des Essens oder wenn Lucca noch eine Nachricht bekommt.
Lucca, wolltest du noch etwas essen, bevor ich dich zum Büro bringe? Du hattest das vorhin gesagt."
Ich reichte Jakob die Hand zum Abschied und wendete mich an Sascha. „Wir haben noch fast eine Stunde – lass uns irgendwo noch einen Happen frühstücken, okay?"
Wir ließen mein Auto stehen und setzten uns in die nächste

Bäckerei.
Sascha blickte sich um, dann lehnte er sich ein wenig vor, damit er nicht so laut reden musste. „Also, Jakob und Tina haben mir den Arsch gerettet, es war kurz nach meinem 18. Geburtstag und ich lebte in dem Rattenloch, das meine Eltern mir gesucht hatten. Damals waren sie beide noch kein Paar, sondern nur Partner auf Streife. Ich kam abends nach meiner erfolglosen Jobsuche zurück und musste feststellen, dass meine Wohnungstür zum dritten Mal innerhalb von fünf Tagen aufgebrochen worden war. Das war normal, ich war ein Fremdkörper in der Gegend, untereinander ließen die sich in Ruhe, doch ich war ein Opfer. Ich war klein, bin ich ja auch heute noch, aber ich war auch bei Weitem nicht halb so durchtrainiert wie jetzt. Ich hörte ein Geräusch aus meiner Wohnung und rannte geistesgegenwärtig los. Leider war ich müde und hatte den Tag über wenig gegessen. So holten sie mich schnell ein. Sie hatten das Auto gesehen, mit dem meine Eltern mich da abgeliefert hatten und messerscharf geschlossen, dass sie Geld haben mussten. Und das wollten sie von mir haben. Die 1000 €, die mein Vater mir überlassen hatte, waren schon fast aufgebraucht, denn ich hatte ein paar Möbel gekauft und fand keinen Job. Sie versuchten, das Geld oder die Information aus mir herauszuprügeln, vielleicht wollten sie aber auch nur Druck ablassen. Egal. Auf jeden Fall waren sie drauf und dran, mich tot zu schlagen, als Jakob auf seiner Streife vorbeikam und meine Angreifer vertrieb. Tina wollte mich sofort zu einem Arzt bringen. Aber ich hatte kein Geld, keine Krankenversicherung, keine Identität. Ich war nicht gemeldet, ich hatte keine Ahnung vom Alleinleben, von meinen Rechten und Pflichten. Ich wollte einfach nur zurück in mein Bett und wenn möglich sterben, denn dann hätte ich es hinter mir gehabt.
Den Gefallen taten sie mir nicht, sie nahmen mich mit, versorgten mich in Jakobs Wohnung und hörten sich meine Geschichte an. Anschließend wurde ich zu ihrem Projekt. Sie halfen mir, mein beschissenes, kleines Leben auf die Reihe zu bringen. Zum Übergang wohnte ich sogar bei Jakobs Eltern – bis heute frage ich mich, was sie in mir

gesehen haben, dass sie sich so um mich gekümmert haben. Durch Jakob fand ich den Job als Fahrradkurier und meine jetzige Wohnung. Er ist der Grund für einige meiner Tattoos und der Grund, warum ich heute noch lebe und mich nicht aufgegeben habe. Ich kann auf meiner Seite verbuchen, dass er sich erst nach meinem Zureden getraut hat, Tina seine Gefühle zu gestehen. Ohne mich würde er wohl immer noch um sie herumtanzen. So wurden wir Freunde und sind es geblieben."

Was hatte dieser Mann alles erleben müssen? Mein Herz blutete für ihn, aber ich wusste ganz genau, dass er kein Mitleid von mir wollte. Wir hatten beide unser Päckchen zu tragen und hatten uns davon nicht kaputt machen lassen. Das musste doch etwas bedeuten, oder?

Ich griff nach seiner Hand. „Du hast recht, wir sind ein schräges Paar, aber ich finde, wir geben ein hervorragendes Team ab und ich hoffe, dass wir noch viele Gelegenheiten haben, dies zu beweisen!"

Leider rief die Pflicht – ich fuhr mein Auto zum Büro, Sascha brachte mich noch hinauf und holte dann sein Rad, um seine Tour aufzunehmen.

Die Mittagspause verbrachte ich mit Sue im Atrium des Gebäudes, Nate hatte uns einen Salat besorgt. Ich erzählte ihr von dem Gespräch mit Jakob und Tina und auch einige Details aus meiner Vergangenheit. Sie hörte mir zu, ohne mich zu unterbrechen und legte anschließend einfach nur den Arm um mich. Sie hatte ja recht, viel konnte man nicht dazu sagen.

Pünktlich um 17 Uhr stand Sascha wieder vor mir, bereit, mich zu sich nach Hause zu begleiten.

Während Sascha uns eine Kleinigkeit kochte, planten wir meinen Umzug für Samstag. Ich saß an seinem Tisch und half ihm, indem ich Gemüse klein schnibbelte, während Sascha eine Reis–Gemüse–Pfanne zubereitete. Für morgen Nachmittag hatte David versprochen, mich mit seinem Transporter zu meinen Eltern zu fahren. Sascha würde uns begleiten. Wir würden dort meine restlichen Sachen abholen. Ich hatte mir im Laufe der Jahre schon einiges an Geschirr, Handtüchern, Dekoartikeln gekauft. Die standen bei meinen Eltern rum und passten nicht in mein Auto. Am Samstagmorgen würden dann David, Michael, Sam, Nate und nun auch Sascha meine Möbel bei Sue einpacken und in mein Häuschen bringen. Sue und Ela waren für das leibliche Wohl zuständig. Und Max wollte im Laufe des Tages mit den ersten Schränken und Elektrogeräten kommen und mit dem Einbau meiner Küche beginnen. Wenn ich so darüber nachdachte, dann könnte das Leben eigentlich so schön sein. Aber da waren diese Nachrichten – vielleicht hatte ich ja Glück und mein Stalker würde jetzt, wo die Polizei eingeschaltet war, aufhören? Das klang leider selbst in meinen Ohren ziemlich nach Wunschdenken.

Nach dem Abendessen machten wir es uns wieder auf Saschas Sofa bequem. Er machte leise Musik an und wir genossen einfach nur die Nähe des anderen. Ich war so entspannt und so müde, dass ich wohl in seinen Armen eingeschlafen war.

- Sascha -

Ich wagte kaum, mich zu bewegen. Lucca lag in meinen Armen und schlief. Sie sah so jung und zerbrechlich aus. Wer war nur dieser Kerl, der ihr das Leben zur Hölle machte? Tinas Warnung hallte noch in meinem Kopf wider: „Schlag ihn nicht tot, wenn du ihn in die Finger bekommst." Seit dem Tag, an dem sie und Jakob mich auf der Straße aufgelesen hatten, war viel passiert. Ich hatte viel trainiert, ich war viel kräftiger und selbstsicherer als vor vier Jahren. Allerdings hatte ich noch nie einen Kampf begonnen, im Gegenteil, ich ließ mich nicht provozieren und ging jedem Streit soweit es möglich war aus dem Weg. Aber Tina hatte mich wohl durchschaut – für diese Frau in meinem Arm würde ich durchs Feuer gehen und sogar noch mehr. Sie hatte es geschafft, innerhalb weniger Tage meine Mauern zu überwinden und bis zu meinem Herzen zu kommen. Etwas, was in den letzten Jahren kaum ein Mensch geschafft hatte, weder in diesem Tempo noch so tief. Und eine Frau schon gar nicht – außer Tina, aber die war von Anfang an off limits gewesen.
Lucca dagegen hatte die Macht, mir mit nur einem einzigen Blick, einem Wort und auf jeden Fall einem Kuss wackelige Beine zu bereiten. Sie war in der Lage, meine Gedanken zu beruhigen und meine Ängste zu vertreiben. Mit ihr fühlte ich mich weder unwürdig, noch dumm oder klein. Sie mochte mich so, wie ich war. Zumindest im Moment – ich würde jeden Augenblick genießen, den sie mich um sich haben wollte. Es fiel mir allerdings immer noch schwer zu glauben, dass eine Frau wie Lucca tatsächlich mit einem Loser wie mir zusammen sein wollte. Was konnte ich ihr bieten? Ihren Eltern gehörte ein gut laufendes Hotel, sie hatte Geld, eine gute Schulbildung, ihr standen alle Türen offen. Und doch lag sie in meinem Arm, kuschelte sich an mich, ließ sich von mir halten und vertraute mir genug, um einzuschlafen.
Als sie sich in diesem Moment noch näher an mich ran schob, musste ich grinsen. Jede ihrer Bewegungen sorgte

dafür, dass noch mehr Blut in meine unteren Regionen gepumpt wurde. Außerdem war mein linker Fuß eingeschlafen – und eigentlich musste ich auch mal, auch wenn das im Moment anatomisch unmöglich war.

Egal, selbst, wenn ich jetzt und hier sterben würde, ich würde als der glücklichste Mensch sterben.

Am liebsten würde ich jetzt meinen Eltern ins Gesicht schreien „seht ihr, diese tolle Frau mag mich, denkt, ich sei wertvoll genug, um ihr Freund sein zu dürfen – wieso war ich nie genug für euch?"

Eigentlich hätte ich ewig hier mit ihr liegen bleiben können, aber die nächsten Tage würden anstrengend werden.

Also krabbelte ich so vorsichtig wie möglich unter ihr hervor. Ich zog ihr die Hose aus – zum Glück hatte sie eine bequeme Leggings an. So schaffte ich es, ohne, dass sie wach wurde. Dann trug ich sie in mein Bett, schob ihr ihren Stuhl an die gleiche Stelle wie gestern und verschwand schnell ins Bad. Ich überlegte, ob ich wieder mit Shirt schlafen sollte, entschied mich dann aber dagegen. Heute Morgen schien sie den Anblick und das Gefühl meiner Haut genossen zu haben. Daran hatte sich mit Sicherheit nichts geändert. Also verzichtete ich darauf und legte mich zu ihr. Ich zog sie wieder an meine Brust – so hatten wir gestern schon beide gut geschlafen. Als sie dann noch im Schlaf meinen Namen murmelte, wusste ich, dass ich ihr ganz und gar und hoffnungslos verfallen war. Ich war auf dem besten Wege, mich in diese Frau zu verlieben, wenn es nicht sogar schon passiert war!

Freitag, 30. September 2016

- Lucca -

Genau wie gestern wurde ich in einem Kokon aus Mann und Wärme wach. Ich hatte wunderbar geschlafen. Nur diesmal konnte ich mich nicht daran erinnern, dass ich ins Bett gegangen war. Ein kurzer Blick auf meinen Oberkörper zeigte, dass ich noch das T-Shirt von gestern trug, aber scheinbar keine Hose, denn ich fühlte kaum Stoff an meiner Hüfte. Ein kurzer Blick unter die Decke bestätigte mein Gefühl. Sascha musste mir meine Leggings ausgezogen und mich ins Bett getragen haben.
Womit hatte ich diesen Mann nur verdient? Er war so voller Leben, er hatte sich selber aus den Klauen einer schrecklichen Kindheit und Jugend gerettet. Er hatte sich nie unterkriegen lassen und jede Prüfung, die ihm gestellt worden war, gemeistert. Er hatte Freunde, einen Beruf, eine Berufung, seine Kunst, seine Musik. Was wollte er von mir? Er konnte sich mit Sicherheit vor Groupies nicht retten, egal, ob sie den Schlagzeuger oder den Tätowierer anhimmelten.
Und ich? Ich konnte nicht auf seinen Konzerten tanzen, konnte ihm nicht überall hin folgen, Himmel, ich konnte ja noch nicht mal in jedem Laden alleine zur Toilette gehen oder überhaupt in die Lokale hineinkommen. Immer war ich auf Hilfe anderer und von ihm angewiesen und ich würde es auch immer bleiben. Wie lange würde es wohl dauern, bis er meiner überdrüssig würde? Bis er feststellen würde, dass das Leben mit einer Frau im Rollstuhl alles andere als einfach wäre? Was würde dann mit mir passieren?
Irgendwie hatte er es geschafft, dass ich innerhalb weniger Tage mehr für ihn empfand, als jemals für einen anderen Menschen. Ich bewunderte ihn, mein Herz litt mit ihm, meine Gedanken waren voll von ihm – ich war auf dem

besten Wege, mich in ihn zu verlieben. Ich hatte zwar in den letzten sieben Jahren durchaus zwei längere Beziehungen gehabt. Aber ich war nie richtig mit dem Herz dabei gewesen. Beide Männer hatten irgendwann die Beziehung beendet. Zwar hatten sie nie meinen Rolli als Grund für die Trennung genannt, aber es war ihnen deutlich anzumerken gewesen, dass er mit ein Grund gewesen war. Die genervten Blicke, wenn ich eine Treppe nicht hinauf oder hinunter gekommen war, die Tatsache, dass wir ein bestimmtes Lokal nicht aufsuchen konnten, weil die Toiletten im Keller lagen oder einfach nur meine Aversion gegenüber Diskotheken oder vollen Kneipen. Es gab nichts Schlimmeres als eine überfüllte Kneipe, in der ich nicht durchkam, fremden Leuten aus Versehen über die Füße fuhr oder an der Theke gar nicht erst gesehen wurde. Die schlimmste Erfahrung war es gewesen, als einer meiner Freunde einen Kumpel am Tresen traf und sich neben ihm auf den Barhocker setzte und ich mir zehn Minuten lang die Knie der beiden hatte ansehen dürfen, bevor ich einfach nach Hause gegangen war. Er kam mir zwar nach ein paar Minuten hinterher und hatte auch den Anstand, sich zu entschuldigen. Allerdings schob er doch noch ein „es war gar nicht so einfach, einen Platz an der Theke zu bekommen …" hinterher.

Allein der Gedanke an diese Unterhaltung und den anschließenden Streit ließ mich unwillkürlich zusammenzucken.

Die Antwort des hinter mir liegenden Mannes kam prompt. Er begann meinen Arm zu streicheln und knurrte mir leise ins Ohr: „Frau, wenn du nicht willst, dass ich jetzt gleich und hier alle guten Vorsätze über Bord werfe, dann bleib bitte ruhig liegen." Und trotz seiner Worte über gute Vorsätze ließ er mich wieder spüren, wie erregt er war.

War das nun normal – wachte er immer so auf oder lag es zumindest ein bisschen an mir? Immerhin wachten Männer ja in der Regel jeden Morgen mit einer Erektion auf, oder? Wie, um zu testen, welchen Einfluss ich darauf hatte, drückte ich ihm meinen Hintern ganz leicht …

„Schatz, wenn da jetzt wegen dir noch mehr Blut reingepumpt wird, dann sterben gleich ein paar Hirnzellen

an mangelhafter Durchblutung! Aber was du kannst, kann ich auch!"
Und mit diesen Worten schob er seine Hand, die bis eben brav meinen Oberarm gestreichelt hatte, durch meinen Halsausschnitt immer tiefer, um sie dann zwischen meinen Brüsten liegen zu lassen. Dort beschrieb er mit dem Zeigefinger kleine Kreise. Ich hielt die Luft an und hob ihm gleichzeitig meine Brüste entgegen – was hätte ich in diesem Moment dafür gegeben, wenn er seine Hand noch hätte tiefer gleiten lassen. Als er dann noch anfing, sanft an meiner Ohrmuschel rumzuknabbern, setzte mein Gehirn völlig aus. Ich hatte das Gefühl, als würde er sämtliche meiner Nerven auf einmal stimulieren. Und das auf eine Art, wie ich schon lange nicht mehr oder sogar noch nie stimuliert worden war.

„Lucca – bitte sag mir, dass ich aufhören soll."
Er klang genauso atemlos, wie ich mich fühlte. Konnte ihn dies hier genauso anturnen wie mich? Immerhin war ich diejenige, die berührt, gestreichelt, geküsst wurde. Wie konnte es dann diese Reaktion bei ihm hervorrufen? Ich hielt ganz still und fühlte nur – ich konnte mich täuschen, aber seine Erektion schien noch größer geworden zu sein.

„Sascha, bitte ..."
Ehrlich gesagt, ich hatte keine Ahnung, worum ich da gebeten hatte, denn das mit dem klaren Denken schien ich verlernt zu haben.

„Pssst, alles ist gut, vertrau mir! Zeig mir, was du magst, meine Schöne!"
Ohne ein weiteres Wort schloss er seine Hand um meine Brust und schob die andere Hand über meinen Bauch und noch weiter nach unten.

- Sascha -

Gott, ich würde gleich kommen und das, ohne berührt zu werden. Die Töne, die Lucca von sich gab, während ich sie streichelte. Ich merkte, wie sie sich in meinen Armen bewegte, wie sie sich an meiner Hand rieb. Dann biss sie mir in den Arm und wurde vollkommen still. Zumindest ihr Oberkörper, ihr Unterleib schien zu pulsieren.
Ihr Atem beruhigte sich, eine zarte Röte zog sich über ihr Gesicht – sie war in meinen Armen, durch meine Finger gekommen. Sie hatte sich fallen lassen, ganz und gar und komplett und das bei mir. Ich war dankbar, glücklich und durch und durch ruhig.
Ich küsste ihren Hals, knabberte an ihrer Haut und genoss die Tatsache, dass sie sich auch nach ihrem Orgasmus an mich kuschelte, dass ihr die Situation nicht unangenehm war.
Plötzlich begann ihr Oberkörper zu zittern, sie kniff die Lippen zusammen, was war das? Ich konnte nicht unterscheiden, ob sie weinte oder lachte, also drehte ich sie auf den Rücken, um ihr in die Augen sehen zu können. Als ich ihr ins Gesicht schauen konnte, brach sie in schallendes Gelächter aus.
„Also, Sascha, wenn das der Beweis für deine Willenskraft war, dann gnade uns Gott für die Zukunft. Wenn es nicht mehr als das braucht, um deine guten Vorsätze über Bord zu werfen, dann werde ich dich ziemlich schnell um den kleinen Finger wickeln können."
Mittlerweile hielt sie sich vor Lachen den Bauch.
„Du kleine Hexe, du machst mich fertig. Du hast es doch drauf angelegt. Was hast du gedacht, würde passieren, wenn du deinen süßen Hintern in meinen Schwanz presst? Ich bin auch nur ein Mann – und nein, bevor du dich in irgendetwas hineinsteigerst. Es geht nicht darum, dass sich irgendeine Frau mit ihrem Hintern an mir reibt, es geht hier nur um deinen und um dich."

Ihr liefen vor Lachen die Tränen übers Gesicht, sie brachte keinen Ton heraus.

„Was meinst du eigentlich, was das mit meinem Ego macht, wenn du dich hier vor Lachen kugelst, unmittelbar nachdem du in meinen Armen gekommen bist?"

„Och, mein armer Liebling. Ich glaube, dein Ego ist groß genug, um das zu verkraften, oder?"

Ich konnte nicht anders, ich stimmte mit in ihr Lachen ein. Sie sah so rundum glücklich, zufrieden und entspannt aus. So hatte ich sie noch nie gesehen. Aber mit einem Mal wurde ich wieder ernst. Ich blickte auf diese Frau hinunter, streichelte ihr übers Gesicht, strich ihr eine Haarsträhne hinters Ohr und fuhr ihre Kinnlinie mit der Fingerspitze nach. Lucca wurde auch wieder ernst und beobachtete mich.

„Sascha, alles in Ordnung? Du siehst so ernst aus. Worüber denkst du nach?" Sie legte ihre Hand auf meine und schmiegte ihre Wange in meine Handfläche.

„Ich habe nur gerade darüber nachgedacht, womit ich dich verdient habe. Warum du mit mir zusammen sein willst und ob das alles nur ein viel zu schöner Traum ist, aus dem ich gleich wieder erwache und doch feststellen muss …"

„Dass du was feststellen musst? Sag's mir, bitte!"

„Dass ich feststellen muss, dass ich doch wieder nicht genug war." Ich schluckte den Kloß in meinem Hals hinunter. Wieso hatte ich nur keinen Filter zwischen Hirn und Mund? Wieso musste ich meine Ängste so deutlich aussprechen? Lucca küsste meine Handinnenfläche. „Sascha, du bist genug, du bist mehr als genug für mich. Ich habe mich noch nie bei einem Menschen so sicher, geborgen und wohl gefühlt wie bei dir. Ich glaube, ich …"

Nun war es an mir, sie zum Weitersprechen zu bringen.

„Was glaubst du, Lucca?"

„Ich glaube, ich bin auf dem besten Weg, mich in dich zu verlieben."

Sie hatte die Augen geschlossen, als sie das sagte. Ich sah, dass unter ihren Lidern Tränen hervorquollen.

„Und das findet du so schlimm, dass du mir dabei nicht in die Augen sehen kannst oder sogar anfangen musst zu weinen?"

„Vielleicht – vielleicht habe ich aber auch nur Angst vor deiner Reaktion. Immerhin bin ich ein Krüppel und du …"
Ich schüttelte sie leicht, damit sie zum einen aufhörte, so zu reden und zum anderen die Augen öffnete.
„Schatz, wenn ich dich ansehe, dann sehe ich keinen Krüppel, ich sehe eine wundervolle, schöne, starke, intelligente Frau, die wie durch ein Wunder die Gefühle eines Losers wie mir erwidert. Oder hast du gedacht, dass ich nicht dasselbe für dich empfinden würde? Ich habe dir schon einmal gesagt, dass ich gerne die Aufgabe deiner Beine übernehmen werde. Solange du mir hilfst, mein Hirn zu beruhigen und meine Gedanken zu sortieren. Ich habe weiß Gott nicht nach dir gesucht, im Gegenteil, ich hatte nie die Hoffnung, dass es einen Menschen wie dich für mich geben würde. Aber jetzt, wo ich dich gefunden habe, werde ich dich bestimmt nicht mehr gehen lassen."
Mehr konnte ich nicht sagen, denn sie zog meinen Kopf mit aller Kraft zu sich herunter und küsste mich, bis ich gar nicht mehr in der Lage gewesen wäre, noch etwas zu sagen.

Stunden (oder waren es doch nur Minuten gewesen?) später beendete ich den Kuss, wenn auch nur widerwillig. Aber ich hatte mir fest vorgenommen, dass wir wirklich nicht miteinander schlafen würden, bevor sie nicht den Kopf frei hätte für mich. Auch, wenn mir das jetzt, wo ich gespürt hatte, wie sie auf mich reagierte, echt schwer fallen würde. Außerdem hatten wir heute noch so einiges vor. Ich musste arbeiten und nachmittags würden wir mit David zu Luccas Eltern fahren, um mit dem Umzug zu beginnen.
Lucca kommentierte meinen Rückzug mit einem verstimmten Brummen, schien aber auch die Notwendigkeit zu sehen, dass wir leider aus dem Bett raus mussten. Ihr Kommentar ließ mich auflachen, bevor ich mich aus dem Bett schwang.
„Sascha, wenn das alles hier vorbei ist – mein Umzug und diese ganze Scheiße mit meinem Stalker, dann gehörst du mir, dann fessele ich dich ans Bett und nichts und niemand kann mich davon abhalten. Sei gewarnt!"
In völliger Harmonie machten wir uns fertig, frühstückten

und ich begleitete Lucca ins Büro, bevor ich mein Rad holte und meine Schicht begann.
Während der gesamten Schicht hatte ich das Gefühl, beobachtet zu werden. Entweder wurde ich paranoid und ließ mich von Luccas Angst anstecken oder ich wurde wirklich verfolgt? Mein Verdacht bestätigte sich, als ich nach einer Lieferung zurück zu meinem Rad kam und sah, dass sich jemand an meinem Schloss zu schaffen gemacht hatte.
Aus einem benachbarten Kiosk kam der ältere Besitzer heraus – wir kannten uns vom Sehen, ich kam hier ja fast täglich vorbei.
„Hi, du, da hat sich gerade so'n Schnösel an deinem Rad zu schaffen gemacht. Er hatte einen Schraubendreher in der Hand, ich hab ihn verscheucht. Es wirkte, als wollte er das Schloss knacken oder an deinen Reifen rumfummeln. Hast du irgendwem auf die Füße getreten?"
„Ne, keine Ahnung, hast du gesehen, womit er weggefahren ist?"
„Ne, Junge, tut mir leid. Wenn ich gewusst hätte, dass es wichtig ist ..."
„Schon gut, wahrscheinlich nur irgendein Idiot." ... oder Luccas Stalker, ging es mir durch den Kopf.
Zum Glück war meine Tour fast zu Ende und es passierte auch nichts mehr. Anschließend brachte ich mein Fahrrad ohne weitere Vorkommnisse zu „Mr. Van T.", stieg zu David in den Transporter und wir fuhren Lucca abholen.

Die Fahrt zu ihren Eltern verlief ruhig. Ich verkniff es mir, zu erzählen, was heute passiert war. Es würde Lucca nur verunsichern, sie würde wieder grübeln und hinterfragen. Wenn es ganz schlecht lief (und ich schätzte Lucca genau so ein), dann würde sie mich schützen wollen und sich von mir fern halten. Denn wenn wir nicht zusammen wären, dann wäre ich aus dem Blickfeld des Stalkers. Aber das kam für mich nie und nimmer in Frage. Lucca gehörte zu mir und ich zu ihr und wir würden diese Sache gemeinsam durchstehen. Das einzige, was ich getan hatte: ich hatte Tina über den Vorfall informiert. Leider war das auch nur ein weiteres

Puzzlestück, denn ohne Beschreibung, ohne Beweise war das nichts, was uns wirklich weiterbrachte.

Wir hingen alle drei unseren Gedanken nach, es wurde wenig geredet, Lucca und ich hielten Händchen und genossen die Fahrt.

Kurz bevor wir bei Luccas Elternhaus ankamen, besprachen wir noch, dass wir den alten Herrschaften nichts von dem Stalker oder gar von dem Verdacht Tobi gegenüber erzählen würden. Es würde an der Situation nichts ändern und könnte schlimmstenfalls nur dazu führen, dass sie in den Fokus des Kerls kamen oder sich verplapperten.

- Lucca -

Wir bogen auf den Hof meiner Eltern ab. Bisher war die Fahrt entspannt gewesen. Ich hoffte nur, dass meine Eltern sich gleich „benehmen" und kein Drama beginnen würden. Beim letzten Telefonat war klar geworden, dass meine Mutter bisher immer noch die Hoffnung gehabt hatte, dass ich zu ihnen zurückkommen würde. Solange ich keine eigene Wohnung gefunden hatte, hatte es die Option gegeben, dass ich (übertrieben gesagt) scheitern würde mit meinem Vorhaben, alleine zu wohnen. Aber mein eigenes Häuschen, das Abholen meiner letzten Kisten, machte meinen Auszug endgültig. Und ich glaubte, damit hatte meine Mutter nicht gerechnet und nun hatte sie sich aufs Betteln verlegt und aufs Heraufbeschwören von Horrorszenarien – Kostprobe gefällig? Sie hatte mir in den schillerndsten Farben geschildert, wie ich morgens beim Duschen ausrutschen und langsam verblutend sterben würde, weil keiner sich um mich kümmerte und ich alleine wohnte.
Nun – die Sorge konnte ich ihr ja nun nehmen. Wenn ich Sascha richtig verstanden hatte, dann würde er morgen bei mir einziehen und nicht mehr verschwinden. Eine Lösung, mit der ich sehr gut leben konnte.
Ich betrachtete den Mann an meiner Seite. War ich völlig bekloppt, dass ich diesem Mensch so sehr vertraute, dass ich mir jetzt schon nach wenigen Tagen vorstellen konnte, dass wir zusammenwohnen würden? Aber auf der anderen Seite, wieso sollten wir es nicht wagen? Das Leben war zu kurz, um eine Sache, die sich so gut anfühlte, auf die lange Bank zu schieben. Das sah man an Elas Geschichte, oder auch an meiner und mit Sicherheit auch an Max'. Nein, ich ging mit offenen Augen in diese Zukunft mit Sascha und ich freute mich auf jeden Tag mit ihm!

Oh Gott, meine Mutter hatte uns wohl die Einfahrt hochkommen sehen, denn sie stand schon an der Tür, um uns in Empfang zu nehmen.

Wir hatten kaum die Türen des Transporters geöffnet, da kam sie auch schon auf uns zu. Zuerst sagte sie nichts und beobachtete stumm, wie Sascha meinen Rolli aufklappte und für mich bereitstellte. Die Tatsache, dass er mich aus dem Wagen hob und mich hineinsetzte UND mir dabei einen Kuss gab, quittierte sie mit einer eindeutig fragend hochgezogenen Augenbraue.

„Hallo, Mama! David kennst du ja schon und das hier ist Sascha Roth, mein Freund."

Artig hielt Sascha meiner Mutter die Hand hin. Er war nur ein kleines Stück größer als sie, aber mindestens doppelt so breit.

Meine Mutter versteifte sich. Oh weh, den Blick kannte ich, wir waren in der Phase der Missbilligung angekommen. Mütter, die sich sorgten, hatten verschiedene Stadien, ihre Sorge auszudrücken, hatte ich gelernt: zuerst die übertriebene Fürsorge, dann das „gut Zureden", dies ging meistens über in Bitten und Betteln und, wenn alles nicht half, dann wurden die schlimmsten aller Waffen ausgepackt: die Mitleidsmasche oder eben die Missbilligung. Damit fühlte man sich als Tochter dann fast wieder vier Jahre alt. Aber ich hatte das in den letzten Jahren so oft erlebt, ich konnte damit umgehen.

„Guten Tag, Frau Thoma, Lucca hat mir schon viel von Ihnen erzählt, es freut mich, Sie endlich kennenzulernen. Wissen Sie eigentlich, wie stolz Sie auf Ihre Tochter sein können? Ich habe noch nie einen so starken Menschen kennengelernt wie Lucca!"

Meine Mutter starrte Sascha an, machte den Mund auf und wieder zu, schien nach einer passenden Antwort zu suchen – typisch Sascha, kaum war er da, nahm er den Menschen den Wind aus den Segeln.

„Es freut mich auch, Sie kennenzulernen, Lucca hat mir gar nicht erzählt, dass sie einen Freund hat."

„Nun, das könnte daran liegen, dass Ihre Tochter bis vor kurzem nicht wahrhaben wollte, was für einen tollen Fang sie mit mir gemacht hat – aber unter uns gesagt: ich habe einen viel besseren Fang gemacht!" Dann zwinkerte er meiner Mutter zu und sie musste lachen.

Nun war auch David ums Auto herum gekommen und begrüßte meine Mutter herzlich.
Gott sei Dank, das Eis war gebrochen.
Meine Mutter bat uns alle zu Kaffee und Kuchen in die Küche.
Zum Glück waren meine Begleiter klug genug, diese Einladung nicht mit der Begründung des Zeitdrucks abzulehnen.

Einen Kaffee und fünf hochgelobte Stücke Kuchen später (Sascha, nicht ich) war meine Mutter mit den beiden Männern per Du und die Kisten konnten ins Auto eingeladen werden.
Wir verabschiedeten uns mit dem Versprechen, sie möglichst bald wieder zu besuchen und ihr Bescheid zu geben, sobald wir in unserem Haus soweit fertig waren, dass sie und mein Vater uns besuchen kommen konnten. Jupp – irgendwann in der Unterhaltung war aus *meinem* Haus *unser* Haus geworden, es schien vollkommen normal, dass Sascha bei mir einzog. Und ich fand es wunderbar!

Da wir den Transporter morgen früh leer brauchten, fuhren wir die Sachen direkt zum Haus. Jedes Mal, wenn ich mein, Entschuldigung, unser Haus sah, wurde mir warm ums Herz. Es war wunderschön und idyllisch, es war perfekt!
Während die Männer meine Kisten in die jeweiligen Räume trugen und sogar schon zwei kleine Schränke im Wohnzimmer aufbauten, genoss ich die Ruhe auf meiner Terrasse. In Gedanken sah ich mich schon hier draußen sitzen, am liebsten mit Sascha an meiner Seite.
Eine weibliche Stimme riss mich aus meinen Träumen.
„Hi – sorry, ich wollte dich nicht erschrecken! Du musst Lucca sein."
Ich sah nach rechts, dort stand am Gartenzaun eine sympathisch aussehende Frau, ich schätzte sie auf Ende 30. Nicht ganz schlank, eher sportlich, sie war für die Gartenarbeit gekleidet.
„Ich bin Eva, deine neue Nachbarin", ergänzte sie lachend.
In diesem Moment kamen Sascha und David aus dem Haus.
„Komisch, ich habe mir dich ganz anders vorgestellt ...",

meinte sie mit Blick auf meine beiden tätowierten Begleiter.

„Hallo, Eva, Entschuldigung, aber du sprichst in Rätseln, woher weißt du, wie ich heiße und wieso hast du dir mich anders vorgestellt?"

„Na, ich habe vorgestern deinen Freund kennengelernt und er meinte, ihr würdet am Wochenende hier einziehen. Allerdings passt er so gar nicht zu dir – sei mir nicht böse, aber wenn ich mir die beiden Süßen da so anschaue, dann kann ich mir gar nicht vorstellen, dass dein Freund so ganz anders ist ..."

„Wen hast du kennengelernt? Sascha? Kommst du mal bitte. Eva – das hier ist mein Freund!"

Sascha kam zu uns rüber.

„Aber wer war dann der andere?"

„Welcher andere?", langsam stieg Panik in mir auf.

„Lucca, was ist los?" Sascha sah mir wohl an, dass etwas nicht stimmte.

„Eva, unsere neue Nachbarin, meint, sie hätte meinen Freund kennengelernt und der hätte ihr erzählt, dass er und ich am Wochenende hier einziehen würden ..."

„Moment, Eva, kannst du bitte mal erzählen, was genau passiert ist?", bat Sascha die Frau und fing gleichzeitig an, auf seinem Handy zu tippen.

„Es war vorgestern, es muss so gegen sechs Uhr abends gewesen sein, denn ich rief gerade meine beiden Kinder rein, da sah ich einen jungen Mann um das Haus schleichen. Er war ziemlich geschniegelt, mir kam das sehr komisch vor. Und da ich wusste, dass das Haus leer steht, fragte ich ihn, was er hier wollte. Daraufhin hat er gelacht und mir erzählt, dass seine Freundin im Rollstuhl säße und dass ihr am Wochenende hier einziehen würdet. Er würde sich schon sehr freuen, endlich mit dir zusammenwohnen zu können. Wenn ich ehrlich bin, dann war er mir nicht wirklich sympathisch, irgendwie zu glatt. Wenn das nicht dein Freund war, wer war es denn dann? Wer gibt sich für deinen Freund aus?"

Ich bekam Saschas Antwort nicht wirklich mit, denn das Blut rauschte laut in meinen Ohren und ich sackte in mich zusammen. Ich hörte nur Wortfetzen. „ ... Jakob kommt

gleich …", „… können wir zu dir rein …?", „… kannst du ihn beschreiben …".
Das nächste, was ich mitbekam, war, dass ich hochgehoben wurde. Ich kuschelte mich an Saschas Brust und vertraute darauf, dass er wusste, was zu tun war.
Wenige Minuten später saßen wir in Evas Wohnzimmer. Sascha redete leise auf mich ein, wiegte mich auf seinem Schoß hin und her. Ich bekam mit, dass Eva uns allen etwas zu trinken anbot und ihre beiden Kinder in ihr Schlafzimmer schickte und sie dort vor den Fernseher setzte, wohl, damit wir Ruhe hatten.
Es dauerte keine zehn Minuten, dann klingelte es an der Tür und Tina und Jakob kamen zusammen mit einem anderen Polizisten in Uniform herein. Das kleine Wohnzimmer war auf einmal voll Menschen.
Eva wurde gebeten, ihre Begegnung mit meinem „Freund" nochmal zu erzählen, aber an viel mehr, als sie uns bereits gesagt hatte, konnte sie sich nicht erinnern. Dann packte der Polizist einen kleinen Laptop aus und ließ sich den Mann genau beschreiben. Binnen weniger Minuten entstand das Bild des Mannes auf dem Bildschirm, ich wagte gar nicht, richtig hinzuschauen. Als ich aber hörte, wie David scharf die Luft einsog, konnte ich meine Neugier nicht mehr bremsen: der Mann, der mir da entgegensah, war tatsächlich Tobi!
Sascha schlug noch vor, dieses Bild einem Kioskbesitzer zu zeigen (das ergab keinen Sinn in meinen Ohren – was wusste ich nicht?) und Jakob setzte sich mit Kollegen in Verbindung, die bei Tobi vorbeifahren sollten.
„Lucca, Sascha, bitte tut mir einen Gefallen. Unternehmt nichts auf eigene Faust und bleibt immer zusammen. Wenn Tobi schon die Fantasie hat, dass er morgen mit Lucca hier einzieht, dann wird seine Obsession immer stärker. Wir können nicht abschätzen, was er noch geplant hat."
Ich war immer noch wie gelähmt.
„Wieso tut er das? Wir hatten sieben Jahre keinen Kontakt, er ist mir nie zu nahe gekommen, warum jetzt?"
Tina setzte sich zu mir und nahm meine Hand.
„Wir wissen nie, wie solche Menschen ticken. Vielleicht

reichte es ihm, dass du bei deinen Eltern wohntest, ohne eigenständiges Leben, so hatte er das Gefühl, dich unter Kontrolle zu haben. Du warst in seiner Nähe, hattest keinen Freund. Und er konnte sich in seinen Träumen ausmalen, ihr wärd zusammen."

„Aber ihr habt doch gesagt, er hätte eine Freundin, wie passt das ins Bild?"

„Lucca – was genau in seinem Kopf vorgeht, das kann ich dir nicht sagen, aber er hat ja auch vor sieben Jahren andere Frauen gehabt. Doch du warst sein Idealbild einer Freundin und bist es scheinbar immer noch!"

In diesem Moment kam Jakob zu uns.

„Die Kollegen sind gerade bei ihm gewesen – er ist ausgeflogen. In seiner Wohnung ist nur seine Freundin und die sagt, sie hätte ihn seit zwei Tagen nicht mehr gesehen."

„Könnt ihr den Arsch irgendwie zur Fahndung ausschreiben? Ich meine, immerhin gibt es doch diesen Stalkerparagraph, oder?"

„Leider ist nicht alles so einfach wie in den Krimis. Zunächst einmal müssen wir sehr aufmerksam sein. Seine Wohnung und deine, Sascha, werden erstmal überwacht. Aber solange wir das Handy nicht haben, können wir nicht viel tun. Außerdem brauchen wir die Aussage des Kioskbesitzers, wenn der auch Tobi beschreiben kann, dann wäre das ein kleines Puzzleteil mehr."

Ich schaltete mich nun doch in das Gespräch mit ein: „Von welchem Kioskbesitzer redet ihr hier die ganze Zeit?"

Tina sah Sascha an und als der nickte, klärte sie mich auf: „Sascha oder besser sein Rad hatte neulich auf der Tour Besuch von einem Unbekannten, jemand wollte sich an seinem Schloss zu schaffen machen, wurde aber von einem aufmerksamen Kioskbesitzer verscheucht."

„Wieso sagst du mir das nicht?"

„Lucca, wie hättest du reagiert? Du hättest dir Sorgen um mich gemacht, dabei ist doch gar nichts passiert, im schlimmsten Fall hättest du was Dummes getan, oder?"

Er küsste mich auf die Nasenspitze. „Wir stehen das zusammen durch und gut ist. Und dann beginnen wir ein wunderbares, stressfreies Leben und lassen diese Sache

hinter uns, okay? Mach dir keinen Kopf, es ist zwar leicht gesagt, aber du kannst mir vertrauen, ich pass auf dich auf! Und jetzt weiß ich ja auch, wie der Kerl aussieht. Wir schaffen das, Süße!"
Man konnte mich naiv nennen, aber ich vertraute ihm, glaubte ihm, dass wir das schaffen würden.
Nicht lange danach verabschiedeten sich die Polizisten, wir blieben noch kurz bei Eva, die uns versprach, die Augen offen zu halten und zur Not Jakob oder Sascha anzurufen. Sie fühlte sich sichtlich unwohl, aber Sascha schaffte es auch hier, sie zu beruhigen. Sie sollte nur Fenster und Türen abschließen und sich ansonsten möglichst normal verhalten. Tobi hätte ja mit ihr nichts zu tun, deshalb drohte ihr keine Gefahr. Auf Davids Frage, wer alles in diesem Haus leben würde, sagte sie recht kurz angebunden, dass das nur sie und ihre Kinder wären. Eindeutig wollte sie nicht darüber reden. Gut, wir kannten uns ja auch noch gar nicht.
Zum Abschied nahm sie mich aber in den Arm und drückte mich.
„Weißt du, ich bin froh, dass der Kerl von vorgestern nicht dein Freund ist, ich hatte echt schon Angst, dass so ein Idiot nebenan einziehen würde. Wobei, die Situation, wie sie jetzt ist, ist auch nicht besonders schön. Ich wünsche dir, dass sie deinen Ex schnell bekommen. Ich tue, was ich kann, um dir zu helfen und ich freu mich schon auf euch beide als Nachbarn. Darf ich fragen, wie lange ihr schon ein Paar seid? Ihr wirkt so rundum glücklich und zufrieden miteinander."
„Wenn ich ehrlich bin, dann sind wir erst seit ein paar Tagen zusammen, aber es fühlt sich ziemlich gut an!", lachte ich.
„Dann wünsch ich euch von Herzen alles Gute, ich hoffe, ihr bleibt so glücklich. Leider hat nicht jeder dieses Glück."
Mehr als diese Andeutung bekam ich nicht, also fragte ich auch nicht weiter.
„Wir sehen uns morgen, ich freu mich auch, dass wir neben dir einziehen!"

Anschließend fuhr David uns zu Sascha heim. An diesem Abend hatten wir beide keine große Lust auf Essen oder

Kuscheln auf dem Sofa. Wir machten uns bettfertig und krochen zusammen unter die Decke. Ich kuschelte mich nah an Sascha und genoss die Ruhe und die Nähe. Wider Erwarten schlief ich schnell ein.

Leider hatte ich am nächsten Morgen nicht das Gefühl, besonders ausgeruht zu sein. Ich wurde früh wach und meine Gedanken kreisten um die Ereignisse von vor sieben Jahren und um die der letzten Tage.

Samstag, 1. Oktober 2016

- Sascha -

Lucca war wach, das spürte ich. Aber sie war schon seit Minuten so in Gedanken, dass sie gar nicht mitbekommen hatte, dass ich auch wach war. Ich ließ ihr noch ein paar Augenblicke, bevor ich sie küsste, um ihr zu zeigen, dass ich auch nicht mehr schlief. Wir standen auf und frühstückten. Von der Leichtigkeit der letzten beiden Tage war nichts mehr zu spüren. Aber zumindest war Lucca ganz bei mir. Sie hatte sich nicht von mir entfernt, sie hatte sich die ganze Nacht an mich gekuschelt, hatte meine Nähe gesucht, ließ sich von mir helfen und halten.
„Hey, mein Schatz, ich weiß, es ist eine schwere Situation, aber wir stehen das durch! Einen Tag nach dem anderen! Wenn ich eine Sache von meinem Leben auf der Straße gelernt habe, dann, dass alles Grübeln über den nächsten Tag nichts bringt. Denn man weiß ja eh nie, was an der nächsten Straßenecke auf einen wartet. Lass uns für heute mal deinen Umzug hinter uns bringen und dann sehen wir weiter, okay?"
Lucca starrte mich an, als würde sie mich zum ersten Mal sehen, dann winkte sie mich mit der Hand zu sich heran. Sie verschränkte ihre Hände in meinem Nacken und zog mein Gesicht noch näher an ihres heran, so nah, dass unsere Lippen sich fast berührten.
„Was hältst du davon, Sascha, wenn du auch gleich anfängst, ein paar von deinen Sachen einzupacken? Immerhin wirst du ab jetzt bei mir wohnen, oder etwa nicht? Und eins musst du mir versprechen: wenn wir Tobi finden oder er uns findet, dann tritt ihm kräftig in meinem Namen in die Eier, wirst du das für mich tun? Quasi, um den Kreis zu schließen, denn immerhin war das vor sieben Jahren meine letzte Aktion und nun soll es wieder die letzte sein, um all das hier zu beenden."

„Schatz, dein Wunsch ist mir wie immer Befehl, ich packe und ich trete, alles, was du willst!" Dann küsste sie mich. Ich legte all meine Gefühle für sie in diesen Kuss und hoffte, sie verstand mich auch ohne Worte.

Um kurz vor neun Uhr holten David und Michael uns ab. Bis dahin hatte ich zwei Kartons mit meinen wichtigsten Besitztümern und einen Koffer mit Klamotten zusammengepackt. Außerdem eine Kiste mit Küchenutensilien. Viel besaß ich eh nicht, aber für den Übergang würde es reichen. Wenn Luccas Freund Max so gut war, wie sie behauptete, dann wäre ihre maßangefertigte Küche heute Abend auch schon fertig. Ich war gespannt auf ihn. Er schien für Lucca sehr wichtig zu sein und das machte ihn mir schon jetzt sympathisch. Er war ihr Freund gewesen, als sonst niemand für sie dagewesen war. Sie hatte angedeutet, dass etwas in seiner Vergangenheit passiert war, worüber niemand etwas wissen würde. Es war mir nicht ganz klar gewesen, ob sie es auch nicht wusste oder ob sie es mir nur nicht erzählen wollte. Aber wie auch immer – es ging mich nichts an, also brauchte sie es mir auch nicht zu erzählen.

Als wir mit dem Transporter bei Sue und Nate ankamen, hatten die beiden schon Luccas restliche Dinge zusammengepackt, das Bett abgebaut, sowie den zweiten Rollstuhl bereitgestellt. Die neuen Wohnzimmermöbel würden in der nächsten Woche geliefert werden und alles andere würde sich finden.

Am Haus angekommen trafen wir auf Sam und Ela sowie einen unbekannten Mann Ende 30, bei dem es sich wohl um Max handelte. Während Lucca ihn begrüßte, nutzte ich die Gelegenheit, ihn genauer zu betrachten. Schwarze, kurze Haare, Vollbart, einen guten Kopf größer als ich (okay – ich war klein!), dunkle, fast schwarze Augen. Er wirkte im ersten Moment ein bisschen traurig, nachdenklich, aber innerhalb von Sekunden schlug die Stimmung um. Seine Stimme donnerte über den gesamten Platz: „Waaaas, das Arschloch ist dein Stalker und er war sogar schon hier am

Haus? Ich hab dir doch gleich gesagt, dass du zur Polizei gehen sollst. Was tut die Polizei gegen ihn?"
So gut ich seine Wut auch verstand, er hatte kein Recht, Lucca so anzubrüllen. Sie hatte schon genug Angst, da musste er diese nicht auch noch schüren!
„Hey, schrei Lucca nicht so an, ich glaube, sie ist schon fertig genug ..."
„Und wer bist du und warum mischst du dich in ein Gespräch zwischen Erwachsenen ein?" Max funkelte mich sauer von oben herab an.
Lucca legte ihm die linke Hand auf den Arm und ergriff mit der rechten meine.
„Jungs – kommt mal wieder runter. Könntet ihr bitte mit eurem Alpha Macho Gehabe aufhören? Ihr seid die beiden wichtigsten Männer in meinem Leben, also benehmt euch bitte ..." Damit hatte Lucca es geschafft, sich Gehör bei uns zu verschaffen.
„Max, das ist Sascha, mein Freund und Sascha, das ist Max, mein bester Freund. Es wäre schön, wenn ihr beiden euch vertragen könntet, denn ich habe keine Lust, auf einen von euch sauer zu sein!"
Mit diesen Worten drehte sie ihren Rollstuhl von uns weg und fuhr in Richtung der anderen.
Max und ich blieben betreten schweigend zurück.
Er kratzte sich am Kinn.
„Da hat sie's uns aber gegeben, was? Du bist also Sascha, Lucca hat mir schon ein bisschen von dir erzählt. Sie scheint dich echt gerne zu mögen, behandle sie bloß gut, sonst ramme ich dich ungespitzt in den Boden! Aber solange sie dich will und ich keine Klagen höre, hast du meinen Segen!"
Mit diesen Worten schlug er mir auf den Rücken und reichte mir die Hand.
Die paar Sachen von Lucca waren schnell ins Haus geräumt, dann halfen wir Max mit dem Aufbau der Küchenschränke.
Um die Mittagszeit kamen Ela und Sue mit Elas Söhnen und dem Mittagessen. Es wurde ein improvisiertes Picknick im Garten, zu dem sich nach kurzem Bitten auch Eva mit ihren beiden Kindern gesellte. Es waren ein Junge von circa neun Jahren und ein etwas älteres Mädchen, das schüchtern

zwischen all den Männern saß und sich scheinbar nicht so recht traute. Ich wollte gerade zu ihr rüber gehen, als ich sah, wie Max sich vorsichtig neben sie setzte. Er bot ihr eine Frikadelle und ein Stück Gurke an und schien sie damit tatsächlich aus der Reserve zu locken. Denn nach ein paar Minuten hörte ich leises Gekichere aus ihrer Richtung. Ein Geräusch, das wohl auch Eva gehört hatte, denn die beäugte den Austausch zwischen dem Mann und dem Kind aufmerksam. Ich blickte mich um – abgesehen von den vier Kindern war ich mit Abstand der jüngste und der kleinste der Runde. (Okay, Ela war noch ein Stück kürzer als ich, aber als Frau durfte sie das sein.) Aber trotz unserer großen Altersspanne, ich mit meinen 22 Jahren und Max mit fast 40, wirkte das hier fast wie ein Familientreffen auf mich. Ich fühlte mich inmitten dieser bunt zusammengewürfelten Gruppe von Menschen hier und jetzt wohler, als jemals in meiner richtigen Familie. Es stimmte eben doch nicht, Blut war nicht dicker als Wasser. Hier vor mir war der Beweis, dass die Familie, die man sich aussuchte eben manchmal doch besser war als die, in die man hineingeboren wurde.

So in Gedanken versunken, schreckte ich hoch, als Lucca mir ihre Hand aufs Bein legte.

„Hey, Süßer, woran denkst du? Du wirkst, als wärst du ganz weit weg."

Ich konnte nicht anders, ich küsste sie. „Ich bin einfach nur glücklich. Hier inmitten dieser Menschen und bei dir habe ich das Gefühl, eine neue Familie gefunden zu haben. Und ich fange an, meinen Eltern zu vergeben. Sie haben nie diese Art von Familie kennengelernt, haben nie erfahren, wie wichtig es ist, die Andersartigkeit eines jeden Menschen zu akzeptieren. Im Grunde tun sie mir leid, dass sie immer nur in ihren starren Schemata gelebt haben."

Als ich Lucca in die Augen sah, sah ich darin Tränen schimmern. Ich wischte sie mit den Daumen weg.

„Alles okay, Lucca?"

Sie hauchte mir einen Kuss auf die Lippen. „Ich liebe dich, Sascha!"

Wie um den Moment zu zerstören, klingelte in diesem Augenblick ihr Handy. Eine eingehende Nachricht wurde

angezeigt – mit unterdrückter Rufnummer. Mit zitternden Händen öffnete sie das Programm.
„Habe ich dir schon gesagt, dass du uns ein schönes Haus ausgesucht hast? Es sind nur zu viele Menschen hier – ich freue mich darauf, mit dir alleine zu sein!"
„Oh Gott, Sascha, er war hier, er ist hier, er hat uns alle gesehen. Wo ist er?"
Ich presste Luccas Gesicht nah an meins. Mein Gehirn raste mal wieder. Was hatte ich über Stalker gelesen? Wenn man sie aus der Reserve locken wollte, musste man sie provozieren, gleichzeitig kamen mir Jakobs Worte wieder in den Sinn „Unternehmt nichts auf eigene Faust!" Ich war hin- und hergerissen. Dann traf ich eine Entscheidung.
„Lucca, hör mir zu, ich weiß, dass wird dir jetzt schwer fallen, aber wenn er noch in der Nähe ist, dann darfst du ihm nicht das Gefühl geben, dass er Macht über dich hat. Sieh noch mal auf dein Handy und lach darüber, zeig ihm, dass es dir nichts ausmacht oder dass du dich darüber freust. Glaubst du, das schaffst du?"
Sie schluckte einmal und nickte.
Dann sah sie auf ihr Handy und schenkte mir ein strahlendes Lächeln. Sie deutete auf das Display, hielt es mir unter die Nase und grinste so perfekt gespielt, dass ich den Unterschied nur deshalb sah, weil ich ihr so nah war. Gleichzeitig leitete sie mit einer Hand die Nachricht an Tina weiter. Ich sah mich vorsichtig um – keiner der anderen schien etwas mitbekommen zu haben.
Ich hatte schon fast erwartet, dass nun noch eine Nachricht käme, aber den Gefallen tat Tobi uns leider nicht. So wussten wir nicht, ob er uns noch beobachtete oder bereits weg war.

Der Rest des Tages verlief ereignislos. Ich wusste nicht, ob ich mich darüber freuen sollte oder enttäuscht war. So langsam zermürbten mich diese Spielchen von Tobi auch. Tina hatte kurz angerufen, er war bisher nicht mehr in seiner Wohnung aufgetaucht. Dafür hatte seine Freundin ihre alte Aussage zurück genommen und damit sein Alibi für den

Nachmittag zerstört. Außerdem hatte sie wohl seine Abwesenheit genutzt und war ausgezogen.

Gegen 19 Uhr waren wir mit allem fertig, selbst Max war mit dem Einbau der Küche fertig geworden. Es fehlten zwar noch einige Dinge, aber insgesamt konnten wir mit dem Erfolg des heutigen Tages zufrieden sein. Als unsere Freunde heim gefahren waren, entschieden Lucca und ich, dass der Tag lang genug gewesen wäre und wir jetzt keine Lust mehr hatten, irgendetwas zu unternehmen. So schickte ich meine Freundin unter die Dusche (sie freute sich wie ein kleines Kind über ihre behindertengerechte Dusche!) und bestellte Pizza. Die aßen wir aus Bequemlichkeit gleich im Bett, Sofa und Esstisch gab es noch nicht. (Ob ich es wagen durfte, meinen Esstisch anzubieten? Hatte sie es ernst gemeint, dass ich bei ihr einziehen würde?). Anschließend kuschelten wir uns aneinander und schliefen direkt ein.

Sonntag, 2. Oktober 2016

- Sascha -

Ich wurde wach, weil etwas fehlte. Nein, nicht irgendwas, Lucca fehlte! Wir waren zusammen eingeschlafen, doch nun wurde ich alleine wach. Ihr Stuhl stand auch nicht neben dem Bett, auch ihr Handy, das sie immer neben sich am Bett liegen hatte, hatte sie mitgenommen. Ich schälte mich aus dem Bett und warf mir noch schnell ein T-Shirt über, bevor ich ins Wohnzimmer ging. Aber auch da fand ich sie nicht. Dafür roch ich Kaffee, die Terrassentür stand offen. Und genau da fand ich sie, sie war mitten auf der kleinen Terrasse, hatte sich eine Decke über die Schulter geworfen und ihre Lieblingstasse in der Hand. Ich folgte ihr, aber, Himmel, war das kalt hier draußen. Nur in Boxershorts und T-Shirt eigentlich zu kalt, aber egal, da musste ich jetzt durch.
„Guten Morgen, Süße, was machst du hier draußen?"
Sie sah mich an und schenkte mir eine strahlendes Lächeln.
„Ich lebe meinen Traum oder träume mein Leben …, ich habe wundervoll geschlafen, in meinem Bett, in meinem Haus, in deinen Armen und ich habe etwas Tolles geträumt. Du weißt doch, was man in der ersten Nacht im neuen Haus träumt, das geht in Erfüllung. Nein – ich werde dir das nicht sagen, denn das bringt Unglück."
Ich setzte mich auf den Hocker, der neben ihr stand.
„Lucca, ich möchte, dass all deine Wünsche in Erfüllung gehen und ich hoffe, dass ich darin vorkomme. Aber sonst reicht es mir, wenn du mir sagst, dass du super geschlafen hast und das mit mir an deiner Seite!
Und was hältst du jetzt von Frühstück? Da unser Kühlschrank leer ist, würde ich vorschlagen, dass wir unseren ersten Morgen schick in einem Café feiern."

- Lucca -

Sollte ich Sascha erzählen, dass er sehr wohl in meinem Traum vorgekommen war? Eigentlich glaubte ich ja nicht an solchen Quatsch, ich las keine Horoskope, gab nichts auf Traumdeutung oder Wahrsagerei. Aber als ich heute Nacht geträumt hatte, dass Sascha und ich tatsächlich verheiratet und ich schwanger war, da sah ich das als Zeichen dafür, dass mein Leben sich richtig gut entwickeln würde. Nun war ich sicher, dass wir die Sache mit Tobi überstehen würden und dass ich trotz des Rollis ein tolles Leben führen würde. Was mich nur wunderte, war, dass Max in meinem Traum vorgekommen war. Er hatte glücklich, zufrieden gewirkt. Etwas, was ich bei ihm in den letzten sieben Jahren selten gesehen hatte.

„Frühstück klingt super – lass uns uns fertigmachen und du, mein Schatz, solltest dir etwas anziehen, bevor du dir noch wichtige anatomische Dinge abfrierst. Du hast mir versprochen, dass ich damit spielen darf, wenn wir mit Tobi fertig sind. Also pass gut darauf auf!"

Samstag, 15. Oktober 2016

- Sascha -

Zwei Wochen, zwei wunderschöne Wochen hatten wir Ruhe gehabt. Lucca und ich wohnten zusammen, wir lachten, wir kochten, wir trafen uns mit Freunden, wir schliefen in einem Bett, wir streichelten uns, brachten uns an den Rande des Wahnsinns, aber wir hatten bisher tatsächlich nicht miteinander geschlafen.

Und nun kamen wir heute vom Wochenendeinkauf zurück und vor der Haustür lag ein vertrockneter Blumenstrauß und ein Bild von Lucca und mir, nur, dass mein Gesicht vollkommen geschwärzt war. Nun liefen hier Polizisten durch die Gegend und versuchten, Hinweise zu finden. Tobi war in all der Zeit nicht mehr in seiner Wohnung aufgetaucht. Aber er hatte sich auch nicht bei Lucca gemeldet. Er hatte uns in einer falschen Sicherheit gewiegt und nun war er wieder aufgetaucht. Woher wir wussten, dass die Sachen von ihm waren? Das Arschloch hatte sich nicht mal die Mühe gemacht, keine Fingerabdrücke hinterlassen. Sie waren überall auf dem Foto. Es war wieder ein Puzzlestück. Wenn man ihn fasste, dann würde das alles zusammengenommen für eine Verurteilung reichen. Der Kioskbesitzer hatte ihn ebenfalls als den Mann erkannt, der sich an meinem Rad zu schaffen gemacht hatte.

Aber leider hatten wir ihn nicht und es sah auch nicht so aus, als würden wir ihn bald finden. Wir konnten nur hoffen, dass er bald einen Fehler machte.

Sonntag, 16. Oktober 2016

- Lucca -

Wie, um es mir selber zu beweisen, dass mich diese ganze Scheiße nicht runterziehen konnte, hatte ich gestern einen Termin mit David gemacht – heute würde ich mein Tattoo bekommen. Sascha hatte noch ein bisschen an meinem Phönix rumgebastelt und nun würde er mir gleich mein erstes Bild stechen. Ein nächstes erstes Mal für uns. Wir hatten mittlerweile so viele erste Male gehabt, aber nach wie vor hatte er nicht mit mir geschlafen. Egal, was ich auch versuchte, wie sehr ich ihn auch reizte und zu verführen versuchte, er blieb echt standhaft. Wobei das vielleicht das falsche Wort war. Er war standhaft, ziemlich standhaft, wie ich immer wieder feststellte, aber wir hatten trotzdem keinen Sex!

Als wir am Studio ankamen, machte Sascha sich sofort daran, seinen Arbeitsplatz vorzubereiten – süß, er war nervös, er hatte echt Angst davor, mir meine Farbe zu verpassen.
Ich ließ ihn alleine und fuhr noch mal schnell zum Auto, denn ich hatte meine Handtasche in der ganzen Aufregung auf dem Rücksitz liegen lassen.
Ich hatte sie gerade auf meinem Schoß und schloss mein Auto wieder ab, als …
„Lucca, mein Schatz, endlich finde ich dich! Du hast es mir ganz schön schwer gemacht, dich zu erreichen. Fast hätte ich schon aufgegeben, vor allem, weil du mit diesen seltsamen Menschen umgeben bist. Aber jetzt sind wir ja zusammen!"
„Tobi! Was willst du von mir?" Er kam mir immer näher. Ich tastete nach meinem Handy, das ich in meine Jackentasche gesteckt hatte. Ich tippte blind auf dem Handy rum …
„Was ich von dir will? Du hast mich verlassen, du bist einfach weggezogen von mir. Es war doch alles perfekt, du

warst immer in meiner Nähe, ich konnte dich sehen, beobachten, wann immer ich wollte und von heute auf morgen bist du mit diesen Männern weggefahren. Das konnte ich nicht zulassen, oder? Und jetzt bin ich hier, damit wir wieder zusammen sein können. Das willst du doch auch, oder?"
Ich ging die vielen Gespräche durch, die Tina mit mir geführt hatte, aber mir fiel keine Lösung ein. Ich konnte nur hoffen, dass ich jemanden erreichte. Mir fiel in diesem Moment einfach nicht ein, wem ich die letzte Nachricht geschrieben hatte. Also versuchte ich Zeit zu schinden und spielte mit.
„Tobi, natürlich will ich mit dir zusammen sein, aber du musst auch verstehen, dass ich hier einen neuen Beruf habe, der mir viel bedeutet und ..."
„Das kannst du vergessen, als meine Freundin wirst du nicht arbeiten, das passt ganz und gar nicht zu deinem Image als meiner Freundin. Darüber sind wir uns doch klar, oder? Es ist nur zu dumm, dass du damals weggelaufen bist, denn so ein Rollstuhl macht sich eigentlich nicht gut."
So langsam gingen mir die Phrasen aus, was sollte ich ihm noch sagen?
Zum Glück sorgten die folgenden Ereignisse dafür, dass ich gar nichts mehr sagen musste. Denn, wenn Tobi eben noch vor mir gestanden hatte, so lag er jetzt quer über meinem Auto. Über ihm ein wutentbrannter Sascha, der ihn mit der linken Hand am Hals festhielt und mit der rechten auf ihn einschlug. David kam aus dem Studio gerannt, Michael kurz hinter ihm. Beide riefen irgendetwas. Als sie Sascha erreicht hatten, versuchten sie zu zweit, ihn von Tobi wegzureißen.
Im selben Moment hielt ein Polizeiauto quer vor meinem Auto und Sascha trat einen Schritt zurück. Aber nur, um mich anzusehen, breit zu grinsen und dann mit jeder Menge Schwung Tobi mitten in die Eier zu treten.
„Der war für Lucca, du kleiner Psycho!"

Die nächsten Minuten (oder waren es Stunden?) verbrachten wir mit Gesprächen mit unzähligen Polizisten. Tobi drohte, Sascha wegen Körperverletzung anzuzeigen, aber Jakob

beruhigte uns, dass er damit nie durchkommen würde. Trotzdem riet er uns, uns einen Anwalt zu suchen, nur für den Fall, dass Tobi wirklich etwas versuchen würde und damit wir mit der ganzen Sache so wenig wie möglich zu tun haben würden.
Als wir endlich fertig waren und gehen durften, hatte ich wirklich keine Lust mehr, mich noch tätowieren zu lassen. Auch für alles andere war ich zu müde und ausgelaugt. Es war so ziemlich der erste Abend, an dem ich nicht versuchen würde, Sascha an den Rand seiner Willensstärke zu bringen. Ich wollte einfach nur gehalten werden, das Gefühl haben, sicher zu sein und den ganzen Tag vergessen.
Wenn ich mich noch mehr in meinen Freund hätte verlieben können, so wäre das jetzt geschehen. Wir waren kaum zu Hause angekommen – mittlerweile hatten wir seinen Esstisch geholt und die Wohnzimmereinrichtung war auch geliefert worden – da hob er mich aus meinem Stuhl und setzte mich auf dem Sofa ab. Fünf Minuten später standen ein Glas meines Lieblingsweins und eine Schüssel mit NicNacs vor mir. Aus dem Lautsprecher tönte eine Dream Theater CD und Kerzen hatte er auch angezündet.
Er setzte sich mir gegenüber, nahm meine Hand und schwieg.
So saßen wir eine ganze Weile in vertrauter Stille und ich genoss die Ruhe (wobei meine Eltern beim Hören dieser Musik wohl anderer Meinung wären). So langsam wurde mir klar, was sich heute ereignet hatte. Ich konnte von Glück sagen, dass ich mit meinem Handy tatsächlich Sascha erreicht hatte. Er hatte meine Nummer gesehen und da er wusste, dass ich nur zum Auto zurück gegangen war, musste also irgendetwas passiert sein. Warum sonst hätte ich ihn angerufen? Er hatte damit gerechnet, dass ich mit dem Rolli umgefallen war oder was auch immer. Aber als er Tobi gesehen hatte, hatte er schnell reagiert.
Nachdem man Tobi seine Rechte vorgelesen hatte, hatte man ihn durchsucht und tatsächlich ein Springmesser und einen Taser, einen Elektroschocker, bei ihm gefunden. Das hatte gereicht, ihn direkt mitzunehmen, zusammen mit seinen Fingerabdrücken auf dem Foto, dem geplatzten Alibi und

vielleicht sogar dem Handy würde es wohl für eine Gefängnisstrafe reichen.

„Was meinst du, sollen wir ins Bett gehen? Es war ein langer Tag und egal, was heute passiert ist, morgen müssen wir beide arbeiten."

Montag, 17. Oktober 2016

- Lucca -

Ich war gestern Abend tatsächlich sofort eingeschlafen und war erst vom Wecker heute Morgen wieder aufgeweckt worden.
„Hey, Süße, bist du wach? Du hast geschlafen wie ein Stein. Was hältst du davon, wenn wir heute Abend zur Feier des Tages essen gehen? Und diesmal zur Abwechslung nicht nur 'ne Pizza, sondern ein bisschen schicker? Es gibt da einen kleinen Spanier in der Altstadt, da wollte ich schon immer mal hin. Sollen wir dort anrufen und fragen, ob sie heute Abend einen Tisch für uns hätten?"
„Gute Idee, regelst du das? Ich glaube, wir haben uns eine kleine Feier echt verdient. Apropos, ich habe gestern läuten hören, dass man für Samstag eine Party geplant hat – wann hattest du vor, mir zu erzählen, dass du Geburtstag hast? Das ist nicht fair! Du bist mein Freund und ich wusste noch nicht mal, dass du 23 wirst."
„Schmoll nicht, Lucca, mein Geburtstag ist eigentlich kein Tag, den ich gerne feiere. In den letzten Jahren hatte ich auch selten einen Grund zu feiern! Aber du kennst David und Michael, die haben meine Daten und wen die einmal in ihren Fängen haben und zu ihrer Familie zählen, den lassen sie nicht mehr los!"
„Es sei dir verziehen – darf ich Eva und Max einladen? Nicht zusammen, auch, wenn ich mir das gut vorstellen könnte! Aber ich habe das Gefühl, dass sie gut in unsere Runde passen würden."
„Alles, was du willst – und eine Idee, was du mir schenken kannst, habe ich auch schon ..."

Okaaaaay – ich kam zu spät zur Arbeit. Das war ganz allein die Schuld meines Freundes. Auch, wenn er sich mal wieder nur um mich gekümmert hatte. Diesmal ließ ich ihm das noch durchgehen, denn wir hatten heute Morgen nicht viel Zeit gehabt!

Ich konnte nur froh sein, dass ich mit meinem Chef befreundet war, denn mein Handy klingelte heute ziemlich häufig. Die Ereignisse des gestrigen Tages hatten sich rumgesprochen. Jeder wollte sich erkundigen, wie es mir ging und wie es weitergehen würde. Auch Tina meldete sich. Tobi hatte tatsächlich das Handy in der Tasche gehabt, mit dem er mir die Nachrichten geschickt hatte. Allerdings war er sich keiner Schuld bewusst. Er war der Meinung, dass ich ihm gehören würde! Bevor wir auflegten, lud ich die beiden auch noch zu Saschas Geburtstag ein.

Max hatte ich gestern noch informiert, so dass er nur kurz nachfragte, wie es weiterging. Auch ihn lud ich für Samstag ein, ich war gespannt, ob er kommen würde. Es hatte es nicht so mit Menschen, das wusste ich ja.

Aber als nach der Mittagspause dann auch noch meine Eltern anriefen, fragte ich mich, was los sei. Wir hatten ihnen nichts von Tobis Aktionen oder seiner Verhaftung erzählt.

„Lucca – eben rief mich eine Freundin an, man erzählt sich, dass Tobi verhaftet worden ist. Er soll eine Frau bedroht haben. Kann man sich sowas vorstellen? Ich meine, wir kennen ihn doch schon so lange."

„Mama, ich weiß, dass Tobi verhaftet worden ist. Er hat mich bedroht. ..."

Meine Mutter unterbrach mich: „Ich verstehe nicht, was meinst du?"

Ich brauchte fast zehn Minuten, um meiner Mutter die Geschichte zu erklären. Am Ende weinte sie und ich musste sie beruhigen. Typisch meine Mutter – ich hatte einen Stalker, ich wurde bedroht und sie musste beruhigt werden. Ich bat sie noch, erstmal mit niemandem darüber zu reden, aber ich wusste, dass das höchst wahrscheinlich genau zum Gegenteil führen würde.

Nun war endlich Schluss für heute.
Ich fuhr nach Hause, um mich für mein Date mit Sascha fertig zu machen. Er hatte mir eine Nachricht geschickt, dass er einen Tisch für 19.30 Uhr bekommen hatte. Und nicht nur das, er hatte sichergestellt, dass der Spanier auch rolligerecht war. Womit hatte ich diesen Mann verdient? Er würde seine Schicht im „Mr. Van T." gegen 19 Uhr beenden und dann heim kommen, damit wir pünktlich im Restaurant sein würden. Mir war heute auch ein weiteres gutes Geschenk für ihn eingefallen: das Leben war zu kurz für 'nen Eiertanz. Ich würde ihn einfach bitten … nein, nicht mich zu heiraten …, nein, er sollte bei mir einziehen und seine Wohnung tatsächlich aufgeben. Hier war genug Platz und in seiner Wohnung waren wir seit meinem Umzug sowieso kaum gewesen. Es war einfach zu umständlich für mich!
Zur Feier des Tages legte ich heute besonderen Wert auf mein Äußeres, ich schminkte mich mehr als sonst und griff auch mal nicht zu Jeans und T-Shirt, sondern trug etwas „Ordentliches", wie meine Eltern es ausgedrückt hätten.

Auch Sascha warf sich für mich in Schale – bevor wir das Haus verließen, stellten wir uns zusammen vor den Spiegel im Flur. Im Spiegel sahen wir uns in die Augen.
„Süße, ich muss sagen, wir sind echt ein schönes Paar, oder?", er sah mir immer noch in die Augen, beugte sich zu mir hinunter und küsste mich. „Ich liebe dich, hab ich dir das heute schon gesagt? Und nun lass uns gehen, unser Tisch wartet auf uns!"

Sascha hatte nicht zu viel versprochen, das Restaurant war tatsächlich süß, klein, schnuckelig, die Karte war nicht sehr groß, dafür gab es viele Tapas von der Tageskarte. Wir gönnten uns einen Sekt zur Feier des Tages, ansonsten verzichtete Sascha auf Alkohol, damit er mich nachher nach Hause fahren und ich meinen Rotwein genießen konnte.
Wir redeten über Gott und die Welt und hatten einen wunderschönen, entspannten, harmonischen Abend.
Als wir das Lokal verließen, war ich angenehm beschwippst

und voll und ganz zufrieden mit meinem Leben. Zumindest fast – eine Sache fehlte mir noch zur absoluten Zufriedenheit. Aber auch das würde ich noch bekommen. Das und mein erstes Tattoo!

Bis wir zu Hause waren, war es schon fast 23 Uhr und da der Wecker am nächsten Tag wie immer unbarmherzig um sieben Uhr klingeln würde, machten wir uns direkt fertig, um ins Bett zu gehen. Zum Glück war Sascha nach unserer ersten gemeinsamen Nacht gar nicht mehr auf die Idee gekommen, ein T-Shirt zum Schlafen anzuziehen.

Kaum lagen wir im Bett, er auf dem Rücken, ich mit meinem Kopf auf seiner Brust, fing meine Hand wie von selbst an, ihn zu streicheln. Seine Haut fühlte sich so warm und weich an, mit genau der richtigen Menge Haare im unteren Bereich. Diesmal war ich es, die ihre Hand tiefer gleiten ließ. Ich fuhr den Rand seiner Boxershorts nach und sah ihm dabei ins Gesicht. Er hielt still, beobachtete mich, das einzige Licht kam von der Straßenbeleuchtung durch das Fenster herein. Je tiefer ich meine Hand bewegte, desto mehr spannten sich seine Bauchmuskeln an.

„Lucca, ich …", weiter kam er nicht, denn ich zog seinen Kopf zu einem Kuss an mein Gesicht heran. Und während wir den Kuss immer mehr vertieften, überwand ich die letzte Barriere und fuhr mit meiner Hand unter seinen Hosenbund. Er versteifte sich (also der Mann, der Rest war schon steif …) und zog sich zurück. „Lucca, wenn wir jetzt miteinander schlafen, dann musst du dir ganz sicher sein. Denn du kannst mir glauben, dass ich dich dann bestimmt nie wieder gehen lasse."

Statt einer Antwort begann ich, ihn zu streicheln und Sascha drehte mich langsam und vorsichtig auf den Rücken.

Langsam zogen wir uns gegenseitig aus und streichelten uns – wobei er natürlich viel beweglicher war und wirklich jeden Zentimeter meines Körpers berührte. Als er selbst meine Beine streichelte, also Regionen meines Körpers, die ich gar nicht spüren konnte, kamen mir wieder die Tränen. Er war so lieb und verständnisvoll, so zärtlich und unendlich geduldig. Wenn ich ehrlich war, dann war er fast zu geduldig, mir wäre es lieber, er würde sich nicht so viel Zeit lassen. Ich wollte ihn spüren und zwar alles von ihm! Er schien meine Ungeduld zu spüren und fing leise an zu lachen.

„Gott, Lucca, wenn du sehen könntest, was ich sehe. Du bist so wunderschön! Ich kann es wirklich nicht glauben, dass du mich liebst und mich willst. Es kommt mir immer noch wie ein Traum vor!"

Während er das sagte und mir dabei in die Augen schaute, griff er in die Nachttischschublade, wo wir in weiser Voraussicht vor ein paar Tagen eine Packung Kondome untergebracht hatten. Er öffnete eines und zog es sich langsam über seinen Penis. Er ließ sich mal wieder Zeit und beobachtete breit grinsend, wie ich jede seiner Bewegungen gebannt verfolgte. Ich glaube, er brauchte extra viel Zeit – nur um mich warten zu lassen. Außerdem fing er nun auch noch an, sich selbst zu streicheln, ein Job, den ich viel lieber übernehmen wollte!

Aber bevor ich protestieren konnte, fing er an, mich zu streicheln, um sich dann – endlich – zu bewegen!

- Sascha -

Oh Gott, ich hatte mir vorgenommen, langsam und vorsichtig zu sein, wenn wir zum ersten Mal miteinander schlafen würden, denn Lucca hatte mir erzählt, dass ihr letztes Mal schon einige Zeit zurückliegen würde. Aber als sie jetzt so bereit, wartend, nackt und schön unter mir lag, kam dann doch der Höhlenmensch in mir zum Vorschein. Der Teil, der sie besitzen wollte, der sie als „MEIN" markieren wollte.
Aber ich sah ihr an, dass sie auch nicht länger warten wollte und so legte ich mich über sie, stützte mich auf meinen Händen ab, um sie möglichst nicht zu sehr zu belasten und ... wow.
Auch, wenn wir uns noch nicht lange kannten, unsere Körper schienen anderer Meinung zu sein. Sie wussten genau, was sie zu tun hatten und es schien, als würden sie sich ohne Worte verstehen. Wir bewegten uns perfekt zusammen.
Ich merkte, wie ihr Atem immer schneller ging – das hatte ich schon einige Male hören dürfen, sie war ganz kurz davor zu kommen und auch ich spürte, wie mein ganzer Körper sich anspannte.
...

Nachdem ich das Kondom entsorgt und mich wieder zu ihr ins Bett gelegt hatte, lag sie unheimlich warm und weich in meinen Armen und ließ sich von mir streicheln.
Ich war wohl in diesem Moment der glücklichste, zufriedenste und am meisten befriedigte Mensch in dieser Stadt. Ich hatte das Gefühl, dass ich mit Lucca an meiner Seite alles meistern könnte!

Samstag, 22. Oktober 2016

- Lucca -

Heute war Saschas Geburtstag und alles war vorbereitet für seine Feier. Es sollte die beste, schönste und lustigste Feier werden, die man sich nur vorstellen konnte. Denn ich hatte es mir zur Aufgabe gemacht, alle schlechten Erinnerungen, die er an seine bisherigen Geburtstage hatte, durch gute, neue zu ersetzen. Das hatte heute Morgen schon begonnen, als ich ihm noch im Bett das erste Geschenk gemacht hatte. So viel sei gesagt: er war hinterher ziemlich entspannt, alles an ihm. Aber nicht so entspannt, dass er sich nicht direkt dafür bei mir bedankt hätte!
Als zweites bekam er von mir symbolisch zusammen mit Brot und Salz als Zeichen eines Umzugs einen Haustürschlüssel geschenkt. Zum Glück hatte ich einen ziemlich klugen Freund, denn eigentlich hatte er ja schon seit meinem Einzug einen Schlüssel zu meinem Haus. Aber er verstand wohl, was ich sagen wollte. Vielleicht half es aber auch, dass ich mit Sams Hilfe seine kompletten Malutensilien inklusive des Stehtisches in das bisher leer stehende Zimmer hatte bringen lassen. Zu guter Letzt hatte ich noch Karten für ein Rockkonzert besorgt, das Ende des Monats in der Nähe stattfinden würde.
Und jetzt waren wir auf dem Weg zu Sam und Ela, denn die beiden hatten sich bereit erklärt, die Party bei sich stattfinden zu lassen. Sie hatten von uns allen am meisten Platz und es gab genug Abwechslung für die Kinder!
Eva hatte nach längerem Zögern auch zugesagt, sie würde ihre beiden Kinder mitbringen. Ihr Sohn hatte sich bei meinem Umzug gut mit den Zwillingen verstanden und ihre Tochter hatte nach anfänglichem Zögern auch zugestimmt, mitzukommen.
Sogar meine Schwester hatte sich die Zeit genommen, zu

uns zu fahren, um mit uns zu feiern.
Vorsichtig setzte ich mich bequemer hin – gestern Abend hatten wir die Zeit gefunden, um endlich das Tattoo zu stechen. Wenn man genau hinsah, dann erkannte man in den Flammen, die sich um den Schwanz des Phönix schlangen, auch ein kleines „S". Mein Macho hatte es sich nicht nehmen lassen, mich zu markieren, wie er es so schön ausdrückte.

Ich ließ meinen Blick über die bunt zusammengewürfelte Runde im Wohnzimmer schweifen. Einige standen trotz kalter Temperaturen draußen - Männer in T-Shirts! Zusätzlich zu den üblichen Verdächtigen waren auch noch Sues Eltern vorbeigekommen. Sie hatten spontan einen Besuch hier abgestattet, meinen Eltern wäre das total peinlich gewesen, sie hätten sich möglichst schnell verabschiedet. Nicht so Sues Eltern, sie hatten die Einladung gerne angenommen und saßen nun mit David und Michael zusammen und unterhielten sich.
Eva stand bei Nate und Sam, zusammen mit einem Paar, das ich nicht kannte, er spielte mit Sascha in der Band. Währenddessen steckten Sue und Ela die Köpfe zusammen und tuschelten. Sogar Jakob und Tina Richter waren da, schienen sich aber im Moment selber zu genügen. Mein Blick blieb an Max hängen, der neben Evas Tochter stand und ihr den Gesten nach zu urteilen von seinen beiden Hunden erzählte. Das Mädchen strahlte übers ganze Gesicht! Ich spürte Saschas Hand auf meiner Schulter und einen Augenblick später hockte er sich neben mich.
„Lucca, ich kann dir gar nicht genug dafür danken, was du alles heute für mich getan hast. Alle Geschenke waren einfach überwältigend. Das hat heute Morgen im Bett begonnen – können wir das bald wieder machen?? Dann die Tatsache, dass du mich wirklich richtig bei dir wohnen lassen willst. Die Konzertkarten und nun diese Feier. Weißt du, dass das meine erste wirkliche Geburtstagsfeier ist? Meinen Eltern war es immer zu viel Aufwand, einen Kindergeburtstag auszurichten und später fehlten mir die Freunde dazu. Und meinen 18. verbrachte ich alleine in

meinem Loch, danach ... frag nicht."
„Schatz, vergiss nicht, wir sammeln immer noch lauter erste Male. Und dies ist dann eben dein erster toller Geburtstag!" Er küsste mich, bis ich kaum noch Luft bekam.

„Apropos, erste Male – ich hatte noch gar keine Gelegenheit, dir zu erzählen, dass ich gestern Abend auf dem Heimweg von der Bandprobe meine Eltern gesehen habe. Tatsächlich zum ersten Mal seit fünf Jahren." Mir blieb vor Schreck fast das Herz stehen, was musste das in ihm ausgelöst haben?

„Ich habe immer gedacht, wenn ich sie mal sehen würde, dann wäre ich sauer, enttäuscht, wütend, ich würde sie anschreien oder zur Rede stellen oder bitten, mich zu lieben. Aber weißt du was? Als ich sie sah und merkte, dass sie mich erkannt hatten, da habe ich ihnen nur zugenickt und bin einfach weitergegangen. Ich habe mich nicht rumgedreht, auch als ich hörte, wie meine Mutter meinen Namen gesagt hat, hab ich nicht reagiert. Und da, wo eigentlich all meine schlechten Gefühle für sie hätten sitzen sollen, empfand ich nur Mitleid mit ihnen. Denn ich war auf dem Weg zu dir und mit dir zusammen auf dem Weg in eine schöne Zukunft. Ich habe eine tolle neue Familie, tolle Freunde und die beste Frau der Welt an meiner Seite. Warum sollte ich da unzufrieden sein? Was bringt es mir, über die Vergangenheit nachzudenken, wenn ich im Hier und Jetzt die beste Zeit meines Lebens haben kann?"

Mit diesen Worten hob er mich aus meinem Rollstuhl, setzte mich auf seinen Schoß und küsste mich.

Die Antwort ist ganz einfach - eigentlich

Teil 4 der
Hier und Jetzt
Reihe

David & Micha

Sonntag, 18. September 2016

- Michael -

Wir hatten den Tag mit meinem Bruder Sam, dessen Freundin Ela, Nate, Sue und Lucca verbracht. Es war eine ausgelassene, harmonische Runde gewesen und fühlte sich echt wie Familie an. Auf jeden Fall war das hier viel mehr Familie als das, was ich mit meinen Eltern je gehabt hatte. Meine Mutter hatte immer völlig unter dem Pantoffel meines Vaters gestanden, zumindest nach außen hin. Und da ich für meinen Vater ein völliger Versager war, hatte auch das Verhältnis zu meiner Mutter gelitten. Wenn es nach meinem Vater gegangen wäre, dann wäre ich als ältester Sohn in seine Fußstapfen getreten, wäre Anwalt geworden, hätte mein Geld angehäuft und damit angegeben. Aber dass das nie mein Weg werden würde, war mir schnell klar gewesen. Kaum 16 hatte ich meine Liebe für Tattoos entdeckt und das nicht nur am eigenen Körper, nein, ich wollte selber stechen! Schon bevor ich mein Abi in der Tasche hatte, hatte ich mich für den Zivildienst entschieden (ich höre meinen Vater noch heute: „Michael, die van Theen Männer haben immer gedient, du wirst auch zum Bund gehen! Selbst als tätowierter Punk! Dort treiben sie dir deine Flausen schon aus und schneiden dir die Haare!"). Das war dann das erste richtige Zerwürfnis, dem noch viele folgen sollten. Ich bekam eine Stelle beim Roten Kreuz, machte eine Ausbildung zum Rettungssanitäter, arbeitete und lernte nebenbei bei einem Piercer und Tätowierer. Nach dem Zivildienst begann ich ein ziemlich halbherziges BWL – Studium, vor allem, um meinem Vater zu gefallen. Was hätte ich damals nicht getan, um in seinen Augen zu bestehen. Fast hatte ich mein komplettes Leben, mein Glück aus den Augen verloren, nur damit er in mir nicht den totalen Versager sah. Gott, ich war so darauf versessen gewesen, dass mein Vater mich liebt, dass ich ...

„Hey, Micha, warum so nachdenklich?"
David, der Mann an meiner Seite seit fast elf Jahren, kroch zu mir ins Bett und ich kuschelte mich an ihn heran.
„Ich musste an unser Gespräch vorhin beim Brunch denken. Als Nate fragte, ob wir ihnen mal unsere Geschichte erzählen würden. Da kam mir die Zeit vor fast zwölf Jahren in den Sinn. Ich glaube, ich will ihnen diese Geschichte nicht erzählen, ich war so ein Arsch!"
David sah mir in die Augen.
„Ich habe dir längst verziehen und ich habe dich damals verstanden, ob du es glaubst oder nicht. Ich wusste, was mit dir los ist!"
„Du hattest so viel Geduld mit mir und ich habe dir so weh getan, David. Manchmal frage ich mich echt, warum du das alles mitgemacht hast."
„Ich wusste wohl damals schon, dass es sich lohnen würde – und ob wir es ihnen erzählen oder nicht, das liegt bei dir."
„Selbst mein kleiner Bruder hat damals nur die Hälfte von dem mitbekommen. Gott, ich war so bescheuert."
„Micha, sieh mich an, bitte ...", ich tat, was er wollte und er redete weiter: „Ich liebe dich, ich habe dich damals geliebt und wir haben es geschafft, das ist doch die Hauptsache, oder?" Dann küsste er mich und ich konzentrierte mich auf angenehmere Dinge.

Anschließend lagen wir zufrieden und befriedigt im Bett und erinnerten uns an unsere Anfänge ...

März 2005

- Michael -

Mein Laden!
Ich stand mitten in dem runtergekommenen Ladenlokal, das ich mir von dem Geld gekauft hatte, das meine Großmutter mir hinterlassen hatte. („Junge, wenn du das durchziehst, dann brauchst du uns nicht mehr unter die Augen kommen" - Danke, Papa). Aus den Lautsprechern meiner alten Anlage dröhnte Jethro Tull. Ich sah meinen Laden vor mir – hier im Eingangsbereich würde ich einen Tresen anbringen und gemütliche Ledersofas für den Wartebereich besorgen. Die riesige Verkaufsfläche würde ich in fünf kleine Räume aufteilen. Drei sollten Tätowierräume werden, einer nur fürs Piercen und ein Raum würde die Küche werden, dort konnten auch Vorgespräche stattfinden. Außerdem gab es ein kleines Bad und einen fast 15 Quadratmeter großen Abstellraum. Die Lage war super. Die Räume waren so angelegt, dass alle, bis auf den in der Mitte liegenden, Tageslicht bekamen. Wenn alles gut ging, dann würde ich in zwei Monaten eröffnen können. Ein paar meiner Kumpels hatten ihre Hilfe zugesagt, außerdem hatte ich durch einen Freund Kontakt zu einem ziemlich guten Tätowierer bekommen, der wohl eine Stelle suchte. Mit dem hatte ich schon telefoniert, er klang nett, hatte gute Ideen. Er hatte mir ein paar seiner Arbeiten geschickt – auch das lag voll auf meiner Linie. Er wollte die Tage vorbeikommen und wenn die Chemie zwischen uns stimmte, dann würde er beim Ausbau helfen und anschließend mit mir hier zusammen arbeiten.
Es war ein langer Weg bis hier her gewesen, aber nun war ich mit 24 Jahren meinem Traum vom eigenen Studio einen großen Schritt näher gekommen.
Ich konnte mich noch gut an das letzte Gespräch mit meiner Oma erinnern. Sie hatte mir immer gesagt, dass ich meinem

Traum folgen sollte. Und wenn mein Traum nicht in das Leben meines Vaters, ihres Sohnes, passen würde, dann wäre das sein Problem. Nur weil ihr Sohn einen Stock im Arsch hätte, dürfe ich mich nicht verbiegen. „Micha, du hast so viel zu geben, so viel Liebe und Können, lass dir das nicht austreiben, warte, bis du den richtigen Menschen für dich gefunden hast und dann erobere die Welt!" Ich merkte, wie mir beim Gedanken an meine Oma die Tränen kamen. Sie hatte mich in Allem unterstützt und es mir durch mein Erbe ermöglicht, meinem Traum zu folgen. Mein Vater hatte getobt, als er mitbekam, dass ich bereits mit 24 über mein Erbe würde verfügen können. Genauso wie mein Bruder Samuel, der zwei Jahre jünger war.

Als ich Geräusche von der Tür her hörte, wischte ich mir schnell die Tränen weg. Meine Kumpels waren nicht gerade Leute, vor denen man als Mann weinen wollte! Sie waren zum Teil ganz schön hart drauf, ihre Wochenenden und manchmal auch die Wochen bestanden aus Trinken und Weibern. Weicheier waren nicht gern gesehen. Manchmal, wenn ich mit ihnen um die Häuser zog, von einer Bar zur anderen, saufend und pöbelnd, dann konnte ich meine Oma förmlich vor mir sehen, wie sie den Kopf schüttelte und mir zuflüsterte, dass das gar nicht zu mir passen würde. Ehrlich gesagt, war es wohl eher mein schlechtes Gewissen, was da sprach. Denn im Grunde gab mir das alles nichts, nicht der Alkohol, nicht die Frauen. Wenn ich ehrlich zu mir war – und das erlaubte ich mir nur ganz selten – dann wäre mir ein Gespräch, ein Glas Wein, ein Mensch, der mir zuhört, viel lieber gewesen als das, was ich machte. Aber sie waren das einzige, was ich hatte und was Freunden halbwegs nahe kam.
In der Schule war ich ein Sonderling gewesen, mein erstes Tattoo hatte ich mit 16 bekommen, dann ließ ich meine Haare wachsen, bald folgte der erste Ohrring. Ich fing an zu trainieren und wurde zum Badboy der Jahrgangsstufe. Die Typen wichen mir aus, die Mädels liefen mir nach. Aber echte Freundschaften entwickelten sich nicht.
Im Zivildienst dann lernte ich ein paar nette Leute kennen,

aber das hielt nicht, da sie nicht aus der Gegend kamen und zurück in ihre Heimatstädte gingen.
Dann das BWL–Studium - oh Gott, da liefen sogar einige der Studenten schon im Anzug rum. Ich kam selten ohne zerrissene Jeans und Stiefel zur Uni. Ich hatte zwar mein Vordiplom als Jahrgangsbester gemacht, aber es zog mich da weg. Es war einfach nicht mein Leben.
Es gab wenig Dinge, die ich mochte: guten Rock der 70er, mein Motorrad und meine Ruhe! Die richtige Frau hatte ich auch noch nicht gefunden. Bei keiner hatte es sich richtig angefühlt. Meistens war es sogar so, dass ich kaum etwas fühlte, wenn ich mit einer zusammen war. Alkohol half da. Jeden anderen Gedanken, warum es so war, verbot ich mir.
„Mike – das ist also der Schuppen, den du gekauft hast?" (Gott, wie ich diesen Spitznamen hasste, ich war kein Mike, aber wie sollte ich das denen beibringen, ohne als „Pussi" abgestempelt zu werden?)
„Hi, kommt rein, ja, das hier wird mein Studio. Und wenn es fertig ist, dann hat jeder von euch ein Tattoo und ein Piercing frei!"
Ich setzte mein Pokerface auf und begrüßte die drei Männer mit Handschlag. Sie waren nicht verkehrt, aber mit keinem von ihnen konnte ich die Gespräche führen, die ich mir manchmal wünschte. Wir hockten uns auf rumstehende Kisten und ich breitete meine Pläne aus. Handwerklich war ich eine Niete – aber planen konnte ich und organisieren. So würde ich das Hirn und die drei die Muskeln sein. Nicht, dass ich keinen Hammer halten konnte, aber es gab Dinge, die ich lieber tat und besser konnte. So war ich in Gedanken schon mit der Inneneinrichtung beschäftigt.
Es dauerte nicht lange und der Plan stand. Wenn ich ihnen Glauben schenken konnte, dann würden die Renovierung und das Einziehen der Trockenbauwände nicht mal zwei Wochen dauern. Selbst, wenn sie nur abends und am Wochenende kommen würden. Einer von ihnen war Zimmermann und hatte auch direkt noch vier andere an der Hand, die sich gerne ein paar Euro dazuverdienen würden. Meine Aufgabe würde es sein, die benötigten Materialien bis Samstag zu bestellen und liefern zu lassen.

„Mike, wir wollen heute Abend noch auf die Piste – bist du dabei?"
„Wenn ich ehrlich bin, nein, ich will die ganze Organisation für die Bestellung hinter mich bringen. Nächstes Mal wieder, okay?"
„Wirst du langsam alt und langweilig? Wann warst du das letzte Mal so richtig mit uns feiern, Mann? Mir lief Dana neulich über den Weg, sie hat nach dir gefragt, du hättest sie beim letzten Mal eiskalt abserviert. Sie wollte wohl noch eine Chance bei dir. Seit wann so wählerisch?" Diese Bemerkung wurde mit eindeutigen Gesten und Gelächter untermalt.
Dana – sie war nett, sexy, wenn auch etwas aufdringlich, sie hatte sich auch alle Mühe gegeben, aber ich war einfach nicht in Stimmung gewesen und hatte sie ziemlich grob behandelt und war einfach gegangen. Was ich nicht verstand, war, warum sie sich trotzdem nach mir erkundigt hatte. Was war nur mit diesen Frauen, die es scheinbar mochten, wenn man sich wie ein Arsch benahm?
Gott, ich hatte das so satt! Aber irgendwie hatte ich dieses Image des Badboys und wurde es nicht los. Man warf uns Kerlen immer vor, oberflächlich zu sein. Aber Frauen waren mindestens genauso oberflächlich. Sie sahen mich an, sahen die Tattoos, die Piercings, die Klamotten, den Schmuck, die langen dunkelbraunen Haare, das Motorrad und schon wurde ich abgestempelt. „Gut für 'nen One-Night-Stand und dumm" stand wohl auf meinem Stempel, denn reden wollte keine mit mir. Und wenn ich mal ein Fremdwort benutzte, dann sahen sie mich an, als käme ich vom Mars. Nein, das war nicht das, was ich suchte und schon gar nicht das, was meine Oma sich für meine Zukunft gewünscht hatte!
„Jungs, vielleicht werde ich einfach wählerisch auf meine alten Tage – immerhin werde ich bald 25 und Kleinunternehmer!"
Ich hoffte, dass ich genug gespielten Sarkasmus in meinen Satz gelegt hatte, so dass es so klang, als würde ich maßlos übertreiben. Aber ich übertrieb nicht. Das war eigentlich genau das, was ich empfand!
„Was immer du sagst, Mike! Wir sind dann mal weg und

sehen uns am Samstagmorgen! Sieh zu, dass du dann das Material und genug Verpflegung am Start hast!"
Mit diesen Worten verschwanden sie.

Die nächsten Tage verbrachte ich mit Telefonaten, Katalogen und Verhandlungen. Außerdem mit Kalkulationen – hatte ich schon mal erzählt, dass ich Zahlen und Abrechnungen aller Art hasste? Mit ein Grund, warum ich das BWL–Studium an den Nagel gehängt hatte. Ich konnte das Ganze zwar, das war nicht das Problem, aber der Gedanke, mein ganzes Leben mit Zahlen umgehen zu müssen, hatte mich mehr geschockt als alles andere!

Ich war in meinem Laden, saß auf einer Kiste und träumte von meiner Einrichtung. Spiegel, Farben, Bilder, alles existierte schon in meinem Kopf und es sah verdammt gut aus!

Morgen würden die Jungs mit dem Arbeiten beginnen und ich freute mich schon darauf, selber Hand anzulegen, zu streichen und zu gestalten.

Ich schrieb gerade Ideen für die Einrichtung der Tätowierräume auf, als mich eine Stimme aus meiner Konzentration riss.

„Ähmmm, hi, ich hoffe, ich störe nicht. Bist du Micha? Ich bin David, wir hatten telefoniert … ?!" Ich drehte mich zu der Stimme um und betrachtete den Fremden eingehend. Er war ungefähr so alt wie ich, blond, groß, ungefähr meine Größe, also um die 1,85 m, aber viel schmaler, filigraner und doch wirkte er kräftig, fast wie ein Marathonläufer. Einige sichtbare Tattoos, Daumenring an der rechten Hand. In der linken trug er einen Seesack und einen Rucksack über der Schulter. Er war modisch gekleidet, recht bunt, rote sehr enge Jeans, dazu ein langes grünes Hemd, offen über einem schwarzen Shirt, Stiefel. Ich ließ meinen Blick weiter wandern, zurück zu seinem Gesicht – auch das war schmal, fast zart, helle Augenbrauen, blaue lachende Augen und volle Lippen, die sich zu einem Lächeln zogen.

Ich war wie vom Donner gerührt – „dieser Mann ist schön", ging mir durch den Kopf um mich gleich darauf selber zur Vernunft zu bringen (Männer sind nicht schön, du Schwachkopf! Aber wie er mich Micha genannt hatte – das war süß gewesen …).

Ich stand auf, legte mein bestes Pokerface auf und schlenderte äußerlich völlig gelassen zu ihm hin. „Ja, ich bin

Micha, Michael." Ich hielt ihm die Hand hin, die er ergriff, ein bisschen zu lange festhielt und mir dabei mit schief gelegtem Kopf in die Augen schaute. Ich entzog ihm meine Hand und fuhr mir nervös durch die Haare.
„Ich weiß, das hier sieht noch nicht nach viel aus, aber es wird!"
Ich drehte mich von ihm weg und machte eine weite Geste in Richtung des offenen Raums. „Morgen kommen die Jungs und fangen mit den Arbeiten an. Hier, das sind die Pläne, so soll es später mal aussehen …"

David lachte laut auf und drückte mich an sich. „Gott, ich erinnere mich genau an unsere erste Begegnung! Du warst so süß, hast dich kaum getraut, mir in die Augen zu sehen. Wenn es nach mir gegangen wäre, dann hätte ich dich auf der Stelle küssen und vernaschen können. Aber so, wie du auf mich reagierst hast, war mir klar, dass dich noch nie ein Mann angemacht hatte. Du warst verwirrt wie 'ne Jungfrau vorm ersten Mal."
„David, das war nicht lustig, ich war völlig fertig, dass ich so über einen Mann dachte! In der Welt meiner Eltern gab es keine Homosexualität. Ich mag 24 Jahre alt gewesen sein, aber im Grunde wusste ich nichts von der Welt!"

„Wenn alles so läuft, wie mir versprochen wurde, dann kann ich nach dem nächsten Wochenende mit dem Tapezieren und Streichen anfangen und dann sollte einer Eröffnung im Mai nichts im Wege stehen."
„Mai klingt prima in meinen Ohren für einen Eröffnungstermin! Ich kann mir das hier alles echt gut vorstellen, Micha. Was hältst du davon, wenn wir zwei uns in den kommenden Wochen ein bisschen beschnuppern und sehen, ob wir zusammen arbeiten können und dann entscheiden, ob ich mit hier einsteige? Ich meine, wir kennen unsere Arbeiten, aber wenn wir Tag für Tag im gleichen Laden arbeiten wollen, dann müssen wir uns auch gut verstehen, oder?"

„Das klingt gut! Hast du eine Möglichkeit, wo du pennen kannst? Ich meine, du bist schließlich nicht von hier und wenn wir erst in zwei Monaten eröffnen können – vorausgesetzt, du willst den Job – dann wird es bis dahin eng mit Kohle. Ich kann dir nicht viel zahlen."
„Ich hab vorgesorgt – ich kann bei einem Freund unterkommen, der hat ein Zimmer frei und ich habe auch einen Übergangsjob, bis das mit dem Studio läuft. Ich hatte dir ja erzählt, ich hab im Hotelfach gelernt und jetzt, wo die Touristensaison so langsam beginnt, haben die Gaststätten alle Bedarf für Zusatzkräfte im Service und als Nachtportier. Ich komme also über die Runden und kann dir beim Innenausbau helfen, wenn du mich haben willst ..."
Gott, klang das nur in meinen Ohren zweideutig?
Eine Antwort musste ich darauf allerdings nicht geben, denn die Tür ging auf und Dana stolzierte herein.
„Hallo Mike", säuselte sie. „Die Jungs haben gesagt, dass ich dich mit Sicherheit hier finden würde. Gehst du mir etwa aus dem Weg?"
Mit diesen Worten hängte sie sich an mich und küsste mich. Selten war es mir unangenehmer gewesen als in diesem Moment mit David, aber auf der anderen Seite kam es mir auch gelegen, denn so wurden meine Gedanken in andere Bahnen gelenkt.
„Dana, Süße, mit dir habe ich heute ja gar nicht gerechnet! Lust auf eine kleine Tour mit meinem Bike?", Motorradfahren schien mir am unverfänglichsten. Außerdem konnte ich sie dann bei ihr zu Hause absetzen und selber alleine heim fahren.
„Was immer du willst ...", flüsterte sie mir ins Ohr.
„David, ich denke, wir haben dann erstmal alles besprochen, oder? Was hältst du davon, wenn wir die Tage mal telefonieren und uns dann mal zusammen setzen, dann können wir über alles weiter reden?"
Ich wollte raus hier, weg von den Blicken dieser beiden Menschen. Dana sah mich an, als wäre ich ihr Mittagessen und David guckte ... neugierig, interessiert, seltsam und leicht süffisant grinsend. Als wüsste er etwas, was ich nicht wusste!

„Was immer du willst ...", wiederholte er Danas Worte, zwinkerte mir zu, nahm seine Taschen und ging.
Es war gar nicht so leicht gewesen, Dana an diesem Abend los zu werden. Zum Schluss log ich sie an, dass ich mir wohl den Magen verdorben hätte und nach Hause müsste. Allein der Gedanke, mit ihr länger zusammen zu sein und sie zu küssen, löste etwas in mir aus, das ich nicht beschreiben konnte oder wollte!

Das Wochenende wurde ziemlich stressig, denn ich musste am Samstag um sieben Uhr im Studio sein, um die Lieferungen in Empfang zu nehmen. Ich genoss die körperliche Arbeit und die Effizienz, mit der meine Bekannten zu Werke gingen. Zwar war ich nur der Handlanger, aber damit konnte ich wunderbar leben. Es war ein tolles Gefühl, dabei zuzusehen, wie mein Traum sich nach und nach verwirklichte. Die sieben Männer machten einen tollen Job, sie arbeiteten Hand in Hand und nach einem Tag standen die ersten Wände und man brauchte nun weniger Vorstellungsvermögen, um sich in mein Studio hineindenken zu können.
Ich sorgte für Essen und Getränke, sortierte den Nachschub und half, wenn es etwas zu tragen, halten oder stemmen gab.
Als ich am Sonntagabend alleine in den neu entstandenen Räumen stand und einfach nur bei Queensryche meinen Gedanken nachhing, schreckte mich der Klingelton meines Handys auf – eine SMS von David.
„Was macht dein Studio, wann darf ich gucken kommen? D."
Was sollte ich darauf schreiben? Jetzt? Nein, das klang komisch, oder?
„Arbeitest du morgen Nachmittag? Sonst können wir uns dann treffen ..."
Die Antwort ließ nicht lange auf sich warten. „Bis 15 Uhr, komme dann!"

- David -

Okay – morgen also.
Ich war gespannt, wie der Laden jetzt aussehen würde.
Ich hatte immer davon geträumt, in einem coolen Studio zu tätowieren. Als mir mein Mentor erzählte, dass ein guter Freund von ihm einen zweiten Mann für eine Neueröffnung suchen würde, war ich sofort Feuer und Flamme. Ich hatte mich per Mail und Telefon mit Michael (für mich war er eher ein Micha – ihn schien der Spitzname nicht zu stören) ausgetauscht. Er hatte ähnliche Einstellungen wie ich und schien auch sonst ziemlich nett zu sein.
Also hatte ich meine Wanderung durch Deutschland abgebrochen. Vor gut einem Jahr hatte ich meine Tasche gepackt und war losgezogen. Überhaupt war mein Leben bisher nur durch eine Sache geprägt gewesen: Unstetigkeit! Meine Eltern waren die coolsten, die man sich nur vorstellen konnte. Mein Dad war Doktor der Biologie und immer unterwegs von einem Lehrauftrag zum nächsten, einmal quer durch Europa. Meine Mutter war Malerin, sie hatte auch ab und zu kleine Ausstellungen gehabt. Sie und ich zogen immer mit meinem Vater mit. So hatte ich viel gesehen in diesen Jahren. Mit meinem Abi in der Tasche hatte ich zuerst nicht gewusst, was ich machen sollte. Ich wusste, dass mein Ziel Tätowierer war, aber wenn mir meine Eltern eines immer gepredigt hatten, dann, dass man seine Träume nur dann sorgenfrei leben konnte, wenn sie auf soliden Füßen standen. Also machte ich eine Ausbildung im Hotelfach. Diese zwei Jahre waren mit die längste Zeit, die ich jemals an einem Ort gewohnt hatte. Aber ich zog es durch und hatte wirklich Spaß und gute Zeugnisse in der Tasche aus dieser Zeit.
Ich war meinen Eltern für alles dankbar. Sie hatten mich so werden lassen, wie ich wollte und hatten auch prima reagiert, als ich mit gerade mal 16 mein Coming Out hatte. Für mich war immer klar gewesen, dass ich definitiv nichts mit Frauen am Hut hatte.

Als ich meiner Mutter gesagt habe, dass ich schwul sei, war ihre Reaktion: „Gott sei Dank, dann habe ich ja alles richtig gemacht!"
Ich muss sie etwas komisch angeguckt haben. „Du freust dich, dass ich schwul bin?"
„Nein, mein Sohn, ich freue mich, dass du es mir ohne Probleme sagen kannst – also habe ich in deiner Erziehung alles richtig gemacht!" Dann küsste sie mich und kümmerte sich weiter ums Mittagessen. Ich sagte doch, dass ich die coolsten Eltern habe!
Als meine Eltern dann vor einem Jahr ihren eigenen Traum lebten und Deutschland in Richtung Neuseeland verließen, ging ich auf Wanderschaft. Ich zog von Stadt zu Stadt, lernte bei den verschiedensten Tätowierern, arbeitete in Hotels, wenn ich Geld brauchte und genoss mein Leben. So hatte ich jede Menge Leute kennengelernt und war hier gelandet.
Jan, der Freund bei dem ich jetzt für die erste Zeit untergekommen war, war ein Exfreund. Nachdem wir aufgehört hatten miteinander zu schlafen, waren wir gute Freunde geworden. Er war seit ein paar Jahren in einer festen Beziehung und hatte kein Problem damit, dass ich dort wohnen würde.

Als ich Micha vor drei Tagen zum ersten Mal gesehen hatte, hatte er mich umgehauen. Er hatte meine Größe, aber er war fast doppelt so breit (okay, ich übertrieb), kräftig, muskulös, Piercings, einige sichtbar, andere wohl nicht, Handtattoos. Alles an ihm war dunkel, seine Augen, seine Klamotten, seine Haare, seine Ausstrahlung. Er machte mich neugierig, zog mich an und er hatte auch auf mich reagiert. Das hatte ich gesehen, aber er war nicht schwul oder zumindest hatte ich nicht den Eindruck, denn er schien irgendwas mit dieser Dana laufen zu haben.
Aber ich würde es nehmen wie alles in meinem Leben: einfach machen und schauen, was passiert!
Für heute musste ich erstmal arbeiten gehen, zu viel grübeln brachte sowieso nichts!
Also warf ich mich in meine Arbeitskluft – schwarze Hose, weißes Hemd, so ganz und gar nicht ich, aber für die Arbeit

galten andere Regeln als fürs normale Leben. Ich war vielleicht unkonventionell groß geworden, aber meine Eltern hatte jede Menge Wert darauf gelegt, dass ich mich an die Regeln hielt! Und im Beruf war die Regel nun mal, sich anzupassen. Das war auch einer der Gründe, warum ich kein Handtattoo hatte – noch nicht! Sobald ich vom Tätowieren leben konnte, würde auch das kommen. Das Motiv war mir noch nicht klar, aber es sollte etwas sein, was mich ausmachte, was wichtig für mich war. Die Zeit, in der ich einfach nur Motive sammelte, um sie zu haben, war vorbei. Ich war gerade 25 geworden und wohl an dem Punkt angelangt, an dem ich langsam ruhiger und sesshafter werden wollte.

Die Schicht war leicht, die Kollegen nett und die Mitarbeiter an der Bar gut drauf. Meine Mutter hatte immer gesagt, ich hätte eine Gabe, ich kam mit allen Menschen gut klar, ich war offen für alles und jeden. Das kam mir jetzt zu Gute. Ich hatte eine Stelle in einem hochpreisigen Hotel bekommen. Die brauchten immer Servicepersonal und da ich Erfahrungen in allen Abteilungen hatte, konnte ich hier als Springer arbeiten. Heute Abend an der Bar und morgen ab sechs Uhr löste ich den Nachtportier ab. Dann würde ich noch Zeit haben, kurz unter die Dusche zu springen, bevor ich mich mit Micha treffen würde.

Im Moment saß eine Gruppe von vier Frauen an der Theke. Aus ihrer Unterhaltung hatte ich herausgehört, dass eine von ihnen demnächst heiraten würde und sie auf Junggesellinnenabschied waren. Sie hatten sich ein Wellnesswochenende mit Clubbesuchen gegönnt und würden morgen früh wieder in ihren Alltag zurückkehren.
Eine der Brautjungfern versuchte schon den ganzen Abend, mit mir zu flirten. Ich fand das immer süß, ich schien wohl tatsächlich auch ins Beuteschema von Frauen zu passen. Aber wie gesagt, das war nichts für mich! Aber diese hier war mittlerweile ziemlich angetrunken und wurde immer mutiger – für mich immer nerviger. Als ich die nächste Bestellung an den Tisch brachte, versuchte sie es wieder.

„Sag mal, was muss ich tun, damit du nach der Schicht mit zu mir ins Zimmer kommst, Süßer?", wie gesagt, sie war angetrunken und nicht mehr sehr subtil.
„Zum einen wäre das im höchsten Maße unprofessionell und würde mich meinen Job hier kosten und zum anderen bräuchten Sie dafür etwas, was Sie nicht haben."
„Und was wäre das? Ich könnte es mir besorgen, oder?"
„Nein, ich denke nicht – Sie bräuchten weniger obenrum und mehr untenrum, ich stehe nämlich nur auf Männer."
Ich sah, wie ihr benebeltes Gehirn anfing zu arbeiten und leider ahnte ich auch, was sie als nächstes sagen würde. Das Totschlagargument, das Frauen so oft bringen – aber so funktioniert die Welt nicht: „Vielleicht hast du nur noch nicht die richtige Frau kennengelernt ..."
Es gab wenige Sätze, die ich mehr hasste. Ich war nicht krank, musste nicht bekehrt werden, ich führte ein tolles Leben und konnte es mir nicht an der Seite einer Frau vorstellen! Bei diesem Gedanken kam mir das Bild eines gewissen Tätowierers in den Sinn. Michael – ich war gespannt, wie sich das entwickeln würde.
Zum Glück hatten ihre Freundinnen den Austausch mitbekommen und es war ihnen sichtbar peinlich. Sie beendeten ihre Runde schnell und verließen die Bar – zum Glück, denn ihre Freundin wurde immer lauter!
Als die Bar um 23 Uhr schloss, machte ich mich auf den Weg, um eine Mütze voll Schlaf zu bekommen, bevor die nächste Schicht begann.

Die Frühschicht war etwas anstrengender, unter anderem hatte die Frauengruppe von gestern Abend ausgecheckt. Meine Anwesenheit war ihnen sichtlich unangenehm gewesen. Die Frau, die mich am Tag zuvor angemacht hatte, hatte zwar den Anstand, eine Entschuldigung zu murmeln, aber richtig von Herzen kam das nicht. Ob das an ihrem Hangover oder einem echten schlechten Gewissen lag, konnte ich nicht entscheiden.

Nun war ich auf jeden Fall frischgeduscht auf dem Weg zum

Studio, um mich mit Micha zu treffen. Ich hatte mir fest vorgenommen, mich ihm gegenüber total zurück zu halten, denn in erster Linie war ich zum Arbeiten hier und um die Chance meines Lebens zu nutzen. Meine Gefühle, meine Lust, die ich für diesen Mann empfand, musste ich zurückstellen.

Als ich die Räume betrat, empfingen mich satte Gitarrenklänge, Rush, wenn ich mich nicht täuschte. Der riesige Raum war lauter kleinen Einheiten gewichen, es sah alles sehr unfertig aus, aber ich konnte mir das Resultat schon gut vorstellen.

Ich hörte Michas Stimme, er telefonierte wohl: „Nein, Mama, ich werde das hier durchziehen. Papa hat mir da nicht reinzureden und wenn er der Meinung ist, dass er nun nicht mehr mit mir reden will, dann kann ich das leider nicht ändern. Er hat sich bisher immer wieder beruhigt. Ich kann mich nicht immer für ihn verbiegen! Du weißt, ich habe es über Jahre versucht. Mama, es tut mir leid, dass er dir Vorwürfe macht …"

Er kam aus einem der neu entstandenen Räume und sah mich. „Du, ich habe Besuch. Ja, ich dich auch, ich melde mich. Grüß Samuel von mir – und Papa auch!"

Dann steckte er sein Handy ein und kam auf mich zu.

„Sorry, aber meine Eltern machen sich Sorgen, halten mich für verantwortungslos, undankbar und einen Träumer und das sind die netteren Dinge, die mein Vater über mich zu sagen hat."

„Schon okay. Es ist ja auch ein großer Sprung, oder?"

„Was sagen deine Eltern dazu, dass du Tätowierer werden willst?"

„Meine Eltern zählen nicht, die sind späte Hippies, die nehmen das Leben und die Menschen so, wie sie kommen."

„Das würde ich mir manchmal wünschen, aber das gehört hier nicht hin. Du bist ja nicht hier, um dir meine Probleme anzuhören."

„Micha – wenn du jemanden brauchst, der sich deine Probleme anhört, auch das kann ich. Ich bin echt ein guter Zuhörer!"

Er sah mich an, als wüsste er nicht, was er mit dieser Aussage anfangen sollte. Dann meinte er gedankenversunken: „Vielleicht komme ich mal auf dein Angebot zurück." Dann schüttelte er den Kopf und sah mich an.
Um die Situation zu lockern, wechselte ich das Thema: „Also, wenn ich hier anfange zu arbeiten, dann möchte ich den Arbeitsraum hier links haben. Man ist nah am Eingangsbereich, bekommt alles mit und ist mitten im Geschehen."
Micha lachte – er hatte wirklich ein schönes Lachen: „Das trifft sich gut, denn ich möchte den am anderen Ende haben. Zum einen liegt er genau neben dem Raum, den ich fürs Piercen vorgesehen habe und zum anderen ist er möglichst weit weg vom Geschehen. Ich habe nämlich persönlich gerne meine Ruhe!"
Das passte zu ihm, aber das sagte ich nicht, denn es würde zeigen, dass ich mir mehr Gedanken über ihn machte, als es für mein Seelenleben gut war!

Micha holte die Pläne und wir gingen Raum für Raum durch, wälzten Kataloge auf der Suche nach den richtigen Ausrüstungsgegenständen. Schränke, Stühle, Pistolen. Es war erstaunlich, wie viel Geld man für die Ausstattung eines einzigen Raums ausgeben konnte.
Wir entschieden, dass der dritte Raum erstmal nicht voll eingerichtet werden würde, denn wir waren ja nur zu zweit. Bevor er über eine Expansion nachdenken könne, müsse er erstmal sehen, wie der Laden sich entwickeln würde, meinte Micha.
Nachdem wir fast drei Stunden über alles diskutiert hatten, fing mein Magen an zu knurren – außer dem Frühstück hatte ich mal wieder alle Mahlzeiten ausgelassen.
„Was hältst du von einer Pizza? Hier um die Ecke ist eine kleine Pizzeria", schlug Micha vor.
Ich stimmte zu und so verlegten wir unsere Unterhaltung.
Zuerst blieb unser Gespräch auf den Laden beschränkt, auf die Anschaffungen, die Ausbauarbeiten. Micha hatte schon den perfekten Namen, es sollte „Mr. Van T." heißen.

Abgeleitet von seinem Nachnamen van Theen. Er gab zu, dass er davon träumte, dass sein Vater eines Tages stolz auf ihn sein würde. Das Verhältnis der beiden war davon geprägt, dass sein Vater nie mit ihm zufrieden gewesen sei und dass er immer wieder versuchte, gut genug für ihn zu sein. Aber sein Vater war wohl ziemlich oberflächlich, denn weder gute Noten, noch ein Spitzenabi oder Jahrgangsbester im Vordiplom zählten für ihn. Er war mit dem Äußeren seines Sohnes unzufrieden, mit der Tatsache, dass er Zivildienst gemacht hatte.

Michas zwei Jahre jüngerer Bruder dagegen war offensichtlich der Computernerd der Familie, der nach dem Abi und der Zeit bei der Bundeswehr noch ein bisschen auf der Suche nach der geeigneten Laufbahn war.

Wie anders unsere beider Leben doch verlaufen waren. Michas Eltern waren wohlhabend, er ein angesehener Anwalt, sie die brave Hausfrau. Und da merkte man wieder: Geld allein machte nicht glücklich.

Ansonsten redeten wir über Musik, Filme und fanden jede Menge Gemeinsamkeiten. Selbst die Liebe zum Motorradfahren teilten wir. Wobei ich im Gegensatz zu Micha kein eigenes Bike besaß. Oder besser – ich besaß keins mehr, denn in dem Moment, in dem ich mich für meine Wanderjahre durch Deutschland entschieden hatte, hatte ich bis auf ganz wenige Dinge alles verkauft. Kein Auto, kein Motorrad, keine Möbel. Meine Eltern hatten ihr Haus möbliert vermietet und meine wenigen Besitztümer hatte ich eingelagert. Dazu zählten meine Platten und CDs, ein paar Bücher und einige Erinnerungsstücke, von denen ich mich nicht hatte trennen wollen. Sollte ich hier sesshaft werden, dann würde ich diese Dinge hierher transportieren lassen und meinen Hausstand damit gründen. Die ersten Tage hier hatte ich auch genutzt, mich in der Stadt umzuschauen. Es gefiel mir und ich hoffte, dass es mit der Arbeit im Studio klappen würde!

Die Zeit verging wie im Flug, es war ein super angenehmer Abend mit Micha gewesen.
Er brachte mich anschließend auch nach Hause – also zu

Jan. Der kam auch gerade heim und begrüßte Micha und mich überschwänglich. Ich musste mich zügeln, um nicht laut loszulachen, denn Jan sah man seine Homosexualität an. Das war schon immer so gewesen, er war ein Paradiesvogel, das genaue Gegenteil von seinem sehr ruhigen und introvertierten Partner. Ein Blick auf Micha zeigte, dass er sich unwohl fühlte in seiner Haut. Nein, der hatte mit Sicherheit keinerlei schwule Freunde, das war sonnenklar.

Ich verabschiedete mich schnell von ihm, denn Jan war drauf und dran, ihn nach allen Regeln der Kunst in Verlegenheit zu bringen.

„Okay, ich denke, wir haben erstmal alles besprochen, oder? Du meldest dich, wenn wir mit dem Innenausbau anfangen können. Dann komme ich vorbei – streichen und tapezieren kann ich gut, Möbel zusammenbauen auch!"

Micha war sichtlich überfordert. „Ja, ist okay, ich melde mich dann bei dir." Und mit einem letzten Blick auf Jan fuhr er davon.

Ich hatte das Gefühl, etwas richtig stellen zu müssen, unabhängig davon, ob Micha nun offen war für Männer oder nicht. Also nahm ich mein Handy raus und schrieb eine SMS.

„Jan ist nur EIN Freund, nicht MEIN Freund."

Das musste reichen. Ich wollte mit ihm nicht mein Sexleben diskutieren, nur mein Verhältnis zu Jan klarstellen! Wobei ich mich selber nicht fragen wollte, warum es mir wichtig war, dass er das wusste. Was machte ich hier überhaupt, der Kerl war doch eindeutig hetero, oder?

- Michael -

Ich hatte abends noch lange wach gelegen, die Begegnung mit Davids Freund und dann diese SMS hatten mich nicht schlafen lassen. Dieser Jan war eindeutig schwul und auch bei David war ich mir mittlerweile ziemlich sicher, dass er auf Männer stand. Aber was ich nicht verstand, war, warum seine SMS bei mir ein beruhigendes Gefühl ausgelöst hatte.

Ich vergrub mich die nächsten Tage in der Arbeit, telefonierte rum, bestellte Möbel und Geräte, verglich Preise, fuhr die umliegenden Baumärkte ab, um die Sachen fürs Streichen zu besorgen. Ansonsten wehrte ich Danas Anrufe ab und versuchte, meinen Kumpels aus dem Weg zu gehen. Ich hatte am Montag so viel Spaß mit David gehabt, wir hatten geredet, uns unterhalten, Pläne gemacht, geträumt. Die Zeit war wie im Fluge vergangen, es war so normal gewesen. Ich wusste gar nicht, ob und wann ich jemals einen so entspannten, lustigen Abend mit einem Freund gehabt hatte. Ich glaube nie. Seit mehreren Jahren lebte ich mein Badboy-Image, das hatte aber auch dazu geführt, dass ich nur Kumpel, Sauffreunde hatte, aber echte Freunde? Fehlanzeige! Ab und zu hatten mein kleiner Bruder und ich uns getroffen, aber der war so tief in seinem Freundeskreis voller Computersüchtiger, da passte ich nicht rein.

Ich passte nirgendwo rein. Ich mochte meine Kumpel wirklich, aber ich war auf der Suche nach mehr, ich wollte Gespräche und nicht nur Rumhängen.

Ich hatte das einmal gewagt auszusprechen und hatte jede Menge blöde Kommentare kassiert – wir seien doch noch nicht scheintot, wir hätten noch den Rest unseres Lebens, um erwachsen zu werden, wo bliebe denn der Spaß, wenn man auch noch ernste Gespräche führen würde und außerdem würde das die Schnecken nur abschrecken. Die wollten keinen Kerl, der laberte, lieber einen, der gut im Bett sei! Danach hatte ich nie wieder davon gesprochen, denn die Sprüche wollte ich nicht noch mal hören!

Ehe ich mich versah, war das nächste Wochenende vorbei und die Ausbauarbeiten meiner Räume waren abgeschlossen. Heute Morgen waren Tapeten und Farben geliefert worden. Heute würde ich anfangen, selber richtig Hand anzulegen. Ich griff zum Handy.
„Ich fange gleich an, wann kannst du kommen und beim Tapezieren helfen?"
Ich hatte mich die ganze Woche zurück gehalten und mich nicht bei David gemeldet, immerhin hatte es dafür keinen Grund gegeben, außer, dass ich ihn hatte sehen wollen. Als Freund, als Kumpel, versteht sich …

„Ist klar – du wolltest mich als Kumpel haben. Mein Schatz, entschuldige, dass ich dich unterbreche, aber du hast dir schon zu Beginn kräftig in die Tasche gelogen. Du warst scharf auf mich und wolltest es nicht wahrhaben!" - „Ich weiß, ich war nur lange noch nicht soweit, es zuzugeben! Bis dahin war es noch ein langer Weg!"

- David -

Micha hatte sich endlich gemeldet. Es war keine persönliche Meldung, nur, dass er meine Hilfe gebrauchen könne, dass es endlich los ging mit dem Innenausbau. Endlich – so ein Blödsinn. Er hatte gesagt, dass es um die zehn Tage dauern würde und er hatte sich genau innerhalb dieser Zeit bei mir gemeldet. Wieso freute ich mich so über diese Nachricht? Er war nett, der Abend mit ihm hatte mir viel Spaß gemacht, wir hatten uns gut verstanden und er war mit der Zeit richtig locker geworden, war aufgeblüht, hatte von sich erzählt.
Ich antwortete ihm schnell: „Muss heute arbeiten, treffe dich morgen gegen zehn?"
Dann machte ich mich auf den Weg zu meiner Schicht.

Am nächsten Morgen stand ich pünktlich vor dem Laden, Micha kam gerade mit seinem Motorrad an und bockte es auf. Er winkte mir zu und hielt stolz einen Schlüsselbund in die Höhe. Gott, wusste er, wie süß er aussah?
„Ich habe dir auch einen Bund mit Schlüsseln für das Studio gemacht. Ich hoffe echt, dass du die Stelle hier annimmst. Nun lass uns reingehen und mit den Arbeiten anfangen!"
Wir gingen rein und begannen, die Farben zu sortieren.
Ich war erstaunt, welche Töne Micha ausgesucht hatte. Während er bei sich selber immer auf ein mutiges grauschwarz setzte, hatte er für die Ausstattung der Räume auf Farbe gesetzt. Er wollte jeden Raum in einer anderen Farbe streichen, der Raum für die Piercings sollte einen eher beruhigenden Cremeton bekommen. Sonst setzte er auf Rot- und Grüntöne – meine absoluten Lieblingsfarben. Außerdem passten sie hervorragend zu seinen grünen Augen!
Wir schafften an diesem ersten Tag tatsächlich den Empfangsbereich und die Küche. Das war auch wichtig, denn in den nächsten Tagen sollten sowohl der Tresen als auch die Kücheneinrichtung geliefert werden.
Leider musste ich ab 18 Uhr meine Schicht in der Bar antreten, deshalb musste ich Michas Vorschlag, wieder in die

kleine Pizzeria zu gehen, ablehnen. Wir trennten uns mit einer Verabredung für den nächsten Tag, zum Weiterarbeiten.

Als ich am darauffolgenden Morgen in die Küche kam, traf ich auf Jan und seinen Freund.

„Sag mal, David, was ist das mit dir und deinem neuen Chef?"

Ich war noch viel zu müde, um zu verstehen, was er meinte, außerdem taten mir meine Muskeln weh. Ein bisschen Workut, um mich fit zu halten, war ja okay, aber diese körperlichen Arbeiten wie Tapezieren und Streichen waren nichts für mich. Ich spürte Muskeln in Regionen, von denen ich gar nicht wusste, dass ich sie besaß!

„Welchen Chef meinst du? Den vom Hotel? Was soll mit dem sein?"

„Nein, du Dummerchen," (hatte ich erwähnt, dass er sehr erkennbar schwul war?) „ich meine diesen schnuckeligen Tätowierer, der dich neulich nach Hause gebracht hat. Wenn ich nicht so glücklich verliebt wäre, würde ich den echt vernaschen ...". Sein Freund war solche Reden wohl gewöhnt und reagierte erst gar nicht darauf.

„Michael ist nett und ein Kumpel, aber er steht nicht auf Männer, da bin ich mir ziemlich sicher."

„Was nicht ist, kann ja noch werden – kein Mann ist perfekt. Auf jeden Fall wäre es ein echter Verlust, wenn er sich an Frauen verschwenden würde. Ich habe ihn ja nur einmal gesehen, aber ich habe auch gesehen, wie er dich angeguckt hat, als du mich begrüßt hast – und das war nicht unbedingt der Blick eines Heteros! Lad ihn doch mal zum Essen ein, ich kann ihn dann ja für dich ausfragen. Denn so, wie du von ihm erzählst ... Du bekommst immer so ein Leuchten in den Augen."

„Quatsch, er ist nett, ich werde, wenn alles gut geht, in seinem Studio arbeiten. Sex am Arbeitsplatz macht die Sache nur kompliziert und ich will diese Stelle unbedingt. Er will mir nämlich alle Freiheiten lassen, ich darf auch bei der Einrichtung meines Raums mitreden – alles wird direkt für mich als Linkshänder ausgelegt. Ne, das möchte ich nicht aufs Spiel setzen! Und außerdem hat er da was mit 'ner Frau

laufen, die habe ich auch schon gesehen!"
Jan kam zu mir und legte mir den Arm um die Hüfte. Er war ein gutes Stück kleiner als ich. „David, mein Süßer – wenn du mich fragst, dann hat es dich ganz schön erwischt. Vergiss nicht, ich kenne dich schon lange. Du bist kein Mann für Affären, du bist eine treue Seele, etwas, was man heute kaum noch findet. Und glaub mir, wenn ich dir sage, dass du auf dem besten Wege bist, dich in diesen Typen zu verlieben. Die Anzeichen sind klar. Pass auf dein Herz auf – sonst hast du andere Probleme als Sex am Arbeitsplatz. Frag dich, ob du mit einem Hetero zusammenarbeiten kannst, in den du verliebt bist ..."
Dann gab er mir einen sanften Kuss auf die Wange und seufzte. „Wieso sind die Guten immer so verletzlich?"
Ich versuchte, ein Pokerface aufzusetzen. Aber im Grunde befürchtete ich, dass Jan mich durchschaut hatte. Ich war tatsächlich eher jemand, der verletzt wurde und nicht der, der verletzte. Ich hatte es mal eine Zeit lang mit lockeren One-Night-Stands versucht. Aber in der Beziehung war ich ganz „frau", für mich gehörten Sex und Gefühle zusammen. Es stimmte nicht, was man über die Schwulenszene dachte – schwul sein bedeutete nicht gleichzeitig, sich durch möglichst viele Betten zu schlafen. Es gab – genauso wie bei Heteromännern – solche und solche. Aber die meisten, die ich kannte, wollten das, was alle Menschen wollen: Glück, Beziehung, Treue. Und ich war eben auch einer von denen, die genau das suchten. Meine Eltern hatten es mir vorgelebt, das wollte ich auch. Sie stritten und liebten sich, nahmen sich gegenseitig auf den Arm und ab und zu nicht so ernst. Sie wussten um die Macken des anderen und wollten ihn nur selten ändern. Meine Mutter hatte einmal lachend zu mir gesagt: „David, nur weil ich deinen Vater ab und zu auf den Mond schießen könnte, heißt das nicht, dass ich ihn nicht liebe!" Das klang in meinen Ohren nach der perfekten Beziehung.
Aber was, wenn Jan recht hatte? War ich wirklich drauf und dran, mich in den absolut falschen Menschen zu verlieben, einen Menschen, der nie das für mich sein könnte, was ich mir erhoffte?

Schluss mit Grübeln, es brachte ja doch nichts. Außer meinem Hang zu Romantik und dem festen Glauben an die Liebe zeichnete mich noch etwas aus – ich war unheimlich geduldig und hatte einen langen Atem. Ich würde einfach schauen, wohin mich diese Reise hier bringen würde. Mir war ja bewusst, dass Micha bisher nur Heterobeziehungen gehabt hatte. Und wenn es gar nicht anders ging, dann musste ich meinen Plan eben wieder ändern. Doch für's Erste wollte ich hier bleiben, zur Not auch mit ein bisschen Herzschmerz!

„Ein bisschen Herzschmerz ist gut – ich habe dein Herz bluten lassen und wusste es noch nicht mal wirklich!" - *„Du nimmst mir die Worte aus dem Mund!"*

April 2005

- David -

Als ich mir selber gesagt hatte, dass ich auch bereit wäre, ein bisschen Herzschmerz auszuhalten, hatte ich wohl nicht damit gerechnet, dass aus diesem bisschen ein bisschen sehr viel werden würde.
Ich kannte Micha mittlerweile fast drei Wochen und in den letzten Tagen hatten wir uns fast täglich gesehen. Immer, wenn ich nicht arbeiten musste, trafen wir uns im Studio und arbeiteten dort Seite an Seite, planten, träumten und führten Vorstellungsgespräche. Wir hatten uns überlegt, dass wir zumindest für die Stoßzeiten, also im Nachmittagsbereich und an den Wochenenden jemanden für den vorderen Bereich, für die Beratung, Anmeldung und fürs Telefon bräuchten. Zumindest war es so in unseren Träumen, nämlich dass die Leute uns die Bude einrannten und wir vor lauter Kundschaft gar nicht wussten, wie wir das alles schaffen sollten. Die Bewerber waren in der Regel junge Frauen und jedes Mal fingen sie an, mit mir oder Micha zu flirten. Ich ging nie darauf ein – was würde es auch bringen, wenn ich mit einer Frau flirtete. Micha aber schon, mit all seinem Badboy–Charme, wickelte er sie um den kleinen Finger und bekam mehr als einmal eindeutige Angebote, Telefonnummern und mehr.
Ich saß daneben und litt stumm vor mich hin. Er war eben nicht für mich gemacht.
Und dann gab es diese Situationen, wenn wir alleine waren, wenn wir arbeiteten, über die Musik stritten, die wir zur Untermalung bräuchten, wenn wir nach einem langen Tag noch zusammen essen gingen und immer weiter redeten. Dann bemerkte ich manchmal, wie er mich beobachtete, ansah, betrachtete, als versuchte er, ein Rätsel zu lösen. Als wollte er in mich hineingucken und wissen, was ich dachte.

Vor ein paar Tagen war ich gerade dabei, die bereits gelieferten Farben im Abstellraum zu sortieren, als er auch hereinkam. Der Raum war als Lager wirklich klein, total optimiert. Im Grunde nur ein Schlauch mit Regalen. Wir hatten uns ein System ausgedacht, wo genau was hinkommen sollte, so dass man mit nur einem Griff immer die richtigen Dinge finden würde. Die Farbe war ganz am Anfang. Und Michael musste sich an mir vorbeidrücken, um vorbei zu kommen. Er zögerte zuerst, es sah so aus, als wollte er gar nicht rein kommen. Dann tat er es doch und als er sich hinter mir vorbeischob, hielt ich den Atem an. So nah war er mir noch nie gekommen. Seine Brust drückte sich an meinen Rücken und ich musste mit mir kämpfen, mich nicht zumindest ein bisschen an ihm zu reiben. Er blieb kurz stehen, ich hörte, wie er tief einatmete ... er ging einfach nicht weiter. Ich glaubte ihn meinen Namen flüstern zu hören, aber wahrscheinlich war das nur Einbildung gewesen, denn im nächsten Moment war er an mir vorbei. Er stellte seine Sachen ab und war draußen, bevor ich auch nur ein Wort hatte sagen können. Als ich ihm keine fünf Minuten später in die Küche folgte, hing er am Telefon und verabredete sich mit dieser Dana.

Es war wie eine Berg- und Talfahrt. Sobald ich das Gefühl hatte, dass wir mehr waren als nur gute Freunde, zog er sich total zurück. Aber er war in dieser Zeit wirklich ein guter Freund geworden. Wir redeten über fast alle Aspekte unseres Lebens – außer über unsere bisherigen Beziehungen oder unsere Gefühle. Wobei das nicht ganz stimmte, ich hatte ihm sehr wohl von meiner ersten großen Liebe erzählt und dass es geendet hatte, als ich mit meinen Eltern weggezogen bin. Wir waren beide 17 gewesen und völlig unerfahren, dafür total experimentierfreudig. Es war ein wundervolles halbes Jahr gewesen, das mir auch viel an Selbstsicherheit und Spaß gegeben hatte. Es war herrlich unverkrampft. Einen besseren Partner für mein erstes Mal hätte ich mir nicht wünschen können. Im Laufe der Jahre hatte ich unheimlich viel gehört, sowohl von Frauen als auch von Männern. Was einige von denen beim ersten Mal erlebt hatten, das wünschte man seinem schlimmsten Feind nicht – und ich meinte nicht einfach nur völlig unbefriedigt zu sein. Das kam vor, aber ein rücksichtsloser, nicht einfühlsamer Partner konnte einen für sein ganzes Leben versauen und Sex zu etwas Unschönem machen.

Ich war nicht oft mit einer Jungfrau zusammen gewesen, wenn man es genau nimmt, waren es zwei, aber ohne mich selber loben zu wollen, ich hatte das diese beiden Male gut hinbekommen für den anderen!

Wenn, falls ich diese Chance mit Micha bekommen sollte ... Aber nachdem er gestern wieder mit seinen Kumpels um die Häuser gezogen war und heute Morgen verkatert hier aufgetaucht war, wusste ich eigentlich, dass ich mir etwas vormachte. Wieso tat ich mir das eigentlich noch an?

Ich würde die Eröffnung abwarten, Micha so lange unterstützen, bis der Laden lief, also die ersten paar Monate und dann meine Zelte hier wieder abbrechen. Denn mit ihm zusammenzuarbeiten, obwohl ich etwas für ihn empfand, das war das eine. Die andere Sache war aber, dass er mich ausschloss aus seinem Leben, dass er nach Tagen, die wir fast komplett gemeinsam verbracht hatten, sich immer mit seinen Freunden und Dana verabredete. Als wollte er sich selber beweisen, dass er mich nicht brauchte.

Ich konnte schon fast die Uhr danach stellen – heute würde er wieder zu mir kommen, mich fragen, ob wir nach der Arbeit noch etwas essen gehen würden. So, als hätte er sich selber bewiesen, dass er auch ohne seinen schwulen Freund Spaß haben könnte und dann wäre alles wieder gut im Macho-Land.

Abgesehen davon, dass ich heute Abend wieder eine Nachtschicht in der Bar vor mir hatte, nahm ich mir vor, ein bisschen auf Abstand zu Micha zu gehen, das war ich mir selber schuldig!

- Michael -

Ich beobachtete David, wie er die Schränke in seinem Raum aufbaute. Als er darum gebeten hatte, den Raum für sich und damit für einen Linkshänder einzurichten, hatte ich im Geheimen einen Luftsprung gemacht. Denn das hieße doch, dass er vorhatte, hier zu bleiben und Seite an Seite mit mir zu arbeiten. Ich konnte mir nichts Schöneres vorstellen. Er war ein toller Freund, ein prima Tätowierer, ein wunderbarer Mensch. Ich hatte mich noch nie so gut mit einem Mann verstanden wie mit ihm. Wir tickten ähnlich, mochten viele gleiche Dinge, stimmten in vielen Wertvorstellungen und Ansichten überein, konnten genauso gut über Nichtigkeiten diskutieren oder auch einfach nur mal schweigen.
Ich hatte noch nie einen „besten Freund" gehabt, aber David kam meiner Idealvorstellung davon verdammt nah. Manchmal machte mir diese Verbindung zwischen uns auch Angst. Denn ich wusste ja, dass er schwul war. Was, wenn er sich nun in mich verliebte? Ich hatte keine Ahnung, wie ich damit umgehen sollte. Und was mich noch viel mehr verunsicherte, war, dass ich immer öfter den Drang verspürte, ihn zu berühren!
Genau dieses Gefühl hatte ich vor ein paar Tagen in unserem Abstellraum gehabt (Himmel, was für ein Klischee – ausgerechnet der Abstellraum, wieso nicht gleich die Besenkammer?). Ich hatte mich an ihm vorbeidrücken müssen und während ich das tat, merkte ich, dass mein Wunsch, ihn einfach mal zu berühren, immer stärker wurde. Das konnte aber nicht sein! Wie, um mir zu beweisen, dass ich mich geirrt hatte, hatte ich mich für abends mit Dana verabredet. Sie hatte sich gefreut, von mir zu hören und war sofort bereit, sich mit mir zu treffen. Wir hatten einen angenehmen Abend gehabt, ich hatte sie zum Abschied geküsst. Das war nett gewesen – aber was sagt das über einen 24-jährigen Mann aus, wenn er den Kuss mit einer willigen, hübschen, sexy Frau als „nett" bezeichnet? Dana wollte mich auch mit in ihre Wohnung nehmen. Eine

Situation, die ich bisher fast immer vermieden hatte und auch da machte ich wieder einen Rückzieher. Wir hatten einmal miteinander geschlafen, das war okay gewesen. Aber nichts, was mir dauerhaft in Erinnerung geblieben wäre.

„Hey, David, hast du Lust heute Abend was essen zu gehen?"

„Sorry, ich muss arbeiten und außerdem glaube ich, dass wir zu viel Zeit miteinander verbringen, wir sind ja schließlich nicht verheiratet …"

Ich war wie vor den Kopf gestoßen.

„Was soll das heißen? Was meinst du? Wird es dir zu viel? Hast du keine Lust darauf, Zeit mit mir zu verbringen?"

David kam auf mich zu, blieb Zentimeter vor mir stehen.

„Micha, überleg mal, was du hier sagst und was du willst! Ich glaube, du weißt ganz genau, was ich meine, oder? Hast du noch Lust, Zeit mit mir zu verbringen? Oder willst du wieder mit deinen Freunden einen drauf machen und Dana abschleppen?"

Er kam mir nah, viel zu nah, unsere Gesichter waren sich so nah, dass unsere Nasenspitzen sich fast berührten. Langsam, ganz langsam bewegte er sein Gesicht auf mich zu, so dass ich seine Haut an meiner spürte, seine Wärme, seinen Atem. Was hatte er vor und wieso gefiel es mir?

„David, ich …"

„Sag es, was willst du?", flüsterte er an meiner Haut. Er strich mit seiner Nasenspitze über meine Wange.

„Ich kann das nicht, glaube ich!", platzte es aus mir heraus. Sofort zog David sich zurück, er sorgte für einen Meter Abstand zwischen uns, sah mich traurig an und meinte: „Genau das habe ich gemeint. Überleg dir, was du willst. Im Moment gibst du mir völlig verwirrende Signale. Mal habe ich das Gefühl, du möchtest möglichst viel Zeit mit mir verbringen, mich kennenlernen, mich berühren und im nächsten Augenblick würdigst du mich keines Blickes. Dann ziehst du mit deinen sogenannten Freunden um die Häuser, betrinkst dich und schleppst Dana ab. Frag dich, was du willst – ich glaube nicht, dass dich dieses Leben glücklich macht. Ich glaube, du weißt im Grunde genau, was du willst,

du bist nur zu feige, es dir einzugestehen!"
„David, ich weiß nicht, was du von mir willst."
Er verwirrte mich mit dem, was er sagte. Warum musste alles, was er sagte, in meinen Ohren nur so viel Sinn machen? Er traf den Nagel auf den Kopf. Ich fühlte mich nicht wohl mit diesen Sauftouren und mit Dana schon gleich gar nicht. Aber sollte das jetzt heißen, dass er der Meinung war, dass ich auf ihn stand? Das war doch absurd. Ich war nicht schwul – ich war 24 Jahre alt, das hätte ich doch vorher schon mal gemerkt?
Nur, weil ich gerne meine Ruhe hatte und Frauen mich nicht allzu sehr interessierten, hieß das doch noch lange nicht, dass ich auf Männer stand. Mir war eben die Richtige noch nicht begegnet, das war's. Wenn mir die richtige Frau begegnen würde, dann würde sich auch alles andere fügen, oder?

„Micha, es tut mir leid, ich wollte dich nicht überfahren. Ich bin nun einmal so. Wenn mich etwas stört und ich sehe, dass mit einem Freund etwas nicht stimmt, dann neige ich dazu, manchmal schneller zu reden als es gut ist. Vielleicht irre ich mich ja auch. Aber ehrlich gesagt, habe ich das Gefühl, als wärst du mit deinem eigenen Lebenswandel nicht glücklich – und das Leben ist zu kurz, um einem Weg zu folgen, der nicht zum eigenen Glück führt. Lass dir meine Worte mal durch den Kopf gehen. Wenn du meinst, dass ich spinne, gut, dann ist das so. Wenn aber nur ein Quäntchen Wahrheit darin liegt, dann überleg dir, was du willst! Wir sehen uns morgen, ich muss jetzt zu meiner Schicht. Ich komme morgen Vormittag. Wenn du nicht da bist, dann habe ich ja einen Schlüssel von deinem Studio. Ich wollte die Möbel in diesem Raum fertig aufbauen."
Er ging an mir vorbei, blieb kurz neben mir stehen. Ich beobachtete jede seiner Bewegungen genau. Er legte eine Hand auf meine Schulter, ich wagte kam zu atmen. Als er mir die andere Hand an die Wange legte, schmiegte ich tatsächlich mein Gesicht an seine Haut. Er lächelte mich nachdenklich an, hauchte mir einen Kuss auf die Stirn und ging. Verließ einfach das Studio, ohne sich nochmal zu mir

umzudrehen und ließ mich vollkommen verwirrt zurück.
Warum hatte ich mich berühren, streicheln, küssen lassen? So hatte mich noch nie ein Mann berührt – und wenn ich ehrlich war, dann hatte mich wohl auch noch nie eine Frau so zärtlich behandelt. So, als wäre ich kostbar, zerbrechlich. Ich lehnte mich rückwärts an die Wand, schlug meinen Hinterkopf wenig sanft dagegen und stöhnte. Ich war nicht nur verwirrt, ich war total, komplett, voll und ganz aus der Bahn geworfen. Ich hatte noch nie auch nur das Geringste für einen Mann empfunden, meine Freunde oder Bekannten oder Kumpel waren alle immer austauschbar gewesen. Menschen, die mich kurzzeitig auf meinem Weg begleitet hatten, aber niemand, den ich vermisste, wenn er weg war. Wenn ich ehrlich war, dann hatte ich auch noch für keine Frau etwas Tiefes empfunden.
Oh Gott, ich war im Arsch.
Was war das, was ich für David empfand?
Wie sollte ich diese Gefühle einordnen?
Ich hatte Angst, all diese Gedanken zu Ende zu denken. Und noch etwas war mir aufgefallen und gefiel mir so gar nicht. Bisher hatte David immer wie selbstverständlich von „seinem" Raum und „unserem" Studio geredet und das von Anfang an. Das hatte mir gefallen. Ich hatte es auch von Anfang an als unser Projekt gesehen. Meine Kumpel, die beim Ausbau geholfen hatten, hatte ich nie so in meine Vorstellungen mit eingebaut. Aber mit David hatte ich mir schon ausgemalt, wie wir den Laden zu einem riesigen Erfolg führen würden. Und nun hatte er von „diesem Raum" und „deinem Studio" geredet. Was wollte er mir damit sagen? Wollte er mich verlassen, jetzt, wo wir uns gerade erst kennengelernt hatten? Genoss er die gemeinsame Zeit mit mir nicht so wie ich die mit ihm?
Und überhaupt – wieso dachte ich jetzt darüber nach, dass er mich verlassen würde?

„Du hast mich total verwirrt mit deinen Aussagen. Ich war total am Ende an diesem Tag. Und du hattest es darauf angelegt, oder?" - *„Du warst dabei, dich kaputt zu machen, ich musste dich wachrütteln."*

- David -

Hatte ich Micha gestern zu sehr zugesetzt? Ich war gestern Abend mit schlechtem Gewissen gegangen. Aber wenn ich nicht gegangen wäre, dann hätte ich mich zu mehr hinreißen lassen, wie zum Beispiel diesen Idioten einfach an mich zu ziehen und zu küssen. Ich hatte doch gemerkt, wie er sich an meine Hand geschmiegt hat. Er hatte meine Berührung genossen. Wenn ich ihn in diesem Moment geküsst hätte, richtig geküsst, dann hätte er mich gelassen. Das hatte ich gespürt. Aber ich wollte nicht einfach nur „gelassen werden". Ich wollte, dass Michael es auch wollte, er sollte sich bewusst sein, was er tat. Es sollte seine eigene Entscheidung sein. Er sollte sich hinterher nicht damit rausreden können, dass ich ihn überrumpelt hätte.
Aber eines hatte ich schon mal erreicht – er war nicht hier. Er war sonst immer in unserem, nein, seinem Studio, aber heute nicht. Dabei hatte er gewusst, dass ich hier sein würde. War das ein Statement?
Ich nahm also die Schlüssel aus der Tasche und öffnete zum ersten Mal alleine die Tür zum „Mr. Van T." - zugegebenermaßen ein toller Name!
Ich nutzte die wohl einmalige Gelegenheit, die Räume ganz alleine in mich aufzunehmen. Es war großartig geworden. Ich hätte mich hier sehr wohlfühlen können. Hätte, würde, könnte ..., mein Leben schien auf einmal aus Konjunktiven zu bestehen.
Ich ging zu Michas CD-Player und suchte mir aus seiner CD-Sammlung das richtige für meine Stimmung heraus. Meine Wahl fiel auf R.E.O. Speedwagon – ging es dramatischer? „Can't fight this feeling anymore" - Gott, ich war echt 'ne Dramaqueen ... „what started out as friendship has grown stronger ...", na ja, zumindest was meine Gefühle anging. Beim Mann meiner Begierde war ich mir da nicht so sicher.
Solange das Lied lief, saß ich mit meinem Kaffee (ich Schaf hatte sogar einen Kaffee für Micha mitgebracht – ich war mir so sicher gewesen, ihn hier zu treffen) auf dem bereits

fertigen Tresen und ließ meine Beine baumeln. Noch mehr „hätte, wäre, wenn" im Kopf und dann an die Arbeit. Ich ging in „meinen" Raum, auch, wenn es wohl nie wirklich meiner werden würde, und begann, die Möbel weiter aufzubauen.
Ich war ein solcher Traumtänzer. Ich hatte mich schon in fünf oder zehn Jahren mit Micha hier gesehen. Wie wir den Laden und unser Leben gestalteten, am liebsten zusammen. Aber manche Träume gingen eben nicht in Erfüllung.
Also, mit dieser Musik würde ich niemals arbeiten können. Dann eben was mit weniger Gefühl – „Faith No More" ging immer. Hatte ich schon gesagt, dass wir einen sehr ähnlichen Musikgeschmack hatten? Bestimmt, denn was hatte ich heute noch nicht über Michael gedacht?
Zum Glück war das Zusammenbauen von Schränken eine angenehm stupide Arbeit, das lenkte ab und hielt die Gedanken in Schranken.
Ich war schon über eine Stunde alleine hier, als ich Schritte hinter mir hörte und kurz darauf Michaels Stimme. „Du bist hier?"
Ich drehte mich langsam um. „Wo sollte ich sonst sein? Ich hatte doch gesagt, dass ich mich heute Vormittag um die Schränke kümmern würde, oder?"
Er sah mich nachdenklich an, aber als er keine Anstalten machte, weiter zu reden, drehte ich mich wieder weg und widmete mich wieder der Schublade, die ich gerade zusammenschraubte. Ich versuchte so gut wie möglich auszuschalten, dass Michael auch im Raum stand. Ich hatte gestern alles gesagt, was ich sagen wollte, nun war es an ihm, irgendetwas zu tun, zu sagen, zu entscheiden.
Nach ein paar Minuten hörte ich, wie er den Raum verließ. Ich ließ die Schultern nach unten sacken. Ich fühlte mich hundeelend.
Ein Blick auf die Uhr zeigte mir, dass ich noch etwa zwei Stunden Zeit hatte, bevor ich zurück ins Hotel musste. Noch so ein Traum, der platzen würde. Wenn ich nicht hier bleiben würde, dann müsste ich weiter „normal" arbeiten und nicht in einem Studio sesshaft werden. Ich würde wohl einfach meine Wanderschaft wieder aufnehmen.

Ich schraubte und baute, zwischendrin wechselte Michael die CD, statt Faith No More dröhnte nun Magnum aus den Lautsprechern. Nicht ganz meine Wahl, aber auch nicht mein Studio, ging es mir durch den Kopf.
Nach 90 Minuten hielt ich diese bleierne Stille nicht mehr aus. Es gibt zwei Arten von Ruhe, wenn man nicht alleine war. Die eine war angenehm, entspannt, beruhigend, sie funktionierte, weil nichts gesagt werden musste. Sie war voller Harmonie und Freude. Die andere war belastend, schwer, unendlich laut und nervtötend. Man wollte sie mit Geräuschen füllen, wollte sie übertönen, vergessen. Aber es fehlten einem die Worte – und genau das hatten wir gerade. Ich hatte mir schon oft überlegt, zu ihm zu gehen und mit ihm zu reden, aber was sollte ich sagen? Sollte ich ihn weiter provozieren? Ihm die Pistole auf die Brust setzen und eine Entscheidung verlangen? Aber ich tat nichts von all dem, denn es stand mir nicht zu. Es waren meine Gefühle, die alles verkomplizierten. Ich hatte gewusst, dass er nicht auf Männer stand und daraus durfte ich ihm jetzt keinen Strick drehen. Ich war der Idiot in der Geschichte, hatte sein Verhalten zu meinen Gunsten ausgelegt!
Ich sah auf die Schublade, die ich versucht hatte zusammenzubauen – sie war krumm und schief. Ich war wohl mehr mit Kraft als Finesse drangegangen. So kannte ich mich gar nicht.
Ich atmete schwer, stand auf und machte mich auf die Suche nach Micha.
Er saß, den Kopf in den Händen, in der Küche. Vor ihm der Styroporbecher, den ich ihm mitgebracht hatte, es roch nach kaltem Kaffee. Glücklich sah er nicht aus und auch nicht so, als hätte er allzu viel geschafft.
Als ich seinen Namen sagte, schaute er überrascht und leicht erschrocken auf. Er hatte mich wohl nicht gehört.
„Ich wollte dich nicht erschrecken, ich wollte dir nur sagen, dass ich jetzt weg bin."
Er sprang auf und kam fast auf mich zugerannt. Er blieb kurz vor mir stehen.
„Was soll das heißen, du bist jetzt weg? Wohin gehst du?"
Er legte seine Hand auf meinen Arm, als wollte er mich

festhalten. (Ich wollte doch das Überinterpretieren sein lassen …)
„Ich muss in meine Bude, mich umziehen und dann arbeiten, warum?"
„Ich dachte … ich meine … nun …", stotterte er rum, bevor er sich räusperte und neu ansetzte: „Es klang, als würdest du weggehen wollen!"
„Und das willst du nicht?"
„Nein, ich meine, wir sind doch Freunde, oder?"
„Freunde? Ja, klar, wir sind Freunde."
Ich drehte mich weg und wollte gerade das Studio verlassen, als Michael mir von hinten die Hand auf die Schulter legte.
Ich blieb stehen, verspannte mich.
„Kommst du morgen wieder oder musst du arbeiten? Wir müssten am Wochenende mit dem Aufbau der Schränke fertig sein und dann alles für die Eröffnung in zehn Tagen vorbereiten. Gibt es jemanden, den du dafür einladen willst?"
Ich trat einen Schritt nach vorne, so dass seine Hand von meiner Schulter rutschte und die Berührung beendete.
Wollte ich jemanden dazu einladen? Meine Eltern waren nicht im Lande, meine Freunde über ganz Deutschland verteilt. Jan und seinen Freund vielleicht oder ein paar Menschen, die in der Nähe wohnten.
„Ich überleg's mir. Wie viele darf ich zu deiner Eröffnung einladen?"
„So viele du willst – das hier wird auch dein Laden sein."
Warum tat er das, warum sagte er sowas? Er hatte das Ladenlokal gekauft, er hatte alle Rechnungen bezahlt, er hatte sämtliche Kredite aufgenommen, es war sein Name, sein Traum. Und nun sollte es auch mein Laden sein?
Ich ließ meinen Kopf auf die Brust sinken und drehte mich zu ihm um.
„Du tust es schon wieder, Micha."
„Was tue ich? Was meinst du?"
„Du merkst es nicht mal, oder? Du hast keine Ahnung, was du mit mir machst."
„David, …"
„Schon gut, ich muss jetzt los. Morgen komme ich, dann

können wir uns um den Piercingraum kümmern."
Ich konnte nicht anders, ich legte ihm wieder die Hand auf die Wange, genau wie gestern und genau wie gestern schmiegte er wieder sein Gesicht in meine Hand. Und bevor ich mich bremsen konnte, fuhr ich ihm mit dem Daumen federleicht über die Unterlippe. Er zog scharf die Luft ein, aber er entzog mir sein Gesicht nicht.
„Du hast wirklich keine Ahnung, was du mit mir machst. Wir sehen uns morgen."
Damit drehte ich mich um und ging.
Durfte ich doch hoffen?
Oh Himmel, ich hatte ihn nicht geküsst, gerade mal gestreichelt, angefasst, berührt und ich fühlte mich als müsste ich jeden Augenblick explodieren. Gut, dass ich heute zum Arbeiten eine weite Hose angezogen hatte, sonst hätte das hier echt peinlich werden können!

- Michael -

Ich wüsste nicht, was ich mit **ihm** machte??
Andersherum wurde wohl ein Schuh draus! Ich tat gar nichts, er machte mich fertig, kratzte an meinem Selbstbewusstsein, brachte mein Weltbild zum Wanken, ließ mich an allem zweifeln, was ich zu wissen glaubte! Bis vor drei Wochen hätte ich jeden für vollkommen verrückt erklärt, der mir gesagt hätte, dass ich mich von einem Mann anfassen lassen würde. Aber das konnte nicht sein, das durfte nicht sein.
Und wie um mich daran zu erinnern, wer oder was ich war, klingelte mein Handy, mein Vater.
Ich seufzte und nahm das Gespräch an.
„Hallo, Papa."
„Michael – deine Mutter hat mir erzählt, du hättest ihr oder uns eine Einladung zu irgendeiner Eröffnungsfeier in zehn Tagen geschickt. Um was handelt es sich und was erwartest du von uns?"
„Papa, du weißt, dass ich meinen eigenen Laden aufmache und ich erwarte nichts von euch, außer, dass ihr euch vielleicht für mich freut und ein bisschen stolz auf mich seid!"
„Bevor ich stolz auf dich sein kann, musst du erstmal etwas leisten, ich war stolz auf dich, als du dein Studium aufgenommen hast, aber das hast du nicht zu Ende gebracht. Tu zur Abwechslung mal etwas Normales, halte dich an die Konventionen, dann sind deine Mutter und ich auch stolz auf dich. Wir werden auf jeden Fall mal sehen, ob wir es einrichten können, uns diese neue Idee von dir einmal anzusehen! Und nun muss ich los, es gibt nämlich auch noch Menschen, die für ihr Geld richtig arbeiten müssen. Auf Wiederhören, Sohn!"
Und damit legte er auf.
Was musste ich tun, damit ich endlich den Respekt meines Vaters gewinnen würde? Nach außen ließen mich seine Sprüche kalt, aber trotz meines Alters wollte ich, dass mein

Vater einmal wegen etwas, was ich tat und erreichte, stolz auf mich war. Und dann musste ich an David denken, an seine Berührung und ich wusste, wenn ich das zulassen würde, dann würde mein Vater mich nicht nur für einen Versager halten (das tat er jetzt schon), er würde mir nie in seinem ganzen Leben verzeihen, wenn ich mich in einen Mann verlieben würde.
Ich wusste, dass der Gedankengang völlig falsch und daneben war. Ich wusste, dass ich mir von meinem Vater nicht mein Glück diktieren lassen sollte, aber der kleine Junge in mir, der sich nach der Liebe seines Vaters sehnte, konnte nicht aus seiner Haut.
Ich griff nach meinem Handy und ging meine Kontakte durch. Da war sie – Dana, immer willig und bereit, wartete sie auf meinen Anruf. Es wäre so einfach. Mein Vater wäre beruhigt, dass ich ein „normales" Mädchen an meiner Seite hätte, eine VWL – Studentin aus ordentlichem Haus. Mein Daumen schwebte über dem Hörersymbol, es wäre so einfach ...

„Du weißt schon, dass es auch jetzt, nach elf Jahren, nicht einfacher ist, wenn du darüber redest, oder?" - „Beschwer dich nicht, du hast gesagt, ich dürfe erzählen, soviel ich wolle, nun lass mich auch reden ... , es hört uns ja keiner, nur wir beide sind hier!"

- Michael -

Ich hatte Dana nicht angerufen. Stattdessen war ich mit einer Flasche Jack nach Hause gegangen und hatte mich ins Bett gelegt. Außer Jack leisteten mir die Jungs von Metallica Gesellschaft und dies in Kombination brachte das gewünschte Vergessen.

Ich lag nackt auf meinem Bett.
Plötzlich spürte ich, wie mich Hände auf dem Rücken streichelten, sie kneteten meine Muskeln, strichen sanft an meinen Seiten entlang, fuhren mir über den Hals. Es waren lange, starke Finger. Konnten das überhaupt Frauenhände sein? Ich stöhnte laut auf. Es tat so gut, fühlte sich so wundervoll an. Dann wurde ich geküsst, zärtliche, leichte Küsse, die auf meinen Schultern verteilt wurden. Der Mund, die Hände wanderten tiefer, immer tiefer. Der Mund folgte der Spur, die die Hände fuhren. Ich wagte kaum, mich zu bewegen und wollte es doch so gerne. Mein Schwanz erwachte immer mehr zum Leben. Dann spürte ich am rechten Daumen einen Ring – einen Ring am Daumen?
 Ich wollte mich umdrehen, wollte sehen, wer mich da berührte …
Ich drehte mich zur Seite, fiel aus dem Bett und wurde wach. Ein Traum, ein verfluchter Traum – ich hatte noch nie einen solchen Traum gehabt. Es war zwar nicht direkt ein erotischer Traum gewesen, aber Himmel, mein Schwanz war immer noch hart!
Ich blickte mich um – die halbleere Flasche Jack stand auf dem Nachttisch, meine Klamotten lagen überall im Raum verteilt, mein Schädel brummte, aber das hinderte meinen Körper nicht daran, dem Traum immer noch nachzuhängen. Gott, es hatte sich so gut, so real angefühlt, allein die Erinnerung daran …
Ich ging unter die Dusche, um die Gedanken, die Kopfschmerzen, die Erinnerungen wegzuspülen. Aber je länger ich unter der warmen Dusche stand, desto weniger

wollte meine Erinnerung verschwinden.
Also entschied ich mich, mich um meinen Schwanz zu kümmern. Ich nahm ihn in die Hand und begann, mich zu streicheln. Ich versuchte mir Danas Gesicht und Hände vorzustellen, aber es schoben sich immer ein anderes Gesicht, andere Hände über dieses Bild. Und diese Hände waren eindeutig Männerhände, lang, stark, mit einem Daumenring, Davids Hände. Und mit dem Gedanken voll und ganz bei diesem Mann hatte ich meinen Orgasmus.
Ich ließ mich auf den Boden meiner Dusche sinken. Mein Atem ging schwer. Hier blieb ich sitzen, selbst als das Wasser kalt geworden war.
Es war bestimmt nicht das erste Mal gewesen, dass ich mir einen runtergeholt hatte, aber es war auf jeden Fall das erste Mal gewesen, dass ich dabei an einen Mann gedacht hatte.
Und wenn ich ehrlich zu mir war, dann war es selten so schnell und heftig gewesen wie heute.
Meine Kopfschmerzen hämmerten stärker als vorher und meine Verwirrung war eindeutig auch größer.
Wie sollte ich ihm heute begegnen, mit ihm Seite an Seite arbeiten mit all diesen Bildern im Kopf? Was stimmte nicht mit mir? Oder stimmte vielleicht doch alles mit mir und ich hatte bisher ein falsches Leben gelebt? Was hatte meine Oma mir geraten? Sie hatte nicht gesagt, ich sollte die richtige Frau finden, nein, sie hatte von dem richtigen Menschen gesprochen. Aber was würden meine Familie, mein Bruder, meine Freunde sagen, wenn ich nun plötzlich schwul war, wurde, bin? Konnte ich das? War das überhaupt möglich? Wurde man einfach so mit 24 plötzlich schwul oder war das alles nur Einbildung und geistige Verirrung?

Langsam stand ich auf, ehrlich gesagt, ich war ein bisschen wackelig auf den Beinen, ob vom Restalkohol oder immer noch von dem Orgasmus, war mir nicht ganz klar. Obwohl nur noch kaltes Wasser aus der Brause kam, wusch ich mich nochmal mit Seife und stieg dann frierend aus der Dusche heraus.
Nur mit einem Handtuch bekleidet, schlich ich in die Küche und kochte mir einen Kaffee. Gedankenverloren trank ich

ihn an meine Theke gelehnt. Ich hatte heute noch nicht mal Lust, Musik laufen zu lassen, etwas, was es sonst bei mir nie gab. Ich rieb mir übers Kinn – wann hatte ich mich eigentlich zum letzten Mal rasiert? Frauen standen ja ein bisschen auf Bartstoppeln. Männer auch?
Was wusste ich über Homosexualität? Eigentlich kannte ich nur die gängigen Klischees, Filme, in denen Schwule vorkamen. Persönlich kannte ich keinen, zumindest nicht bewusst. Bei diesem Jan und auch bei David war mir fast von Anfang an klar gewesen, dass sie homosexuell waren. Gingen sie offen damit um?
Ich war drauf und dran, mich an meinen Rechner zu setzen und nach Informationen zu suchen. Aber ich hielt mich gerade noch davon ab. Wie bescheuert war das denn?
Ich kam mir vor wie in einer dieser dämlichen Soaps. Ich sah den Plot förmlich vor mir: harter, tätowierter Biker mit Vorliebe zu Heavy Metal wird über Nacht schwul. Jeder Zuschauer würde sich vor Lachen auf dem Boden krümmen. Einfach nur unglaublich und doch stand ich hier, hatte gerade beim Gedanken an einen anderen Mann einen Orgasmus gehabt und ... oh nein. Ich sah an mir runter, das durfte doch einfach nicht wahr sein, der Kerl war schon wieder bereit. DAS war mir bei einer Frau nun tatsächlich noch nie passiert.

Ein Blick auf die Uhr zeigte mir, dass es erst acht Uhr war. Eigentlich so gar nicht meine Zeit, aber da Jack und ich (ahhhh - wieso hat auch noch mein Lieblingswhiskey einen Männernamen?) bereits vor 13 Stunden gemeinsam im Bett gelegen hatten, war ich jetzt wohl ausgeschlafen.
Ich entschied, mir den Kopf frei zu fahren. Das Wetter war zwar typisch April und taugte eigentlich nicht wirklich zum Motorrad fahren, aber das trübe Wetter passte zu meiner Stimmung.
Ich warf mich also in meine Lederkombi und fuhr ziellos durch die Gegend. Es war neblig, trübe, es fiel leichter Nieselregen. Genau das, was ich brauchte!
Nach ungefähr einer Stunde Fahrt kam ich an einem Ausflugslokal vorbei. Im Sommer und bei gutem Wetter war

der Laden voll, er lag idyllisch an einem See und lud zum Brunchen und Spazieren ein. Heute wirkte er eher trostlos und verlassen. Zwei einsame Autos parkten davor und da mich mittlerweile fror – im Grunde war mir seit der kalten Dusche nicht wirklich warm geworden – entschied ich, hier zu frühstücken. Ich stieg also ab und ging hinein. Außer der Bedienung, einer Frau um die 40, waren nur wenige Gäste da, die zwei Tische besetzen. Ich setzte mich an einen Tisch nahe des Küchenausgangs. An dem einen Tisch saß ein Pärchen in meinem Alter. Denen war das Wetter egal, sie wirkten entspannt, glücklich und verliebt. Am anderen Tisch saß eine Familie mit zwei Teenagern. Ich sah, wie die Eltern miteinander und mit ihren Kindern lachten. Ich konnte mich nicht erinnern, mit meinen Eltern eine solche Situation jemals erlebt zu haben. Mit meiner Mutter schon, wir hatten ein gutes Verhältnis zueinander, wenn sie nicht gerade zwischen die Fronten geraten war. Sie hatte es nicht leicht mit ihrer Familie gehabt. Ich wusste, dass sie meinen Vater liebte und alles für ihn getan hätte. Leider war mein Vater kein herzlicher Typ, es fiel ihm schwer, Gefühle zu zeigen. Meine Mutter hatte ihn immer gegenüber meinem Bruder und mir in Schutz genommen, wenn wir mal wieder der Meinung gewesen waren, dass er uns in unseren Augen unfair behandelt hatte. Sie meinte immer, wir müssten Verständnis für ihn haben. Er würde uns schon lieben, es sei nur nicht so leicht für ihn, es zu zeigen und wenn es hart auf hart käme, dann würde er auch wie ein Löwe für uns kämpfen. Das hatte ich aber noch nie so erlebt. Ich hatte immer das Gefühl gehabt, dass für ihn nur Leistung und nicht der Mensch zählen würde. War ich etwa ein Opfer meiner Erziehung? Weil mein Vater mich nicht genug geliebt hatte und ich stets einen guten Draht zu meiner Mutter hatte, wurde ich jetzt schwul? Würde ich am Ende sogar anfangen, Frauenkleider zu tragen? Wieso brachten sie einem sowas nicht in der Schule bei? Statt so unnötige Dinge wie die Interpretation von Balladen oder den Sinussatz sollten sie lieber mal erklären, woran man merkt, dass man schwul wurde oder gerade dabei war, den Verstand zu verlieren. Das

konnten doch alles keine normalen Gedankengänge mehr sein. Sollte ich einen Psychologen aufsuchen? Was, wenn ich jetzt noch anfangen würde, Stimmen zu hören?
„Guten Morgen, was kann ich Ihnen bringen?"
Gott, als mich just in diesem Moment die Bedienung ansprach, blieb mir fast das Herz stehen. Ich sah sie völlig entgeistert an.
„Sorry, ich war in Gedanken." Ich warf einen kurzen Blick auf die Karte. „Ich nehm das kleine Frühstück und einen Kaffee, bitte."
„Kommt sofort", und weg war sie.
Ich versuchte, möglichst unauffällig die anderen Gäste zu beobachten. Das Pärchen war wie in einer Blase gefangen, sie lächelten sich an, hielten Händchen, schienen alles um sich herum vergessen zu haben. Sie sahen so glücklich aus, zufrieden, als würde die Welt sie nicht interessieren. Passten die beiden zusammen? Auf den ersten Blick nicht, er war in meinen Augen sehr gutaussehend und sie eher eine graue Maus, unscheinbar. Und doch sah er sie an, als wäre sie seine Welt und alles andere wäre unwichtig!
Und das Paar mit den Teenagern? Er trug einen Anzug, ziemlich teuer, würde ich vermuten, sie war völlig leger in Jeans und T-Shirt. Die Kinder schienen glücklich, ausgeglichen, sie erzählten, die Eltern hörten einfach nur zu. Sie hatte ihre Hand auf sein Bein gelegt.
„Liebeskummer?"
„Was, wie bitte?"
Ich sah die Kellnerin fragend an. Sie setzte das Tablett mit meinem Frühstück vor mir ab und guckte fragend auf den Stuhl mir gegenüber.
Ich nickte, halb neugierig, halb überrumpelt.
Sie setzte sich und betrachtete mich einen Augenblick.
„Ich mach den Job hier jetzt schon ziemlich lange, da lernt man einiges über Menschen. Ein junger, gutaussehender Mann wie Sie, der an einem verregneten Vormittag mit dem Motorrad hier auftaucht, völlig in Gedanken versunken ist und dann auch noch ein junges Pärchen und eine Familie so beobachtet wie Sie die ganze Zeit, der kann nur Liebeskummer haben. Lassen Sie mich raten, bei der

Familie haben Sie sich gefragt, was das Geheimnis hinter der intakten Familie ist und bei dem Pärchen, wie man so glücklich sein kann. Sie gucken die beiden geradezu sehnsüchtig an. Also habe ich vermutet, dass Sie selber Liebeskummer haben – liege ich richtig? Falls Sie mich für zu aufdringlich halten, müssen Sie auch gar nicht antworten. Ich weiß, dass ich manchmal ungefragt zu viel rede, aber ich habe auch die Erfahrung gemacht, dass es helfen kann, mit einer total unbeteiligten Person zu reden."

Ich ließ mir ihre Worte durch den Kopf gehen. Würde reden helfen? Nun, schaden konnte es auf jeden Fall nicht und wenn ich ehrlich war, ich hatte sonst niemanden, mit dem ich hätte reden können. Außer vielleicht meine Mutter, die ja nur ein paar Jahre älter war als diese Frau hier. Da konnte ich ja schon mal üben!

„Nun, wenn ich ehrlich bin, dann glaube ich, dass ich verliebt bin oder zumindest eine Menge für einen anderen Menschen empfinde, aber ich kann die Gefühle nicht wirklich einordnen. Wir verstehen uns prima, verbringen gerne Zeit miteinander, haben dieselben Vorlieben, werden in Zukunft zusammen arbeiten."

„Und trotzdem bist du unsicher – ich darf doch du sagen? Das macht die Sache einfacher. Also für mich klingt das alles eindeutig. Was passt denn nicht?" Sie sah mich an, als wollte sie meine Gedanken lesen. Dann fing sie an zu lachen.

„Was gibt es da zu lachen?" Es ärgerte mich, dass sie mich zuerst zum Reden brachte und dann auslachte.

„Entschuldigung – ich lache dich nicht aus. Ich glaube nur, dass ich dein Problem verstanden habe." „Das glaube ich nicht." Woher wollte sie das wissen?

„Nun, es ist ganz einfach. Wenn ein Typ wie du sich solche Gedanken macht, dann kann das nur zwei Dinge bedeuten. Erstens hat es dich total erwischt und zweitens aus irgendeinem Grund fragst du dich, was andere über dich denken, wenn du dich auf diese Beziehung einlässt."

„Wie kommst du da drauf?"

„Nun, wenn dir der andere Mensch egal wäre, dann würdest du es einfach darauf ankommen lassen, das willst du aber

nicht, du willst die Freundschaft nicht ruinieren und wenn dir die Meinung der anderen egal wäre, dann würdest du nicht an einem verregneten Vormittag mit einer Kellnerin darüber reden, sondern hättest das schon längst mit einem Kumpel durchgesprochen. Liege ich richtig? Nun gibt es zwei Möglichkeiten – die andere Person ist das genaue Gegenteil von dir. Tochter aus gutem Haus ohne Tattoos, brav und trägt Rock, Bluse und Perlenkette, aber das, mein Lieber, würde nicht zu dir passen, also die zweite Möglichkeit – du hast dich in einen Mann verliebt. Liege ich richtig?"
Ich war wie vor den Kopf gestoßen.
„Was ... wieso ... wie ..., ich meine, was soll die Frage?"
Sie lachte wieder. „Nenn es eine Gabe. Ich habe gelernt, gut zu beobachten und zwischen den Zeilen zu lesen. Wenn es eine Frau gewesen wäre, dann hättest du das gesagt und nicht, dass du 'für einen Menschen' eine Menge empfinden würdest. Es war also ganz einfach. Und die Antwort ist auch ganz einfach – eigentlich - und schwer zugleich. Höre auf dein Herz, was sagt es dir? Wer kann dir verbieten, dein Leben zu leben außer du selber? So, ich muss die Sprechstunde jetzt leider schließen und weiterarbeiten. Ich bringe dir gleich einen neuen Kaffee, deiner ist ja kalt geworden!"
Und mit diesen Worten stand sie auf und ließ mich nachdenklich zurück.
Sollte es tatsächlich so einfach sein?
Schön wär's ...
Ich frühstückte und ließ ihr (ich kannte noch nicht mal ihren Namen) neben einer Menge Trinkgeld auch eine Visitenkarte vom „Mr. Van T." da. Darauf hatte ich nur „Danke, Michael – besuch uns, wenn du magst" geschrieben.
Dann fuhr ich wieder zurück in die Stadt.

Als ich am Studio ankam, sah ich, dass David schon da war.
Ich öffnete die Tür.
Poison war die Bandwahl des Tages.
Ich fand ihn, wie erwartet, in dem Raum für die Piercings, wo er gerade den Tisch zusammenschraubte. Er kniete auf

dem Boden, den Blick auf die Aufbauanleitung gerichtet. Ich blieb in der Tür stehen und beobachtete ihn. Ich verfolgte jede seiner Bewegungen mit den Augen, er hatte mich noch nicht bemerkt und so hatte ich Zeit, ihn zu studieren. Das wurde wohl zu einer Marotte von mir.
Er hatte schon zweimal den ersten Schritt auf mich zu getan, hatte mich gestreichelt. Das waren keine Gesten eines Kumpels gewesen, keine „Männerumarmung". Er hatte seine Hand auf meine Wange gelegt, meine Lippe berührt, das tat man doch nicht einfach nur so, oder?
Wenn ich schon hier stand und überlegte, ob ich mein ganzes Leben über den Haufen werfen wollte, dann musste ich auch sicher sein, dass ich ihn nicht falsch verstanden hatte.
Ich hatte Angst, das gestand ich mir selber ein. Ich hatte keine Ahnung, was ich machen sollte. Auf eine Frau zugehen war das eine, aber das gleiche bei einem Mann machen? Es konnte doch eigentlich nicht viel anders sein, oder? Gott, ich war nervös. Ich musste ihm klar machen, dass ich im Grunde gar keine Ahnung hatte, was ich machen musste, wie ich agieren sollte, wie ich mich verhalten würde ….
„Wie lange willst du noch da stehen und mich anstarren?"
Ich hatte gar nicht mitbekommen, dass David sich zu mir umgedreht hatte. Jetzt stand er auf und kam auf mich zu.
„Du siehst nicht gut aus. Müde, verkatert, warst du gestern Abend wieder unterwegs?" Er betrachtete mich neugierig und ein bisschen traurig, als hätte er Angst vor meiner Antwort.
„Ich hatte es vorgehabt, Dana …"
Er wich einen Schritt zurück.
„Du warst bei Dana?"
„Nein, ich hatte es vorgehabt, aber ich habe es dann gelassen. Es hatte sich falsch angefühlt, als ich sie anrufen wollte. Stattdessen habe ich zu Hause eine Orgie gefeiert, mit Jack, Lars, Kirk, James und Robert."
Zuerst sah er mich völlig verständnislos an. Dann aber fing er an zu grinsen.
„Und, waren die Jungs gut?"
„Jack hat mir ein paar ordentliche Kopfschmerzen verpasst, aber die anderen waren gewaltig wie immer."

Nun lachte er übers ganze Gesicht.
„Nur du bist in der Lage, eine Orgie mit einer Flasche Whiskey und den Jungs von Metallica zu feiern."
„Es war kein anderer da, mit dem ich sonst hätte feiern können …"
David legte den Kopf schief, sah mich gefühlte zehn Stunden an und bewegte sich nicht. Er blieb gut einen Meter von mir entfernt stehen und machte keine Anstalten, mir näher zu kommen. Nun war es wohl an mir, einen Schritt auf ihn zu zu machen und das auch im übertragenen Sinne. Ich machte also wirklich einen Schritt. Er beobachtete mich ganz genau.
„Und wenn einer da gewesen wäre, hättest du dann mit dem gefeiert?"
„Nicht mit jedem und es wäre auch bestimmt keine Orgie gewesen, denn wenn ich ehrlich bin, dann hätte ich keine Ahnung gehabt, wie ich das machen sollte. Und ich weiß auch jetzt nicht, was ich tun soll."
„Fürs Erste könntest du mal näher zu mir kommen, das wäre in meinen Augen ein prima Anfang!"
Ich schloss die Augen und atmete tief ein. Wollte ich das? Konnte ich das? Die eine Frage konnte ich eindeutig mit ja beantworten – ich wollte wissen wie es war, wenn er mich in seine Arme nahm. Aber konnte ich es? Konnte ich mein Leben über den Haufen werfen und riskieren, dass mein Vater mich nicht nur für einen kompletten Versager halten würde, sondern mich auch noch verachten würde?
„Micha …, ich will dich zu nichts zwingen, was du nicht wirklich willst."
Scheiße, ich war 24 Jahre alt und stand einen halben Meter von einem Menschen entfernt, für den ich mehr Gefühle hatte als je zuvor in meinem Leben und ich kämpfte mit mir, zu ihm zu gehen. Ich merkte tatsächlich, dass sich Tränen in meinen Augen sammelten.
„David, ich will, wirklich, ich weiß nur nicht, ob ich es kann. Ich brauche auf jeden Fall Zeit, viel Zeit, um mir über so viele Dinge klar zu werden. Aber eins weiß ich, nämlich, dass ich an dich denken muss und …"
Ich hörte einfach auf zu reden und machte die letzten

Schritte, um in seinen mittlerweile weit geöffneten Armen zu landen. Er zog mich an sich und hielt mich einfach nur fest. Er sagte kein Wort, er legte nur seine Hand auf meinen Kopf und hielt ihn sanft an seinen Hals gedrückt. Nach einigen Augenblicken, die ich stocksteif dagestanden hatte, entspannte ich mich ein bisschen und genoss seine Nähe, seinen Geruch. Ich erwischte mich selber dabei, wie ich an ihm roch und musste lächeln.

„Und", hörte ich ihn flüstern, „wie geht es dir damit? Kannst du damit umgehen?"

Was hätte ich sagen sollen? Ich stand in einer engen Umarmung mit einem anderen Mann, nein, nicht mit irgendeinem anderen Mann, ich stand in enger Umarmung mit David und genoss es. Es fühlte sich gut an, nicht seltsam oder unangenehm. Er begann mit seinen Händen leichte Kreise auf meinen Rücken zu malen und ich spürte noch etwas anderes. Und das nicht nur bei mir – auch bei ihm.

Ich fühlte sein Lachen mehr, als dass ich es hörte, es war wie ein Rumpeln in seiner Brust. Er zog mich noch näher an sich heran.

„Ja, diesen Effekt hast du auf mich, selbst, wenn ich dich einfach nur im Arm halten darf. Micha, glaube mir, ich kann mir so ungefähr vorstellen, was dir so alles durch den Kopf geht. Obwohl, nicht wirklich, denn ich hatte von Anfang an nur Beziehungen zu Männern. Ich kann mir vorstellen, dass dich das hier verwirrt. Aber ich bin bereit, den Weg mit dir zu gehen, wenn du das wirklich willst. Wir werden alles genau so machen, wie du es willst. Nur jetzt in diesem Moment gerade nicht, denn ich glaube, wenn ich dich jetzt gleich nicht küsse, dann geh ich kaputt!"

Und dann fuhr er mit seinen Lippen meine Wange entlang, verteilte sanfte Küsse entlang einer Linie bis hin zu meinem Mundwinkel. Er hielt inne und strich sanft mit der Zunge über meine Lippen. Ich hörte ein Stöhnen, ich war mir nur nicht sicher, ob es seins oder meins war. Ich drehte mein Gesicht mehr in seine Richtung und hörte auf, mir Gedanken über die Konsequenzen, die Ängste, die Reaktionen der anderen zu machen. Ich wollte spüren, wie er sich anfühlte, ob es sich anders anfühlte als bei einer Frau. Ich wollte

wissen, wie ich mich dabei fühlte, was ich dabei fühlte. Und ich fühlte ... alles und noch mehr!
Seine Lippen waren weich und warm, seine Bartstoppeln kratzten an meiner Haut, nicht unangenehm oder befremdlich. Mein ganzer Körper fühlte sich an, als stünde er in Flammen. Ich hatte mit Sicherheit schon einige Frauen geküsst, aber bisher hatte es sich nie so angefühlt. Noch nie war ich so schnell so erregt gewesen wie jetzt.
Ich wurde mutiger, fuhr mit meinen Händen über seine Schultern, in seine Haare und zog ihn näher an mich heran.
Ich hätte ihn ewig küssen können, ich wollte nicht aufhören, wollte nicht zurück in die richtige Welt.
Leider war die Welt aber der Meinung, dass ich dahin zurück musste, denn mein Handy fing an zu klingeln.
David beendete den Kuss, fuhr mir mit dem Daumen über die Lippen.
„Geh ran, wir haben noch jede Menge Zeit."
Oh Gott, meine Mutter – mehr Realität ging ja wohl gar nicht!
„Micha, grüß dich, mein Sohn. Wie geht es dir?"
„Hallo, Mama, alles gut, was gibt's?"
„Ich wollte dir nur sagen, dass ich es geschafft habe, deinen Vater davon zu überzeugen, dass wir zu deiner Eröffnung kommen werden. Wir bringen auch deinen Bruder mit. Ich wollte dir das nur sagen und darum bitten, dass du diesen Schritt von ihm honorierst. Du weißt, dass es für ihn nicht leicht ist, über seinen Schatten zu springen. Bitte nimm dich zusammen, wenn ihr aufeinander trefft, ich würde mir so wünschen, dass die wichtigsten Männer in meinem Leben sich wieder annähern!"
Ich konnte fast die Tränen hören, mit denen sie kämpfte.
„Mama, ich freue mich, dass ihr kommt und ich verspreche dir, dass ich mein Bestes tue, Papa zu zeigen, wie froh ich bin, dass er gekommen ist. Ich danke dir, du weißt, wie viel mir euer Urteil wert ist!"
Wir unterhielten uns noch ein paar Minuten und beendeten dann das Gespräch.
Ich war allerdings nicht ganz bei der Sache.
Ich hatte gerade meiner Mutter versprochen, meinem Vater

keinen Grund zu geben, sich über mich und meinen Lebenswandel aufzuregen. Und doch hatte ich mich vor nicht mal zehn Minuten von einem Mann küssen lassen. Nein, das war unfair – ich hatte ihn auch geküsst und ich hatte es genossen, es war wundervoll gewesen, traumhaft. Leider waren das zwei Dinge, die gar nicht zusammenpassten. Mein Vater würde sich aufregen, wenn er das mit David erfuhr, er würde ausflippen. Also genau das Gegenteil von dem, worum mich meine Mutter gerade gebeten hatte.

„Hey, alles in Ordnung?", David legte den Arm um meine Schultern und drehte meinen Kopf so, dass ich ihm in die Augen schauen musste.

„Ja, schon, nur – meine Eltern kommen zur Eröffnung, zusammen mit meinem Bruder. Und …"

„Und du hast Angst davor, wie sie reagieren, wenn sie mitbekommen, dass du jetzt mit einem Mann zusammen bist."

Ich muss vollkommen geschockt geguckt haben.

„Was denn? Warum guckst du so entsetzt? Sind wir nicht zusammen? Was meinst du, was dieser Kuss gerade bedeutet hat?"

„David, wenn ich ehrlich bin, dann weiß ich im Moment gar nichts mehr."

Ich kuschelte mich in seinen Arm.

„Gott, Micha, du bist süß. Einerseits hast du Angst vor allem, andererseits suchst du direkt Schutz bei mir. Lass mich raten – nach allem, was ich über deine Eltern, besonders deinen Vater weiß, würde ich vermuten, dass ich erstmal dein kleines schmutziges Geheimnis sein soll?"

„Nein, David", versuchte ich zu protestieren.

Aber er legte mir den Zeigefinger auf die Lippen.

„Ich habe das mehr als Witz gemeint. Ich hatte dir versprochen, es langsam angehen zu lassen. Und auch, wenn mir das nach diesem Kuss echt schwer fällt, werde ich dir doch die Zeit lassen, die du für dein Coming Out brauchst. Wie ich vorhin schon sagte, ich stand immer auf Männer, das war leicht, aber du warst noch vor ein paar Wochen mit einer Frau zusammen und hast sogar gestern noch mit dem

Gedanken gespielt, sie anzurufen. Versprich mir nur, mit mir darüber zu reden, was dich belastet und beschäftigt. Tust du das bitte?"

- David -

Ich wartete auf seine Antwort.
Ich hoffte, dass er sich darauf einlassen würde. Nach diesem Kuss war ich wirklich nicht bereit, ihn gehen zu lassen. Wenn ich vorher heiß auf ihn gewesen war, dann wollte ich jetzt noch mehr. Wenn ich ehrlich war, dann hatte ich schon vorher mehr gewollt. Aber nun wollte ich alles, ich wollte eine echte Beziehung, langfristig und exklusiv. Und wenn ich dafür warten musste und erstmal diese Beziehung nicht offen führen konnte, dann war es eben so. Selbst im 21. Jahrhundert waren die Vorurteile gegenüber Homosexuellen noch sehr groß. Wir hatten zwar mehr Rechte bekommen, aber in den Köpfen der Menschen war das mit dem „ist normal" noch nicht angekommen. Und nach dem, was Micha mir von seinen Eltern erzählt hatte, war mir klar, dass vor allem sein Vater damit nie klarkommen würde. Nun hieß es für mich, einen langen Atem zu haben. Ich durfte Micha nicht zu sehr unter Druck setzen, das wusste ich ... und ich wartete immer noch auf seine Antwort.
„Micha, was sagst du? Gibst du uns Zeit und eine Chance?"
„David, was soll ich sagen? Du bist bereit, so viele Opfer für mich zu bringen. Du bist es nicht gewohnt, dich zu verstecken. Du hast deine Homosexualität offen gelebt und nun bin ich der Klotz, der dich bremst. Ich bin dafür nicht bereit. Ich kann es mir gegenüber ja kaum zugeben – sorry, dass ich das so sage – wie soll ich bereit sein, mich offen mit dir zu zeigen? Ich möchte dir nicht weh tun. Ich empfinde viel für dich als Mensch. Mehr als für einen guten Freund, das weiß ich, aber ich habe Angst!"
„Angst ist nicht schlimm, mit Angst kann ich leben. Womit ich nicht leben könnte, wäre ein definitives 'nein' von dir oder damit, dass du leugnest, dass der Kuss etwas bedeutet hat. Ich gebe zu, dass es nicht leicht wird für mich, dich nicht berühren oder küssen zu dürfen. Oder mit dir angeben zu können, aber das schaffe ich, wenn ich weiß, dass du ganz dabei bist."

Ich küsste ihn sanft auf den Mund und schob ihn dann von mir weg.
„Und nun lass uns diese Möbel zusammenbauen, denn du hast in neun Tagen einen Laden zu eröffnen!"
Er küsste mich auch und meinte nur: „Wir haben einen Laden zu eröffnen ..."

Wir machten uns an die Arbeit und kamen gut voran. Bereits am frühen Nachmittag waren wir mit dem kompletten Raum fertig. Er würde – ganz nach seiner Bestimmung - der sterilste werden. In Vitrinen an den Wänden würden die schönsten Schmuckstücke ausgestellt, die Micha an so ziemlich allen Körperstellen befestigen konnte. Das einzige, was mir so gar nicht gefiel, waren Tunnel im Ohr, aber da war jeder seines eigenen Glückes Schmied. Und die wurden ja auch nicht gestochen. Dafür benutzte man Schnecken, die man immer weiter schob, um die Ohrlöcher zu vergrößern. Wenn es nach mir ging, dann würden wir diese Schnecken nicht verkaufen.
Was ich bei Männern ziemlich heiß fand, waren Nippelringe und weiter unten das eine oder andere. Ich hatte mal einen Freund mit Bauchnabelpiercing gehabt, das fand ich lächerlich. Aber schön war, was gefällt. Und wenn ich mich eben nicht getäuscht hatte, dann würde ich an Micha das eine oder andere Piercing finden, das ich jetzt nicht sehen konnte. Ich freute mich darauf, das zu erkunden!

Ich musste heute Abend zur Abwechslung nicht arbeiten, aber ich traute mich nicht, Micha schon nach einem ersten Date, einem ersten gemeinsamen Abend zu fragen.
Gestern hätte ich mit der Frage keine Probleme gehabt. Jetzt schon, denn jetzt hatte es eine andere Bedeutung. Denn vor ein paar Stunden war aus unserer Freundschaft der Beginn einer Beziehung geworden. Oder irgendwie sowas.
Wann war ich jemals so aufgeregt gewesen?

„Du bist dran – jetzt kommt deine Erinnerung." - *„Können wir nicht einfach die nächsten zwei Wochen oder so überspringen? Ich mag gar nicht darüber nachdenken oder reden."* - *„Es gehört zu uns, es ist ein Teil unserer Geschichte. Schön war es nicht, aber ob wir ohne die Situationen hier wären, wissen wir auch nicht."* - *„Also gut, kurz und schmerzlos, aber die kleinen Zwischenepisoden musst du beisteuern. Gott, wenn ich nur daran denke, könnte ich schreien vor Frust und Wut auf mich selber!"*

- Michael -

Wir hatten uns an diesem Abend verabschiedet und jeder war zu sich nach Hause gegangen. Ich hatte genug, worüber ich nachdenken musste.
David musste den nächsten Tag arbeiten und wir hatten uns für abends verabredet, um gemeinsam die Cateringaufträge für die Eröffnungsfeier durchzugehen. Wir hatten für den Tag ein paar Studentinnen eingestellt, die kellnern sollten und eine von ihnen würde zeitweise hinterm Tresen sitzen und Termine vereinbaren, sofern sich an diesem Tag schon der eine oder andere für ein Tattoo entscheiden sollte.
Ich nutzte den Tag, um die Piercingvitrinen mit meinen Lieblingsstücken zu füllen. Die teureren kamen in die abschließbaren Schaukästen – einige von denen waren durchaus mehrere 100 € wert. Kein Scherz, ich hatte auf einer Messe auch ein paar noch wertvollere Stücke gesehen. Aber die würde ich nur auf Wunsch bestellen.
Ich war gut gelaunt, genoss die Musik – diesmal Dire Straits – und war ganz in die Arbeit vertieft. Deshalb hatte ich wohl nicht mitbekommen, dass David den Raum betreten hatte. Ich zuckte erschrocken zusammen, als er mir von hinten seine Arme um meine Hüften legte und sich fest an mich presste. Schnell entspannte ich mich wieder und genoss die Umarmung. Er küsste meinen Hals und flüsterte: „Ich hab dich vermisst heute Nacht. Ich wäre gerne mit dir wach geworden und ich habe von dir geträumt!" Dann schmiegte er sein Gesicht an meins und streichelte mir über die Brust. Seine Hände waren zärtlich, sie tasteten über meine Brust, als würden sie etwas suchen. Als er meinen Nippelring fand, zog er durch das T-Shirt sanft daran.
Ich spürte, wie er an meinem Hals grinste. „Hab ich`s mir doch gedacht!"
Das Gefühl der Lust, das dieser leichte Schmerz auch auslöste, fuhr mir direkt in den Schwanz. Gott – Frauen hatten das auch schon getan, aber so reagiert hatte ich noch nie. Ich ließ meinen Kopf nach hinten auf seine Schulter

sinken und genoss seine Hände und seinen Mund auf mir.
„Micha, weiß du, was du mit mir tust, wenn du so empfänglich für meine Berührungen bist? Es gibt nichts, was mich mehr anmacht als das hier. Du bist so neugierig und leicht zu erregen." Dabei fuhr er mit seinen Händen tiefer und legte sie über meine Erektion ...
„Mike – bist du da?"
Ich befreite mich sofort aus Davids Umarmung, zog mein Shirt zurecht und ging mehrere Schritte von ihm weg. Ich traute mich gar nicht, ihm ins Gesicht zu sehen. Ich wusste, was ich darin lesen würde. Ich fühlte mich ja selber mies dabei, aber ich konnte nicht anders!
„Hier hinten!", antwortete ich.
Nur wenige Augenblicke später standen ein paar meiner Kumpel im Raum.
„Wow, schick geworden hier! Das sieht ja so aus, als wärst du fertig hier, dann steht ein paar gemeinsamen Bierchen heute nichts im Wege. Was hältst du davon, gegen acht im Pub?"
Hatte ich Lust darauf, mit ihnen wegzugehen? Definitiv nein, aber sie hatten mir hier beim Ausbau geholfen und ich war ihnen noch das eine oder andere Bier schuldig.
„Alles klar, ich komme, oder besser gesagt, wir kommen. Das ist David, mein ... neuer Tätowierer." Am liebsten wäre ich im Boden versunken. Diese Situation war mehr als beschissen! Nun musste ich doch zu David gucken. „Wenn du Lust hast, David?"
Die Jungs beäugten ihn neugierig.
Er zuckte nur mit den Schultern. „Ich weiß nicht so recht."
Da ergriff einer der Jungs das Wort. „Ach Quatsch, das wird lustig, dann siehst du Mike hier mal in Action, das ist immer 'ne Show, er ist ein echter Weibermagnet und meist fällt auch für uns andere was ab, oder?"
Mit eindeutigen Gesten und lautem Gejohle wurde die Aussage bekräftigt.
David sah mich fragend an, doch ich tat nichts weiter als mit den Schultern zu zucken.
Nach noch mehr dummen Sprüchen und der festen Zusage, dass ich heute Abend dort auftauchen würde, verließen sie

den Laden wieder.
Ich brachte sie noch zur Tür, vor allem, um Zeit zu schinden. Aber lange hinauszögern konnte ich das Gespräch nicht.
Als ich wieder zurück zu David ging, stand er mit dem Rücken zu mir vor den Vitrinen.
„David ..."
Er drehte sich nicht zu mir um.
„Welchen von diesen Ringen trägst du?"
„Es tut mir leid."
Er drehte sich zu mir um und lächelte mich traurig an. „Du hattest mich gewarnt, dass du nicht bereit für ein Outing wärst. Ich war nur überrascht, wie schnell du von vollkommen entspannt und erregt zu absolut cool und unnahbar schwenken kannst. So, wie mit denen habe ich dich noch nie erlebt. Aber es ist, wie es ist. Ich wünsche dir viel Spaß heute Abend."
„Du kommst nicht?"
„Nein, ich glaube nicht, dass das eine gute Idee wäre. Denn der Mike, den ich gerade gesehen habe, hat nichts mit dem Micha zu tun, den ich so gerne mag. Ich hoffe nur, dass ich den anderen bald wiedersehen darf."
Er kam auf mich zu, legte mir wie schon so oft die Hand an die Wange, streichelte mich mit seinem Daumen. Dann küsste er mich so sanft, dass ich die Berührung fast nicht gespürt hatte. Er löste sich schnell wieder von mir. „Ruf mich an, wenn du mich sehen willst!", und dann ging er, ohne sich auch nur noch einmal zu mir umzudrehen.
Ich hatte es aber auch nicht besser verdient.
Ich hatte ja nicht nur nicht zu ihm als meinem Freund, meinem Liebhaber gestanden, ich hatte so getan, als sei er nicht wichtig, nur eben ein Tätowierer. Und auch die völlig übertriebene Geschichte mit mir als Frauenmagnet hatte ich nicht richtig gestellt.

Also machte ich mich ein paar Stunden später auf den Weg in den Pub, ohne viel Lust und mit dem festen Plan, nicht lange zu bleiben. Anschließend wollte ich David anrufen und fragen, ob ich vorbeikommen konnte, um mit ihm zu reden.

Als ich dort ankam, waren die Jungs schon gut angetrunken, wie immer, und eine Frauentraube hatte sich auch um sie gebildet. Es wurde geflirtet, gebaggert, gefummelt und gesoffen. Wie immer.
„Hey Mikey, da bist du ja. Wo ist dein neuer Tätowierer? Traut er sich nicht zu uns? Sei mir nicht böse, aber der wirkt schon ganz schön schwul. Da muss man ja Angst haben, dass er sich an einen ranmacht, wenn man sich von dem tätowieren lassen will. Da musst du in Zukunft aufpassen, wenn du dich bückst, was?" Diese Sätze ernteten schallendes Gelächter und was tat ich? Nichts. Ich hörte es mir an und lachte mit.
Keine zwei Minuten später hing Dana wieder an meinem Hals. Ich versuchte, sie loszuwerden, aber sie schwankte nur und klammerte sich an mich.
„Was habt ihr mit der gemacht?"
„Mit Dana? Nichts, wenn man davon absieht, dass Simon sie abgefüllt hat. Er hat ihre Cocktails wohl extra gepimpt. Sie wird dann immer so schön willig! Leider wollte sie auf dich warten, also hast du mal wieder das große Los gezogen!"
Wieder schallendes Gelächter. Mir wurde übel, wie hatte ich es mit diesen Kerlen nur jemals aushalten können? Sie waren homophob – das war mir vorher nie aufgefallen, vielleicht, weil ich selber nie darüber nachgedacht hatte oder nie so aufgepasst hatte. Sie füllten eine junge Frau ab, um sie willig zu machen. Sie kotzten mich an.
Ich sah, dass Danas Lippen sich bewegten, es war nur zu laut, um sie zu verstehen. Ich hielt mein Ohr näher an ihren Mund. „Michael, bring mich bitte heim, mir ist so übel", lallte sie.
Ich sah sie genauer an, ihre Augen waren blutunterlaufen, die Schminke verwischt, ihre Gesichtsfarbe war wenig gesund. Sie tat mir leid. Sie hing in meinem Arm, schmiegte sich vertrauensvoll an mich und ich fühlte … nichts. Tatsächlich! Es war nichts anderes, als hätte ich meine Cousine im Arm. Ich hatte nur Mitleid und ich war traurig, traurig darüber, dass dieses eigentlich nette Mädchen sich so wenig selber liebte, dass sie sich immer wieder mit diesen Kerlen abgab – und da schloss ich mich mit ein!

Ich wollte sie nicht noch mehr bloß stellen vor den anderen, sie würde zu einer absoluten Lachnummer werden, wenn sie ihren Zustand richtig einschätzen würden. Also spielte ich den Casanova – noch genau ein Mal. „Leute, ich bin wieder weg, Dana und ich fahren zu ihr, wenn ihr versteht, was ich meine! Hier, euren Deckel für heute Abend übernehm' ich, als Dankeschön für die Hilfe im Laden!" Dann legte ich einen 100 € Schein auf die Theke und ging. Unser Abgang wurde mit lautem Gegröle und einem Pfeifkonzert quittiert.
Ich war nur froh, aus dem Laden raus zu sein. Ich trug Dana fast zu meinem Auto und fuhr davon. Was ich nicht wusste …

„Ich war da gewesen, ich war dir zuliebe gekommen, ich hatte gehofft, dass du dich freuen würdest, mich zu sehen. Statt dessen durfte ich alles mit anhören und ansehen. All die Sprüche über mich und dich, über Dana und deinen Abgang mit ihr. Die Kommentare danach waren auch nicht besser. Denn es klang so, als hätte jeder seine Erfahrungen mit Dana gemacht und sie lobten ihre Fähigkeiten in den höchsten Tönen und malten sich und damit auch mir aus, was du jetzt so alles erleben könntest. Und dass du ihnen mit Sicherheit morgen sehr dankbar wärst, dass sie sie vorher so abgefüllt hatten. Ich konnte und wollte das alles nicht glauben. Also ging ich zu deiner Wohnung und wartete darauf, dass du nach Hause kommst." - *„Aber ich kam nicht!"* - *„Nein, das hast du nicht gemacht!"*

Als ich an Danas Wohnung angekommen war, war sie eingeschlafen. Also nahm ich die Schlüssel aus ihrer Handtasche und trug sie in ihre Wohnung. Dort angekommen, wurde sie langsam wach. Sie stöhnte und musste husten. Man konnte es siebten Sinn nennen oder was auch immer, auf jeden Fall ging ich schleunigst mit ihr ins Bad. Kaum dort angekommen, fing sie an zu würgen und

übergab sich – zum Glück in die Schüssel! Ich hielt ihr die Haare und half ihr hinterher, sich auszuziehen, denn so ganz ohne Unfall war es dann doch nicht über die Bühne gegangen. Ich setzte sie in die Dusche und wusch sie, so gut ich konnte. Dabei betrachtete ich sie genau. Sie war bestimmt eine schöne Frau. Nicht zu dünn, gut proportioniert, gebräunte Haut und auch, wenn ihr die Haare jetzt wirr ins Gesicht hingen und ihr Adern unter den Augen geplatzt waren, hatte sie ein nettes Gesicht. Aber wie schon vorhin im Pub, als sie sich an mich gekuschelt hatte, empfand ich nichts für sie, nichts für ihren Körper.
Ich war schon immer nicht besonders scharf auf Sex, Kuscheln und Rummachen gewesen. Jetzt konnte ich das alles zuordnen. Es lag nicht daran, dass ich nur einfach nicht die richtige Frau getroffen hatte. Es lag einfach daran, dass Frauen allgemein wohl nichts für mich waren. David brauchte mich nur anzusehen, zu berühren, zu küssen und mein Körper brannte für ihn. Es war amtlich – ich war wohl tatsächlich schwul. Aber es ging nicht um Männer im Allgemeinen, alles drehte sich um David.
Ich griff zu meinem Handy. Wie so oft hatte ich vergessen, es aufzuladen. Außerdem war der Empfang schwach.
„Ich muss mit dir reden" - die Nachricht konnte ich gerade noch losschicken, bevor der Akku den Geist aufgab.
Dann half ich Dana aus der Dusche raus. Man sah ihr an, dass es ihr gar nicht gut ging. Aus meiner Erfahrung als Rettungssanitäter wusste ich, dass sie nur knapp an einer Alkoholvergiftung vorbei gekommen war.
„Dana, ich muss dich ins Krankenhaus bringen."
Sie stöhnte laut auf. „Nein, bitte nicht, ich will nicht ins Krankenhaus, ich schaff das schon! Danke, dass du mir geholfen hast."
Sie stand auf und schlang sich ein Handtuch um den Körper. Weit kam sie aber nicht, bevor ihre Beine sie nicht mehr hielten. Ich konnte sie gerade noch auffangen, also trug ich sie in ihr Bett. Ich wollte gerade ihr Schlafzimmer verlassen, als sie wieder zu würgen begann. Ich half ihr wieder ins Bad und als sie vor der Toilette fast zusammenbrach, entschied ich, dass ich heute Nacht hier bleiben würde. Denn ich

würde es mir nie verzeihen, wenn ihr heute Nacht irgendetwas passieren würde, nur weil ich keine Lust gehabt hatte, mir die Nacht um die Ohren zu hauen.
Also machte ich es mir in einem Sessel in ihrem Schlafzimmer so gemütlich wie nur eben möglich und hielt Wache. Bis Mitternacht half ich ihr noch zweimal zur Toilette und zog sie auch noch einmal komplett um. Außerdem stellte ich eine Waschmaschine an, denn ihre Sachen stanken ziemlich nach Erbrochenem. Dann fiel sie in einen halbwegs ruhigen Schlaf. Und auch ich bekam eine Mütze voll Schlaf – meine Träume waren voll von David!

Als ich am nächsten Morgen wach wurde, fühlte ich mich gerädert, so ein Sessel war nicht gerade bequem! Ich versuchte, eine angenehmere Position zu finden.
„Hi, Mike. Ich glaube, ich muss dir für letzte Nacht danken. Ich weiß nicht mehr alles, aber doch noch das eine oder andere. Das war echt nett von dir, dass du dich so um mich gekümmert hast. Ich frage mich nur, warum du es getan hast."
„Ganz einfach, ich habe mir Sorgen um dich gemacht. Du hattest eine Alkoholvergiftung oder warst zumindest kurz davor. Ich hätte mir nie verziehen, wenn dir etwas passiert wäre."
„Aber sonst ist da nichts, oder?", sie sah mich traurig an.
Ich tat nicht mal so, als würde ich sie nicht verstehen.
„Ich fürchte, nein."
„Schade, du bist echt einer von den Guten, Mike. Trotz deines ganzen Gehabes. Ich hatte gehofft, dass du etwas für mich empfinden würdest."
Sie stand auf und ging in ihre Küche, wo sie uns Kaffee aufsetzte.
„Dana, ich empfinde was für dich, ich mag dich und ich sorge mich um dich. Aber mehr leider nicht. Du bist wie eine Schwester für mich."
„Autsch, das ist wohl das Netteste und gleichzeitig das Grausamste, was ein Typ wie du einer Frau sagen kann."
Ich seufzte und nahm einen Schluck Kaffee. „Dana, ich habe es selbst nicht gewusst oder musste mir selber erst klar

darüber werden …"
Sie unterbrach mich, legte mir eine Hand auf den Unterarm.
„Du bist verliebt, stimmt's?"
„Ich glaube schon, aber ich glaube, ich habe es auch unnötig kompliziert gemacht."
Sie sah mich nachdenklich an. Ich nahm all meinen Mut zusammen, atmete tief ein und …
„Es ist dieser andere Tätowierer, oder?"
„Was, warum, wieso?" Ich ließ meinen Kopf in meine Hände fallen. Es hatte ja doch keinen Sinn, wenn sie es sowieso schon vermutete.
„Ja, ich habe mich Hals über Kopf in diesen Mann verliebt."
Sie lächelte. „Das habe ich gemerkt. Als ich euch zusammen gesehen habe, war es mir im Grunde klar. Darf ich mal einen saudummen Spruch bringen?"
Ich musste mir ein Lachen verkneifen und nickte ihr zustimmend zu.
„Wieso sind die Guten immer schwul?"
Ich stand auf und ging um den Tisch herum zu ihr. Ich drückte ihr einen Kuss auf die Stirn.
„Pass auf dich auf, Dana, mich wirst du in dieser Gruppe wohl nicht mehr finden. Die Jungs nerven mich schon ziemlich lange, aber was sie gestern abgezogen haben, war dann der Tropfen, der das Fass zum Überlaufen gebracht hat. Und du bist zu nett, um dich an die zu verschwenden. Und nun muss ich los, meinen Mann suchen. Denn mein Handy ist leer und ich Idiot habe seine Nummer nur gespeichert, nicht aufgeschrieben, ich kann ihn nicht erreichen."

Mein erster Weg führte mich ins Studio, denn es war schon nach zehn Uhr, es konnte sein, dass er schon dort war. Aber Fehlanzeige.
Im Hotel hörte ich, dass er sich die nächsten Tage frei genommen hätte – ich erinnerte mich, davon hatte er gesprochen. Er wollte viel Zeit haben, um mir bei der Eröffnung zu helfen. Also fuhr ich als nächstes zu Jan.
„Hi, Micha, tut mir leid, aber David kam heute Morgen erst sehr früh heim, dann hat er ein paar Sachen zusammengepackt und meinte, er müsse weg und würde sich

melden. Ich habe gedacht, er wäre bei dir? Ärger im Paradies?"
Ich ließ ihn einfach stehen und fuhr zu mir.
Dort hängte ich mein Handy an den Strom und überlegte, wo ich David finden könnte.
Kaum hatte es wieder genug Saft, hörte ich mehrere eingehende Nachrichten.
Es ging los mit:
„Dann rede mit mir!"
Ich musste nachdenken, worauf er anspielte. Dann fiel mir ein, dass ich ihm noch geschrieben hatte, dass ich mit ihm reden müsse.
Die nächste Nachricht lautete: „Ich steh vor deiner Wohnung, wo bist du?"
Dann hatte er versucht, mich anzurufen.
Und dann die letzte Nachricht heute Morgen um sechs.
„Ich weiß nicht, ob ich dein Schweigen richtig verstehe. Ich hoffe nicht! Ich muss weg, komme pünktlich zur Eröffnung wieder! Pass auf dich auf! D."

Sofort versuchte ich, ihn anzurufen, leider wurde mein Anruf direkt an seine Mailbox weitergeleitet.
Also schrieb ich ihm.
„Du hast mein Schweigen falsch verstanden – ich habe mich für dich entschieden, ich habe Dana von dir erzählt. Es ging ihr dreckig letzte Nacht, ich bin bei ihr geblieben. Ruf mich an, bitte!"

Nun hieß es warten.
… und er ließ mich warten!

Ich versuchte, mich abzulenken. Als erstes kümmerte ich mich um das Catering für die Eröffnung, es war nur noch eine Woche bis dahin.
Gott, wenn ich mir jetzt vorstellte, dass ich David erst in sieben Tagen wiedersehen sollte. Wohin war er verschwunden? Er hatte gestern Abend vor meiner Haustür gestanden und ich war nicht heim gekommen. Was hatte er da wohl gedacht?

Wieso meldete er sich nicht bei mir?
Irgendwie bekam ich den Tag rum.
Als ich abends in meine Wohnung zurückkehrte, klingelte mein Handy.
David!
Ich ging noch vor dem zweiten Klingeln dran.
„David? Wo bist du?"
„Bei einem Freund. Ich musste weg. Ich hätte nicht gedacht, dass es mir so schwer fallen würde, dir die Zeit zu geben, um die du mich gebeten hast."
„David, bitte, komm zurück, ich muss mit dir reden, ich muss dich sehen, ich vermisse dich!"
„Vermisst du mich genug, um zu mir zu stehen?"
„David, ich ..."
„Also nicht. Ich versteh dich und ich mache dir keine Vorwürfe, aber ich weiß nicht, ob ich es kann, ich werde bei der Eröffnung sein und mich von dir fern halten, denn deine Eltern werden da sein. Und danach sehen wir weiter! Micha, ich habe dich wirklich lieb, aber du tust mir nicht gut. Bitte, lass mir die nächsten Tage Zeit, ich lasse sie dir auch."
Und damit legte er auf.

Mai 2005

- David -

Ich hatte mich sechs Tage lang versteckt und meine Wunden geleckt. Ich hatte tatsächlich gedacht, ich würde das alles locker wegstecken. Aber als ich mit ansehen musste, wie er über diese Schwulenwitze lachte, wie eng er sich an Dana schmiegte und sie dann, kommentiert von blöden Sprüchen, zu seinem Auto trug, das hatte wirklich weh getan. Und ich hatte angefangen zu zweifeln. Daran zu zweifeln, dass er wirklich etwas für mich empfand und daran, dass er uns eine Chance geben würde und nur Zeit bräuchte.
Das Telefonat hatte ich wie im Traum über mich ergehen lassen. Ich wollte ihm so gerne trauen. Hatte ich vor ein paar Wochen noch gesagt, dass ich mich gerne auf ein bisschen Herzschmerz einlassen würde, so hatte ich meine Meinung nun komplett geändert. Ich hatte genug Herzschmerz für die nächsten Jahre erlebt und brauchte mit Sicherheit keinen mehr!
Vor dem Studio angekommen, sah ich Licht – zum Glück. Wobei ich fest davon ausgegangen war, dass ich Micha heute Abend hier finden würde. Immerhin sollte morgen die große Eröffnung stattfinden.
Ich nahm all meinen Mut zusammen und ging hinein.
Der Eingangsbereich war mit Stehtischen und an der Wand mit Tischen bestückt, wohl für das Essen, ansonsten sah es richtig fertig aus. Alles wirkte wie in den Träumen, die wir in den letzten zwei Monaten gesponnen hatten.
Die Musik war erstaunlich leise und ich brauchte einen Moment, um es zu erkennen – es waren tatsächlich alte Lieder von BAP. Im Augenblick lief „do kanns zaubre", wie überaus passend. Ich merkte, wie mir die Tränen in die Augen stiegen. Ob ich wirklich zaubern konnte? War ich zu ihm durchgedrungen und hatte ihn erreicht? Hatte ich genug

Geduld gehabt, um ihn zu ändern, um ihn aus seinem Loch herauszuholen? Würde er zu mir stehen? Ich wusste, wo ich ihn finden würde – in seinem Raum, wo sonst? Und tatsächlich, er saß auf der Liege, die Flasche Jack Daniels in der Hand. Er sah müde aus, unrasiert, traurig, mit hängenden Schultern. Als sei sein Lebensfunke erloschen. Bisher kannte ich ihn nur groß, stark, lebendig, auch in all seiner Unsicherheit. Er hatte mich noch gar nicht bemerkt. Was sollte ich tun? Ihn rufen? Einfach rübergehen? Mich räuspern? Ich musste gar nichts davon tun. Wie, als hätte er meine Anwesenheit gespürt, hob er seinen Blick und starrte mich zuerst ungläubig und dann unendlich traurig an.

„Du bist zurückgekommen?", er sprang von der Liege und rannte auf mich zu. Bevor ich antworten konnte, hatte er mich in seine Arme gerissen und küsste mein Gesicht, meinen Hals, meinen Mund. Er schmeckte kein bisschen nach Alkohol, nur nach Micha, Pfefferminz und Mann. Ich ließ ihn mich küssen, wehrte mich nicht, ging aber auch nicht richtig darauf ein. Er fuhr mit seinen Händen über meinen Körper, unter mein Shirt. Es war, als könnte er gar nicht glauben, dass ich vor ihm stand.

„Ich hatte gesagt, dass ich zur Eröffnung wieder da sein würde."

Das wirkte wohl wie eine kalte Dusche auf ihn, denn er ließ von mir ab und ging einen Schritt zurück – sofort fehlte mir seine Wärme.

„Bist du nur wegen der Eröffnung wieder hier? Ich hatte gehofft, du wärst meinetwegen zurück gekommen!" Seine Augen schimmerten feucht.

„Micha, ich war da, vor einer Woche, im Pub, ich wollte dich überraschen, dir eine Freude machen und dann durfte ich mir all diese Scheiße von deinen Freunden anhören, ansehen, dass du nur stumm dastandest und dann auch noch mit Dana abgezogen bist. Wie sollte ich da glauben, dass du mich bei dir haben willst?"

„Sie hatten Dana abgefüllt, sie hatte fast eine Alkoholvergiftung, ich musste sie da raus bringen. Ich habe sie versorgt und bin die Nacht bei ihr geblieben, um sie zu

beobachten. Am nächsten Morgen habe ich ihr von uns erzählt ..."
„Diese Nacht habe ich vor deiner Haustür verbracht und auf dich gewartet." Er zog mich wieder an sich und vergrub seinen Kopf an meiner Brust. „Das habe ich nicht gewusst, glaub mir, das habe ich nicht gewollt. Mir ist in dieser Nacht klar geworden, dass ich dich will und nicht diese sogenannten Freunde. Ich habe sie seitdem nicht mehr gesehen."
„Ja, aber willst du mich genug, um das auch mit allen Konsequenzen durchzuziehen? Ich kann mich nicht auf Dauer verstecken und mir anhören, wie du allen vorspielst, dass du der perfekte Hetero bist!"
„David – ich bin noch nicht so weit. Du musst mir mehr Zeit lassen!"
„Genau das habe ich mir gedacht, schade." Ich wollte mich umdrehen und gehen.
Micha riss mich fast brutal zurück, drückte mich gegen die Wand und küsste mich mit so viel Kraft, dass es fast weh tat. Ich erwiderte seinen Kuss mit derselben Heftigkeit. Wir küssten uns, bissen uns gegenseitig, unsere Bewegungen wurden immer fahriger, kräftiger. Micha fuhr mir sogar in die Hose und ergriff meinen Schwanz.
„David, du kannst mich nicht verlassen. Ich brauche dich, ich ..."
„Was hält dich dann zurück? Wovor hast du nur so viel Angst?"
Plötzlich schien die ganze Luft aus ihm zu weichen, er ließ mich los und sackte zusammen. Er glitt an der Wand entlang zu Boden und fing an zu weinen.
„Willst du das wirklich wissen? Willst du wissen, wie es ist, Angst davor zu haben, dass man in den Augen des eigenen Vaters nicht nur ein totaler Versager ist, sondern dass er einen dann auch noch hasst? Hasst, weil man nicht Mann genug ist? Er hat wochenlang nicht mit mir geredet, weil ich Zivildienst gemacht habe. Was meinst du, wie er nun reagiert, wenn er sieht, dass ich schwul bin? Es ist armselig, aber ich möchte, dass mein Vater mich endlich mal mit Stolz

betrachtet und nicht nur abfällig. Ich möchte, dass mein Vater mich liebt und akzeptiert. Du kannst das nicht verstehen, deine Eltern waren immer für dich da!" Er brach zusammen und fing laut an zu schluchzen. Ich hockte mich neben ihn auf den Boden, nahm ihn in den Arm und wiegte ihn sanft hin und her. Weg war all die aggressive Spannung, die zwischen uns geherrscht hatte.

„Micha, mein Schatz, es tut mir so leid für dich – aber wie lange willst du dir dein Leben von ihm diktieren lassen?"

„Wow – das war intensiv!", eine leise, erschrockene Stimme von der Tür her ließ uns zusammenschrecken. Da stand ein junger Mann in den Türrahmen gelehnt. Es sah ziemlich normal, unscheinbar aus – T-Shirt, Jeans, Chucks, nichts Auffälliges. Er stieß sich ab und kam auf uns zu, sah Micha an, beachtete mich gar nicht.

„Aber er hat recht – wie lange willst du dir von Papa noch einreden lassen, dass du nur dann etwas wert bist, wenn du so lebst, wie er es will? Du weißt, dass keiner seine Ansprüche erfüllen kann. Du nicht und ich auch nicht."

Micha wischte sich die Tränen aus den Augen, blieb aber an mich gelehnt.

„Samuel – was hast du mitbekommen?"

„Keine Ahnung, alles? Auf jeden Fall genug um zu wissen, dass du einen tollen Menschen für dich gefunden hast. Ganz egal, was Papa dazu sagt."

Dann wendete er sich an mich: „Wie du sicher schon mitbekommen hast, ich bin Samuel, Michaels kleiner Bruder. Ich bin eigentlich aus zwei Gründen gekommen. Zum einen wollte ich meinem Bruder helfen, für morgen alles vorzubereiten und zum anderen wollte ich der explosiven Stimmung im Auto mit meinen Eltern morgen entgehen. Unsere Mutter hat es nämlich wie auch immer geschafft, unseren Vater dazu zu bringen, morgen zur Eröffnung zu fahren. Und seitdem hängen dicke Gewitterwolken überm Haus. Aber Micha, glaube mir, sie hat sich zum ersten Mal gegen ihn durchgesetzt und weicht keinen Millimeter von ihrem Vorhaben ab."

Langsam entspannte Micha sich in meinen Armen.

„Ich weiß nicht, was ich tun soll. Ich habe Mama

versprochen, nichts zu tun, um Papa zu provozieren, wenn er schon kommt. Aber genau das wäre es, wenn ich ihm morgen von dir erzähle, David. Dann möchte ich aber auch, dass du an meiner Seite bist bei der Eröffnung des Studios, denn es ist ja auch dein Traum, den wir gemeinsam leben!"
Es war eine schwere Entscheidung für ihn, das sah ich ein. Also musste ich derjenige sein, der ihn von seinen Schuldgefühlen befreite.
„Micha, ich werde morgen mitmachen. Ich werde da sein und das nicht als dein Freund, nur als dein Angestellter. Aber glaube mir, es wird mir schwer fallen."
Und obwohl sein Bruder neben uns auf dem Boden hockte, zog er meinen Kopf zu sich hinunter und küsste mich, unendlich sanft und unendlich lange.

Als er sich von mir löste, wendete er sich an seinen Bruder.
„Danke für deinen spontanen Besuch! Und danke für deine Reaktion."
„Was hast du erwartet, wie ich reagiere? Schreiend davonlaufen ... okay, als ich deine Hand in seiner Hose sah, war das schon ein bisschen viel Information auf einmal."
Micha gab seinem Bruder eine Kopfnuss. „Idiot!"
„Aber Scherz beiseite. Allein die Tatsache, dass du bereit bist, dem großen Gabriel van Theen die Stirn zu bieten für diesen Mann – wenn auch nicht direkt morgen – sagt mir alles, was ich wissen muss. Er bedeutet dir viel und du ihm auch, der Rest ist mir, ehrlich gesagt, egal. Was mir aber nicht egal ist – kann ich heute Nacht bei dir pennen, also in deiner Wohnung? Dein Bett dürfte ja wohl voll sein, oder?"
Er grinste uns blöde an.
„Du bekommst das Sofa!"
Ich stand auf und hielt Micha die Hand hin.
„Komm, lass uns heim gehen. Morgen ist ein langer Tag!"
Ich nahm meinen Rucksack und zu dritt verließen wir das Studio in Richtung Michas Auto. Samuel hatte direkt dahinter geparkt.
Wir stiegen ein. Aber Micha machte keine Anstalten loszufahren.
„Was ist los, warum fährst du nicht, Micha?"

„Willst du, ich meine, wo willst du ... also, soll ich dich zu Jan bringen?" Er spielte mit dem Schlüssel, schaute mir nicht in die Augen.
Ich legte meine Finger unter sein Kinn und zwang ihn mit leichtem Druck, mich anzusehen.
„Ich habe dir vor einer Woche gesagt, dass ich gerne mit dir aufgewacht wäre und daran hat sich bisher gar nichts geändert. Wenn du es auch willst, dann würde ich gerne mit zu dir kommen?"
Er schluckte trocken und nickte, dann fuhr er los.

„Siehst du, nun haben wir schon fast alles Schlimme hinter uns. Nun wird es erstmal lustig!" - *„Für dich vielleicht, ich war scheiße nervös und du hast mich ausgelacht. Außerdem habe ich dich noch zweimal hängen lassen."* - *„Einmal, den Eröffnungstag zähle ich nicht, denn darauf war ich vorbereitet."* - *„Heißt das, den darf ich überspringen?"* - *„Von mir aus kannst du ihn kurz halten, aber nicht die Nacht davor. Du warst soooo süß."* - *„Arsch!"* - *„Ja, aber ein süßer!"*

- Michael -

So, nun standen wir hier, in meinem Schlafzimmer. Samuel hatte es sich auf dem Sofa gemütlich gemacht und uns ein wenig subtiles „seid nicht zu laut" mit auf den Weg gegeben. Und wie ging es jetzt weiter? Um Zeit zu schinden, wollte ich ins Bad verschwinden. Aber David hielt mich zurück. Er drückte mich sanft gegen die geschlossene Tür und begann, mich zu streicheln. Zuerst die nackten Arme, dann schob er seine Hände unter mein Shirt und zog es mir über den Kopf. Er küsste meinen Oberkörper, spielte mit meinem Ring und auch mit der nicht gepiercten Brustwarze – ich stöhnte auf und ließ meinen Kopf gegen die Tür sinken. Wer hätte gedacht, dass männliche Brustwarzen so empfindlich sein können. Er küsste sich seinen Weg immer tiefer nach unten und hörte schließlich auf Höhe des Hosenbunds auf. Ich legte meine Hände an seine Wangen und sah auf ihn hinunter.

„David – sag mir, was du von mir erwartest, was soll ich tun, ich habe keine Ahnung." David lachte leise. „Du lässt mich deinen Körper berühren und streicheln, viel mehr erwarte ich gar nicht. Aber bevor wir weitermachen, was hältst du davon, wenn wir erstmal ins Bad gehen?"

Er stand einfach auf, gab mir einen Kuss auf den Mund und ließ mich erregt und verwirrt stehen. Wie konnte er mich so heiß machen und dann einfach gehen? Ich hatte es wohl nicht besser verdient.

Was würde gleich passieren, wenn er wieder ins Zimmer kam? Würden wir Sex haben? War ich schon soweit? Brauchte man dafür nicht irgendwelche Hilfsmittel? Was wusste ich über Sex mit einem Mann? NICHTS – Hilfe! Vorhin, im Eifer des Gefechts, als wir im Studio übereinander hergefallen waren, hatte meine Hand wie von selber ihren Weg zu seinem Penis gefunden. Es war der erste fremde Penis, den ich jemals angefasst hatte – wenn man Samuels im zarten Alter von vier nicht mitzählte. Aber es hatte sich nicht komisch angefühlt, eher hatte es mich total neugierig gemacht. Aber jetzt, hier in der Ruhe meines Zimmers, war ich nervös. Ich saß also halbnackt auf meinem Bett, die Ellbogen auf meinen Knien abgestützt, den Kopf in die Hände gelegt und überlegte mir, was ich als nächstes tun würde. Ich hatte unbekannte Situationen schon immer gehasst, aber hier war ich völlig überfordert.

Ich war so in Gedanken, dass ich gar nicht gemerkt hatte, dass David wieder ins Zimmer gekommen war. Er hatte nur noch Boxershorts an und ich hatte zum ersten Mal die Gelegenheit, ihn zu betrachten. Aber nicht lange, denn dann setzte er sich mit gespreizten Beinen hinter mich aufs Bett und fing an, mich zu küssen. Er fuhr mit seinen Händen über meine nackte Brust. Er presste sich eng an mich, so dass ich seine Erektion an meinem Hintern spürte. Ich konnte an nichts anderes denken, als an das, was passieren würde, ich war fast in Angststarre.

Als Davids Hand dann tiefer wanderte und diesmal an meinem Hosenbund nicht stoppte, sondern sogar von der zweiten Hand Unterstützung bekam und sich an meinem Knopf zu schaffen machte, sprang ich aus dem Bett.

„Ich geh dann auch mal ins Bad!"

David ließ sich lachend auf den Rücken fallen. „Micha, du bist echt süß!" Er rollte sich auf die Seite, stützte seinen Ellenbogen auf und beobachtete mich grinsend.

Ich trat erstmal die Flucht an – aus dem Wohnzimmer waren Schnarchgeräusche zu hören. Gut so, Samuel musste nicht alles mitbekommen.

Ich ließ mir extra viel Zeit, putzte meine Zähne bestimmt mehr als drei Minuten, benutzte anschließend Zahnseide und überlegte sogar kurz, noch zu duschen. Ich musste den Kopf über mich selber schütteln. Er hatte mir doch versprochen, mir Zeit zu lassen und wenn er schon bereit war, unsere Beziehung noch ein bisschen geheim zu halten, dann würde er mich doch bestimmt auch im Bett zu nichts zwingen, was ich nicht wollte.

Wobei – mein Körper war eindeutig der Meinung, dass er schon wollte. Seit dem Moment, als wir im Auto gesessen hatten, war ein Teil von mir so ziemlich zu allem bereit und auch meine Gedanken schienen ihn nicht davon zu überzeugen, dass er mit irgendeiner Situation nicht klar kommen würde. Will sagen – mein Schwanz war mehr als bereit zu allem, was kommen würde. Aber mein Kopf leider nicht. Ganz im Gegenteil, der verbreitete Angst und Schrecken im ganzen Rest. Ein Hauptgedanke war, dass David von mir als Liebhaber enttäuscht sein könnte. Wie um mich für diese Gedanken auszulachen, zuckte der voll und ganz bereite Teil von mir. Also gut. Dann also zurück ins Schlafzimmer. Da David nur in Boxershorts ins Bett gestiegen war, kam es mir albern vor, mehr anzulassen.

Zurück im Schlafzimmer sah ich, dass David sich kaum bewegt hatte – zumindest hatte er dieselbe Position wie eben. Aber er hatte meine Nachttischlampe angemacht und leicht gedimmt.

Ich schloss die Tür und blieb etwas ratlos mit dem Rücken dagegen gelehnt stehen.

„Komm her, leg dich zu mir, ich möchte dich endlich ansehen und anfassen können."

Ich ging zum Bett und legte mich auf den Rücken neben ihn – mittlerweile war alles an mir stocksteif und das meiste nicht aus Vorfreude. David sah mir in die Augen und begann, mich leicht zu streicheln.

„Micha, sei mir nicht böse, aber ich hätte nie gedacht, dass ich dich mal so ängstlich und angespannt erleben würde. Was ist los?"

Ich schloss die Augen, ich wollte seine Reaktion nicht sehen.

„Es ist nur, ich habe wirklich Angst. Ich möchte dir gefallen, ich möchte, dass du mich auch hier, im Bett, magst und ich habe so gar keine Ahnung, was ich tun muss. Ich meine, ich habe eine ungefähre Vorstellung, was bei zwei Männern im Bett so passiert, aber ..."

Und wieder lachte David laut auf.

Scheiße, war mir die Situation unangenehm und ich war beleidigt. Ich breitete hier mein Innerstes vor ihm aus und er lachte mich aus.

„Wenn du das alles so lustig findest, dann glaube ich, ich leiste lieber meinem Bruder auf dem Sofa Gesellschaft."

Ich machte Anstalten, das Bett zu verlassen, aber David hielt mich zurück.

„Schatz, entschuldige bitte. Ich lache dich nicht aus – oder nur ein bisschen. Aber du musst zugeben, dass du schon so ein bisschen Tussi bist, oder? Ich bin davon ausgegangen, dass ich die Tussi hier sein würde, aber du zeigst mir gerade eine Seite an dir, die mich daran zweifeln lässt. Ich will gar nichts von dir und ich werde auch nichts tun, was dir unangenehm ist. Das ist genauso wie in jeder anderen, vermeintlich normalen Beziehung auch. Was im Bett, auf dem Sofa, in der Küche, Dusche, Wohnzimmerboden - wo auch immer – passiert, geht nur die was an, die es tun. Ich habe nichts geplant, ich habe keine festen Vorlieben, außer dir Spaß und Lust zu bereiten. Warum machen wir nicht einfach fast nichts und sehen, wohin es uns heute und in den kommenden Nächten so führt?"

Ich nickte nur, beleidigt war ich immer noch!

Nur leider war mein Körper, der Verräter, nicht so ganz davon überzeugt, dass wir beleidigt waren. Denn als David sich über mich beugte und begann, mich zu küssen, bewegten sich meine Lippen keine zwei Sekunden später zusammen mit seinen. Auch meine Zunge wollte mitspielen und als er dann über meinen Oberkörper streichelte, wölbte sich auch der seiner Berührung entgegen. Von anderen Regionen ganz zu schweigen!

Und dann dauerte es nicht lange, bis auch meine Hände mit dem Schmollen aufhörten und damit anfingen, Davids Körper zu erkunden. Sie – nein ich, denn mittlerweile hatte ich mich meinem Körper angeschlossen und auch das Schmollen aufgegeben – ich fuhr seine Muskeln nach. Fühlte seine Adern an seinen Unterarmen, tastete nach dem feinen Haarstreifen, der knapp oberhalb seines Bauchnabels begann und unter dem Bund seiner Boxershorts verschwand. David ließ mich bei allem gewähren, rollte sich von mir herunter, so dass ich ihn besser streicheln konnte. Mit einem fragenden Blick griff er an meinen Hosenbund und als ich helfend meine Hüfte anhob, zog er mir die Hose aus, um sich gleich darauf seine eigene auszuziehen. Dann hielt er inne und sah mich an, betrachtete mich, als wäre ich eine Skulptur, ein Kunstwerk. Er fasste mich nicht an und

trotzdem war ich erregt wie noch nie. Und dann tat er etwas, womit ich nie gerechnet hätte – er kuschelte sich einfach nur an meine Schulter, nahm meine Hand in seine, legte sie zusammen auf meine Brust, knapp unterhalb des Herzens, schob sein Bein über meine, knapp unterhalb meiner Hüfte und flüsterte nur: „Können wir einfach so schlafen? Ich möchte jeden einzelnen Schritt mit dir genießen und deshalb werden wir heute auch nicht weiter gehen. Und ich habe dich eben nicht ausgelacht – ich bin einfach nur glücklich, dass ich dich so halten und berühren darf."
Nun war es an mir zu lachen. Wovor hatte ich nur so viel Angst und Bedenken gehabt? Ich war nie ein Mann gewesen, der auf lange Vorspiele gestanden hatte und „rummachen", ohne dass es zum Sex gekommen wäre, das hatte es nun wirklich noch nie bei mir gegeben. Was nicht zuletzt an den Frauen gelegen hatte, mit denen ich zusammen gewesen bin – eine Jungfrau war da nie dabei gewesen. Aber das eben mit David war einfach wunderschön, vertraut, richtig gewesen. Wahrscheinlich wäre ich auch noch weiter gegangen, einfach, weil ich es so gewohnt war. Aber jetzt war mir klar, dass das wahrscheinlich der falsche Weg für uns gewesen wäre. Es standen doch noch einige Hürden vor uns und solange wir da nicht ungefähr auf der gleichen Ebene waren, wollte ich es langsam angehen lassen.

„Deshalb hat es so lange gedauert, bis wir endlich Sex hatten, das hast du mir nie erzählt!" - „Ups!"

Am nächsten Morgen wurde ich wach, weil mir unheimlich warm war. Ich schlief schon nackt, weil mir ständig zu warm war nachts, aber jetzt hatte ich das Gefühl, dass ich einen Ofen mit im Bett hatte. Einen ziemlich angenehmen Ofen! Irgendwie hatten wir in der Nacht die Positionen gewechselt, denn nun lagen wir in Löffelchenstellung, ich hinter David, mein Arm fest um seine Hüfte gelegt. Mein Penis hatte es sich an seinem Hintern bequem gemacht und schien sich da echt wohl zu fühlen, denn er war schon vor mir auf gewesen. Ich grinste in mich hinein. Ich hatte mich noch nie so wohl gefühlt. Mein ganzes Leben hatte ich etwas vermisst und nie hätte ich gedacht, dass es ein Männerkörper gewesen ist. Was ich jetzt noch brauchte, war der Mut, auch außerhalb dieses geschützten Raums zu ihm zu stehen. Denn so sehr ich das jetzt hier genoss, ich wusste, dass ich noch nicht bereit war, mich zu outen. Bescheuert, das wusste ich, aber so schnell konnte ich dann doch nicht heraus aus meiner Haut.

Ich war schon froh, dass Dana und mein Bruder Bescheid wussten, aber das waren nur zwei von vielen.

Ich würde mich gerne weiter hier mit David verstecken, aber wir hatten heute einen Laden zu eröffnen.

So kroch ich möglichst vorsichtig aus dem Bett, ich wollte David nicht wecken.

Bevor ich mein – unser – Schlafzimmer verließ, zog ich mir noch schnell Boxershorts an, immerhin schlief mein Bruder im Wohnzimmer.

Aber Samuel schlief nicht mehr, er stand in der Küche und kochte Kaffee.

„Hi Bruder! Gut geschlafen?"

„Samuel – Morgen! Willst du mit mir darüber reden?"

„Worüber? Darüber, dass du dich immer noch von unserem Vater fertig machen lässt oder darüber, dass du ein verdammt glücklicher Scheißkerl bist, dass du den Menschen gefunden hast, von dem uns Oma immer vorgeschwärmt hat. Der eine Mensch, mit dem zusammen man die Welt erobern wird? Ich hatte mal ein langes Gespräch mit Oma, weißt du. Es war kurz vor ihrem Tod und sie hat mir damals gesagt, dass dein Weg der steinigere werden würde, weil du dein eigenes Glück nicht sehen würdest. Für mich hatte sie auch keine besseren Aussichten – ich würde länger brauchen als du, um meinen Menschen zu finden – dafür würde ich es dann aber auch direkt wissen, dass es der eine wäre. Irgendwie gruselig, ihre Art, die Zukunft zu weissagen. Aber nachdem es bei dir ja jetzt hingehauen hat, habe ich für mich auch noch Hoffnung. Nur ein Rat von mir – bekomm deinen

Scheiß schnell auf die Reihe, David hat es nicht verdient, dass du ihn lange zappeln lässt!"

„*Auch von diesem Gespräch hast du mir nie erzählt. Nun erklärt sich, warum er bei Ela so sicher war. Er war davon überzeugt, dass eure Oma recht hatte. Und wie es aussieht, stimmte das wohl auch!*" - „*Ich wünsche es ihm, er hat es wirklich verdient, mit seiner kleinen Familie glücklich zu werden! Und nun erzähl du von unserem Eröffnungstag, wie war er für dich?*" - „*Aufregend, anstrengend und ein bisschen traurig, denn ich hätte lieber an deiner Seite gestanden statt am Rande!*" - „*Ich weiß, ich war so bescheuert, das von dir zu verlangen!*"

- David -

Als ich am nächsten Morgen wach wurde, war Micha nicht mehr bei mir im Bett. Ein Blick auf den Wecker zeigte mir, dass wir in einer Stunde im Studio sein mussten, um alles für die Eröffnung vorzubereiten. Pünktlich um zwölf Uhr wollten wir die Türen zum ersten Mal für alle öffnen. Ich zog mir eine Hose und ein Shirt über und ging in Richtung Küche – immer dem Kaffeegeruch nach. Dort fand ich die Brüder in eine Unterhaltung vertieft. Ich ging zu ihnen hinüber und schlang meine Arme um meinen Freund. Vertrauensvoll legte er seinen Kopf an meine Schulter und gab mir einen Kuss.
„Guten Morgen, Schlafmütze. Kaffee?"
„Gerne, dann geh ich duschen, damit wir pünktlich los kommen."

Als ich unter der Dusche stand, kämpfte ich all die trüben Gedanken nieder, die mich wegen dieses Tages beschäftigten. Ich würde es schaffen, ich würde mich von Micha fernhalten, nette Unterhaltungen führen, Kunden werben und mich immer daran erinnern, dass Micha anschließend wieder mir gehören würde. Ich musste nur den heutigen Tag überstehen, dann waren wir einen großen Schritt weiter – hoffte ich!

Der Tag war schnell vorbei gegangen und wenn man davon absah, dass mich Micha allen nur mit „mein zweiter Tätowierer" vorgestellt hatte, hatte ich einen guten Tag! Alle Besucher zeigten sich beeindruckt von unserer Arbeit.

Dana kam und unterhielt sich kurz mit mir unter vier Augen. Sie wünschte mir viel Glück für den Laden und auch mit Micha. Sie wollte sicherstellen, dass ich nicht mehr sauer war auf sie, denn sie hatte ja zu Anfang keine Ahnung gehabt, dass er in mich verliebt sei. (Von Liebe hatten wir bisher noch nie gesprochen – war es von ihr nur so daher gesagt oder hatte er dieses Wort ihr gegenüber benutzt?) Zwei Begegnungen hätte ich mir an diesem Tag gerne erspart. Die eine war mit Michas seltsamen Kumpeln, die natürlich auftauchten und vor allem durch blöde Sprüche auffielen. Ich wusste ja, wie sie zu mir standen, trotzdem begegnete ich ihnen mit jeder mir möglichen Freundlichkeit. Wenn auch mit geballter Faust in der Tasche! Ich hatte allerdings die Rechnung ohne Samuel gemacht – er mochte zwar aussehen wie ein Weichei und ein Nerd, aber er hatte eine verdammt große Klappe. Ich weiß nicht, was einer der Kerle gesagt hatte, ich hörte nur seine Antwort, na ja, im Grunde hörte jeder der Anwesenden seine Antwort: „Gott sei Dank musst du dir darüber ja keine Gedanken machen, denn dich wird weder ein Mann noch ein Frau jemals freiwillig anfassen! Du bist bloß neidisch, weil manche Menschen schlicht und einfach im kleinen Finger mehr Ausstrahlung haben als du mit deiner ganzen hässlichen Existenz!" Und damit ließ er die Gruppe stehen und schlenderte zu seinen Eltern rüber, die gerade angekommen waren.

Ich folgte ihm, denn das war eine Begegnung, die ich hinter mich bringen wollte.

Die beiden wirkten etwas fehl am Platze, wobei Michas Mutter sich alle Mühe gab, der Vater aber aussah, als müsste er all seine Willenskraft aufbringen, nicht gleich wieder zu verschwinden. Hinter mir tauchte auch Micha auf, um sie zu begrüßen.

Er küsste seine Mutter auf die Wange und hielt seinem Vater die Hand hin.

„Mama, Papa, schön, dass ihr da seid. Darf ich euch David vorstellen, meinen ... zweiten Tätowierer und guten Freund?" (Aua – genau die falsche Bezeichnung, aber das war der Deal gewesen.)

Auch ich reichte ihnen die Hand.

„Es freut mich, Sie endlich kennenzulernen, Micha hat mir schon viel von Ihnen erzählt."

Herr van Theen schnaubte nur und bekam einen Hieb mit dem Ellbogen von seiner Frau – ob Micha recht hatte, wenn er behauptete, dass sie total unter seinem Pantoffel stand?

Manchmal waren Beziehungen anders, als man von außen glaubte.
„Ich habe gerade zu deinem Vater gesagt, dass wir wirklich stolz auf dich sein können, Micha, ich kann das zwar nicht so richtig beurteilen, aber mir persönlich gefällt dein Laden und wenn ich mir ansehe, wie viel hier los ist, dann würde ich sagen, dass es den anderen auch gefällt, nicht wahr, Gabriel?"
Wir sahen alle zu dem Angesprochenen hin.
„Ja, ja, ganz nett, aber ob es ein Erfolg wird, muss sich erst noch zeigen. Meine Erfahrung hat gezeigt, dass die meisten dieser Läden nach einem Jahr wieder dichtmachen und einen Haufen Schulden hinterlassen."
Micha ließ neben mir die Schultern hängen – sein Vater war echt ein Arschloch, musste er sowas am ersten Tag sagen? Motivation sah ja wohl etwas anders aus. Kein Wunder, dass Micha solche Angst vor seinem Urteil gehabt hatte!
Ich konnte mich gerade noch bremsen, sonst hätte ich ihn in diesem Moment in den Arm genommen.
„Na, dann werden Ihr Sohn und ich wohl dafür sorgen müssen, dass das unserem Laden nicht passiert."
Oh ... falsche Wortwahl, denn der Anwalt war es gewohnt, zwischen den Zeilen zu lesen.
„Unser Laden, was soll das heißen, junger Mann? Soweit ich informiert bin, steckt in diesen Räumen nur das Geld meines Sohnes und nicht das Ihre, oder? Sie sind hier nur angestellt!"
„David hat hier in den letzten Wochen so viel ohne Bezahlung gearbeitet, dass er mit Recht sagen kann, für einen Teil des Erfolgs mitverantwortlich zu sein." Micha legte mir die Hand auf den Arm, zog sie aber direkt wieder zurück – der Aufmerksamkeit des Vaters war die Geste aber nicht entgangen. Wie musste es nur für die Brüder gewesen sein, so unter einem Mikroskop groß geworden zu sein? Dem Blick des Vater entging nicht viel!

Der Rest des Tages ging schnell vorüber, ich hatte noch eine nette Unterhaltung mit Michas Mutter. Sie nahm mich in der Küche beiseite.

„Ich habe meinen Sohn noch nie so glücklich gesehen wie heute und ich bin sehr froh, dass ich meinen Mann dazu bringen konnte, mit hierher zu kommen. Ich weiß, wie viel meinem Sohn sein Urteil bedeutet und ich weiß auch, dass mein Mann nicht einfach ist. Ich möchte Sie bitten, gut auf meinen Sohn Acht zu geben, denn unter all diesen Tattoos und dem harten Äußeren ist er eigentlich ein Sensibelchen. Aber irgendwie habe ich das Gefühl, dass ich Ihnen damit nichts Neues sage, oder, David?"

Ahnte sie etwas von unserer Beziehung? Oder spielte sie nur auf Michas Äußerung an, dass ich ein guter Freund sei? Ich war mir nicht sicher, also spielte ich den Ahnungslosen.

„Sie haben recht, für Micha war es sehr wichtig, dass Sie beide kommen und er hofft immer noch, dass sein Vater stolz auf ihn ist für das, was er ist und tut!"

Sie betrachtete mich eine Zeitlang, nickte mir dann zu und ging. Kurz bevor sie aus der Tür war, drehte sie sich nochmal zu mir um. „Wussten Sie, dass nur zwei Menschen meinen Sohn Micha genannt haben bisher? Das waren meine Schwiegermutter und ich ... und nun auch Sie!"

Merke: ein Anwalt liest zwischen den Zeilen, aber eine Mutter hat den Durchblick!

Kurz nach diesem Gespräch und lange vor dem Ende der Feier verabschiedeten sie sich von uns.

- Michael -

Endlich waren die letzten Gäste gegangen, die Studentinnen hatten ihr Geld bekommen, die wenigen Reste waren verpackt, die Tür war zu und David hatte sich eine der angefangenen Flaschen Sekt, drei Gläser und das Auftragsbuch geschnappt und hatte mich hinter sich her in die Küche gezogen. Dort verputzte Samuel gerade noch ein paar Häppchen.
„Sollen wir mal schauen, was unser Terminkalender für die nächsten Wochen so hergibt?"
David füllt die Gläser und reichte feierlich jedem von uns eins, dann legte er das Buch geschlossen vor meine Nase.
„Los, trau dich – schlag's auf."
Ich nahm einen großen Schluck und öffnete das Buch.
Ich blätterte und blätterte ... wow, wir waren beide für die kommenden Wochen gut beschäftigt. Viele kleine Aufträge, noch mehr Vorgespräche, bestimmt 40 Piercingtermine, zum Teil schon mit genauer Beschreibung, welches Schmuckstück benutzt werden sollte.
Und auch drei extra markierte Termine. Das waren die, die mir besonders am Herzen lagen, denn es waren keine reinen „Schönheitstattoos", sondern es ging um Tattoos nach OPs oder Verletzungen. Da war eine Frau mit Brustamputation sowie zwei Personen mit Brandnarben. Dafür hatten wir extra zusätzlich geworben. Es gab nichts Schöneres, Befriedigenderes, als Menschen nach solchen Schicksalsschlägen das Gefühl für die eigene Schönheit zurück geben zu können!
Ich sah meinen Bruder und meinen Freund mit Tränen in den Augen an.
„Wir haben es zwar noch nicht ganz geschafft, aber wir haben einen Traumstart hingelegt, oder?"
Ich stand mit dem Glas in der Hand auf und ging zu David. Ich stieß mit ihm an, nahm ihn in den Arm und küsste ihn - lange, heftig und intensiv.
„Danke, dass du den heutigen Tag mit mir zusammen nach

meinen Regeln mitgemacht hast. Lass uns nach Hause fahren und noch ein bisschen 'fast nichts' tun!"
Mein Bruder räusperte sich laut.
„Jungs, sorry – zu viel Information! Ich glaube, ich fahr heute Abend wieder heim, ich will euch Turteltauben nicht stören. Außerdem habt ihr morgen um zehn den ersten Termin – so früh will ich gar nicht aufstehen müssen. Immerhin bin ich der ohne Job und Zukunftsideen! Passt auf euch auf, wir sehen uns!"

„Leider sahen wir deinen Bruder das nächste Mal unter echt schlechten Bedingungen." - *„Stimmt, aber bis dahin dauerte es noch einen Monat und es kam noch zu einem Totalausfall von mir, aber das war dann zum Glück der letzte!"* - *„Zum Glück, ja!"*

- Michael -

Seit der Eröffnung waren zwei Wochen vergangen und wir lebten in unserer kleinen Blase aus Glück, Arbeit und Zweisamkeit. Ich war zwar immer noch weit davon entfernt, mich in der Öffentlichkeit zu outen, aber Dana war zu einem festen Bestandteil unserer Welt geworden und die Frau, die für uns Telefondienst machte, wusste auch Bescheid. Beide hatten vollkommen unbeeindruckt reagiert. Eigentlich hätte mich das beruhigen und mir das nötige Selbstvertrauen geben müssen. Trotzdem saß da immer noch so ein kleines Männchen in meinem Gehirn und bremste mich, den letzten Schritt zu machen.
Es war wie verhext, ich hatte mir sogar schon vorgenommen, beim Einkaufen oder im Kino einfach Davids Hand zu nehmen und jedes Mal hatte ich es nicht geschafft. Ich war schon fast wütend auf mich selber, denn ich sah, wie David stumm litt, wenn ich mich wieder mal von ihm distanzierte. Ich hatte schon fast Angst, mit ihm weg zu gehen, denn jedes Mal war ich schuld an Davids Traurigkeit. Aber er sagte nichts, beschwerte sich nicht. Ich weiß nicht, was schlimmer war - seine schon fast stoische Ruhe, mit der er mir Zeit gab und Raum ließ oder die Traurigkeit in seinen Augen, die er mich nur selten sehen ließ.
In meiner Wohnung – sein Zimmer bei Jan hatte er seit der Eröffnung aufgegeben – war alles perfekt und harmonisch. Er kochte für uns, ich kümmerte mich um den Rest. Wenn ich ehrlich war, dann gefiel mir unsere Häuslichkeit sehr. Wir saßen abends zusammen, tranken eine Flasche Wein, hörten Musik oder schauten fern. Oft lagen wir auch einfach nur zusammen im Bett – vor einer Woche hatte David mal damit angefangen, mir noch vorzulesen. Das war seit dem zu unserem Ritual geworden, das einzige Problem war nur, dass wir einen sehr unterschiedlichen Geschmack hatten, was Bücher anging. Während ich auf Thriller und Horror stand, bevorzugte mein Mann die Klassiker. Aber auch hier fanden wir einen Weg – jeder durfte ein Buch aussuchen und so

mischte sich im Moment Dean Koontz mit Jane Austen.
Für heute Abend hatten wir geplant, zusammen noch mal zu „unserem" Italiener zu gehen. Ich war zugegebenermaßen nervös.
„David, ich weiß, es ist bescheuert, aber ich möchte lieber nicht weg gehen. Ich trau mir selber nicht über den Weg. Ich weiß nicht, ob ich bereit bin. Nein, falsch, ich weiß, dass ich nicht bereit bin."
„Micha, wir gehen und du schaust, was du kannst oder nicht. Ewig verstecken ist auch keine Alternative, oder?"

„Als hätte ich es geahnt ..." - „Ja, der Abend war schlimm. Und ich kann dir nicht mal sagen, warum ich so reagiert habe!" –„Erzählst du oder soll ich?" - „Ne, meine Scheiße, ich erzähl weiter, ich kann gar nicht ertragen zu wissen, wie du dich genau gefühlt hast."

Wir waren kaum in dem Restaurant angekommen, da wurde das blöde Gefühl in meinem Magen immer schlimmer. Ich war nicht bereit dafür, ich würde mich am liebsten verstecken.
Als wider Erwarten den ganzen Abend nichts passierte, entspannte ich mich immer mehr und wir hatten einen wundervoll harmonischen Abend – keiner schien uns beide zu beobachten oder komisch anzusehen. Wir waren einfach zwei Gäste unter vielen, die sich gut unterhielten und miteinander lachten. Auch David wurde mit der Zeit immer entspannter, streichelte meinen Arm oder legte seine Hand auf meinen Oberschenkel und ich genoss es.
Wir hatten bereits gezahlt und tranken noch unsere Gläser leer, sahen uns dabei in die Augen, als sich eine junge Frau neben uns räusperte. Ich rückte unwillkürlich von David weg.
„Hi, oh, 'tschuldigung, störe ich? Ich wusste ja gar nicht ..."
Ich erkannte in ihr eine ehemalige Kundin, ich hatte ihren Bauchnabel gepierct und sie hatte auf Teufel komm raus mit mir geflirtet. Ich stellte mich dumm.

„Hi, was wusstest du gar nicht?"
Sie wurde ein bisschen rot und suchte nach Worten. „Na, dass ihr, also du und er, ... dann hätte ich nicht so mit dir geflirtet!"
„Was meinst du, er und ich?"
Ich wurde nervös und fing an zu lachen. „Ach, du meinst, wir beide? Nein, wie kommst du darauf? Erzähl mir lieber, wie sich dein Piercing macht – tut es noch weh oder ist es gut verheilt?"
Ich brauchte David gar nicht anzusehen, ich wusste, wie er gucken würde.
Er murmelte nur „ich muss mal kurz ... lässt du mich mal raus?" und verschwand in Richtung Toiletten.
Ich sah ihm nicht nach.
Meine ehemalige Kundin musterte mich nachdenklich.
„Nochmal, es tut mir leid, du hast im Studio auf mich nicht den Eindruck gemacht, als wärd ihr ein Paar! Ich hätte sonst nie so mit dir geflirtet!"
„Wir sind kein Paar!", versuchte ich mich rauszureden.
„Dann tut es mir noch mehr leid – und zwar für ihn!"
„Was soll denn das schon wieder heißen?"
„Na, weil du dich hier wie ein riesiges Arschloch verhältst, warum ist mir schleierhaft, während dein Freund mit den Tränen kämpft, weil du ihn verleugnest. Ich hätte nicht gedacht, dass du so wenig Mann bist!"
Sie wurde richtig wütend auf mich, warum?
„Hey, reg dich mal nicht so auf, worum geht es hier eigentlich?", wollte ich wissen.
Nun lachte sie.
„Man sieht dir das schlechte Gewissen förmlich ins Gesicht geschrieben. Außerdem hat ein Blinder gesehen, dass ihr mehr seid als bloß Freunde. Ich hätte nur nicht gedacht, dass so ein Kerl wie du nicht die Eier in der Hose hat, offen zu seiner Liebe zu stehen. Da habe ich mich wohl in dir getäuscht. ... Worin ich mich aber nicht täusche, ist, dass dein Nicht-Freund gerade das Restaurant verlassen hat! Schönen Abend noch - und ich hoffe, er macht dir die Hölle heiß!" Damit drehte sie sich weg und ließ mich allein.
„Was, wie?" Ich sah mich um. Keine Spur von David, wie

lange war er schon weg? Hätte er nicht schon längst von der Toilette zurück sein müssen? Hatte sie recht gehabt, war er tatsächlich einfach gegangen? Warum tat er sowas?
Mir kamen die Worte der Frau von eben wieder in den Sinn: weil ich nicht die Eier in der Hose hatte, zu meinem Mann zu stehen. Ich war ein Idiot. Was wäre daran so schlimm gewesen, einfach zuzugeben, dass wir ein Paar waren? Wem hätte es geschadet? Und hier und jetzt fasste ich einen Entschluss.
Jetzt musste ich nur noch sehen, dass David mir verzieh, damit ich meinen Plan in die Tat umsetzen konnte.
Aber dafür musste ich erstmal wissen, wo er war! Ich wartete noch weitere fünf Minuten und sah dann auf der Toilette nach – kein David, er war tatsächlich gegangen.
Ich rief ihn auf dem Handy an – ausgeschaltet, natürlich. Dann fuhr ich heim, aber mir war im Grunde genommen klar, dass er dort auch nicht sein würde.
Ich konnte nur hoffen, dass er nicht wieder für eine Woche verschwinden würde.
Aber ich wusste, dass er morgen Mittag einen Kunden hatte, dann würde er in den Laden kommen. Da war ich mir sicher.
Ich legte mich also ins Bett und fand keinen Schlaf, er fehlte mir, seine Stimme, seine Nähe, sein Geruch und ich machte mir Sorgen um ihn. Wo konnte er nur hin sein?
Ich hatte viel Zeit zum Grübeln und war am nächsten Morgen weder fit, noch ausgeschlafen oder gut gelaunt – aber motiviert!
Ich guckte auf mein Handy – er hatte auf meine Nachrichten von gestern Nacht nicht geantwortet. Ich hatte ihm einige davon geschickt, ich hatte mich entschuldigt, ihn gebeten auf sich aufzupassen, ihm erzählt, dass ich ein Arsch sei – was er sicher schon wüsste. Nur etwas hatte ich ihm nicht geschrieben, aber das musste ich ihm auch direkt sagen!
Also fuhr ich ins Studio und bereitete mich auf den Tag vor. Meine Termine starteten vor Davids, deshalb bekam ich auch nicht genau mit, wann er angekommen war. Er hatte auch nicht in meinem Raum vorbeigeschaut, sondern war direkt in seinen Raum gegangen, wo er mit seinem Kunden zur Vorbesprechung saß, als ich kurz vor zwölf Uhr bei ihm

reinschaute.
„Hi, kann ich dich kurz sprechen?"
Er sah mich kaum an, aber ich erkannte, dass er genauso schlecht geschlafen hatte wie ich, er sah müde und traurig aus. Keine Spur von dem sonst so lustigen, lebensfrohen Menschen.
„Ist im Moment gerade schlecht – du siehst, ich hab Kundschaft. Kann das bis nachher warten?"
Ich kam in den Raum.
„Ich fürchte nicht. Und ich fürchte auch, dass dein Kunde sich jetzt entweder Augen und Ohren zuhalten muss oder aber sich anhören darf, was für ein Riesenarsch ich bin!"
Davids Kopf zuckte sofort in meine Richtung und besagter Kunde lehnte sich grinsend im Stuhl zurück, sah von einem zum anderen, nickte mit dem Kopf und meinte: „Nur zu, ich bin ganz Ohr – Selbsterkenntnis ist der erste Weg zur Besserung!"
Ich grinste ihn böse an: „Magst du 'nen Kaffee oder Popcorn dazu?"
„Nein, nein, danke, ich bin zufrieden!"
„Micha, was …" David setzte an, zu sprechen und stand dabei auf.
Ich war in wenigen Schritten bei ihm und legte ihm den Zeigefinger auf die Lippen.
„Lass mich erst reden, wenn du dann noch etwas sagen willst, bitte, aber lass mich ausreden, okay?" Er nickte stumm und ich atmete erleichtert auf.
„Also gut. Puh, … ich habe die ganze Nacht an dieser Rede gearbeitet, also dann mal los. David, du bist das Beste, was mir je passiert ist und ich war anfangs zu verbohrt, es zu erkennen. Und als ich es dann erkannt hatte, war ich viel zu ängstlich, um es zuzulassen und als ich es endlich zugelassen habe, hatte ich nicht genug Eier in der Hose - an dieser Stelle zitiere ich eine junge Dame von gestern Abend – um zu dir zu stehen. Aber damit ist jetzt Schluss. Denn ich liebe dich und das sollen jetzt alle wissen."
Ich wendete mich an Davids Kunden, der mit offenem Mund da saß und funkelte ihn an.
„Hast du was dagegen? Spricht irgendetwas gegen einen

oder besser zwei schwule Tätowierer?"
Der hob verteidigend die Hände und schüttelte den Kopf.
„Ich hab gar nichts gesagt und auch gar nichts dagegen ... und selbst wenn, dann hätte ich im Moment zu viel Angst vor dir, Mann!"
„Gut, damit wäre das geklärt. Und was sagst du, David?"
„Ich sage, dass du ein Idiot und selbst für meine Verhältnisse ein bisschen zu viel Dramaqueen bist."
Ich grinste breit. „Damit kann ich leben – und nun küss mich! Du hast Kundschaft und ich muss auch gleich wieder rüber. Gehst du heute Abend mit mir essen?"
Ich glaubte, ein „ja" zu hören, ich war mir aber nicht ganz sicher, denn das ging in unserem Kuss unter!

„Den Kunden von damals hatte ich erst neulich wieder auf meinem Stuhl und er meinte, es wäre eines der denkwürdigsten Tattoos gewesen, das er jemals bekommen hätte. Die Situation hätte er nie vergessen. Er wäre auch anschließend sofort nach Hause gefahren und hätte seiner Frau gesagt, dass er sie liebe. Denn eine schönere Liebeserklärung hätte er noch nie erlebt!"

Juni 2005

- David -

Seit Michas ziemlich spektakulärer Liebeserklärung ging es im Eiltempo weiter mit uns. So verzweifelt ich in der Nacht zuvor gewesen war, so überwältigt war ich jetzt. Den Abend zuvor hatte ich seine Art nicht ertragen, dieses Leugnen und den Schein wahren, dieses Flirten mit Frauen vor meinen Augen, ich hatte es so satt gehabt. Ich hatte gewusst, wenn er mir an diesem Abend wieder mit seinen bescheuerten Ausreden gekommen wäre, ich wäre ausgeflippt und hätte etwas getan, was ich hinterher bereut hätte. Also hatte ich mein Handy ausgeschaltet und war zu Jan gefahren, der mich, ohne Fragen zu stellen, bei sich hatte schlafen lassen.
Ich weiß nicht, was zu der 180 Grad Wende meines Freundes geführt hatte, aber ich war sehr dankbar dafür. Wobei er es eine Zeitlang übertrieb! Sein neugewonnenes Selbstbewusstsein hatte dazu geführt, dass er mich immer und quasi überall küsste und so demonstrierte, dass er es ernst meinte mit seinem Outing. Selbst seiner alten Clique bot er die Stirn, wenn auch hier ein bisschen subtiler, wofür ich ihm sehr dankbar war.
Ein einziges Outing fehlte noch: Diana und Gabriel van Theen. Das hatten wir uns für das kommende Wochenende vorgenommen, aber der Teufel ist ein Eichhörnchen ...

Wir hatten heute Abend beide frei und hatten es uns zuerst mit einem Glas Wein auf dem Sofa gemütlich gemacht und waren vor nicht mal zehn Minuten ins Bett umgezogen. Heute war mein Abend, das heißt, ich durfte das Buch aussuchen. Und diesmal hatte ich mich für Shakespeare entschieden – zugegeben auch ein bisschen, um Micha zu

ärgern.
Ich lag bequem auf dem Rücken, er an meine Schulter gelehnt. Während ich zu lesen begann, streichelte er mich. Zunächst völlig unschuldig, am Bauch, an der Seite, aber dann fuhr er über meine Brustwarzen, malte Kreise um sie mit einem Fingernagel, küsste meine Seite, meine Schulter. Ich stockte.
„Was ist? Lies doch weiter, ich höre dir zu!"
Ich gab mein Bestes, auch, als er mit dem Zeigefinger meine Ohrmuschel nachfuhr und auch noch als er mit dem Saum meiner Boxershorts spielte. Als er unter den Saum fuhr, hielt ich die Luft an.
„Du Mistkerl, das tust du doch mit Absicht!"
Er grinste nur und fragte völlig unschuldig: „Was denn?", während er langsam an meinem Körper nach unten glitt und eine Spur feuchter Küsse auf meinem Oberkörper, Bauch, meiner Hüfte verteilte und mir dabei mit einem gekonnten Griff meine Hose auszog. Mein Schwanz war auch mehr als bereit, Shakespeare für heute sein zu lassen und als Micha ihn küsste und liebkoste, gab ich mich geschlagen. Ich legte das Buch beiseite und ergriff statt dessen den Kopf meines Freundes, um ihm genau das Tempo vorzugeben, das ich mochte. Ich musste grinsen – als ob er Hilfe bräuchte! Nein, es hatte sich gezeigt, dass unsere Körper ganz genau wussten, was dem anderen gefiel und Micha hatte sich nach anfänglicher Unsicherheit als erstaunlich experimentierfreudig im Bett gezeigt! Und auch jetzt nutzte er seine Hände und seinen Mund sehr angenehm, um mir jede Menge Lust zu bereiten und gleichzeitig dafür zu sorgen, dass er später selber nicht zu kurz kommen würde!

- Michael -

Wenn mir vor vier Monaten jemand erzählt hätte, dass es mich total anturnen würde, einen Mann zu befriedigen, ich wäre wohl ausgeflippt. Aber jetzt David dabei zu beobachten, wie er immer mehr auf seinen Orgasmus zusteuerte und ich die Macht hatte, es rauszuzögern oder aber ihm Erlösung zu verschaffen - das war ein Glücksgefühl, das ich gerne jeden Tag aufs Neue erlebte. Es gab fast nichts Schöneres. Außer vielleicht, wenn mein Mann sich anschickte, es mir mit fast gleicher Münze zurückzuzahlen und zu diesem Zwecke gerade das Gel aus der Schublade holte. Ich hatte ihn wohl doch noch nicht genug abgelenkt, wenn er in der Lage war, so weit zu planen. Als er dann aber mit einer Kraft, die man ihm gar nicht zugetraut hatte, die Positionen tauschte und das Gel sehr geschickt einsetzte, war es wohl mein Hirn, das das Denken komplett einstellte!

…

Merke – in einer guten Beziehung wechselten die Machtverhältnisse ständig … und das war auch gut so!

Anschließend dachte keiner von uns mehr an Shakespeare und wir schliefen entspannt und aneinander gekuschelt ein.
Es hätte eine sehr erholsame Nacht werden können – leider klingelte uns mein Handy gegen zwei Uhr morgens wach.
Mein Vater – MEIN VATER?
Was um alles in der Welt konnte der von mir wollen?
David saß neben mir im Bett und sah mich fragend an.
Ich nahm den Anruf entgegen.
Er hielt sich nicht mit langen Vorreden auf:
„Michael, du musst kommen, die Polizei ist hier, sie verhaften gerade deinen Bruder!"
„Ich bin unterwegs!"

Zu mehr war nicht Zeit, denn er legte direkt auf.
„David, wir müssen zu meinen Eltern – Samuel wurde verhaftet!"
„Wieso, was ist los?"
„Keine Ahnung, das hat mein Vater nicht gesagt, nur, dass ich kommen soll. Kommst du mit?"
„Natürlich, um nichts auf der Welt lasse ich dich in dieser Situation alleine!"
Keine fünf Minuten später saßen wir im Auto. David hatte noch die Geistesgegenwart gehabt, unseren Terminkalender für morgen einzustecken, wer wusste, ob wir die Termine am nächsten Tag einhalten konnten?
Um uns abzulenken und da uns beiden nicht nach reden war, lief die Musik relativ laut, diesmal Volbeat.
Eine gute Stunde später hielten wir vor der Haustür meiner Eltern. Noch bevor wir ausgestiegen waren, öffnete mein Vater die Tür.
„Gut, dass du ..." - ein ungläubiger Blick und zwei Sekunden später - „dass ihr da seid. Deine Mutter ist in der Küche. Ich fahre jetzt direkt zur Polizei, ich konnte aber deine Mutter nicht alleine lassen! Kümmere dich um sie, bis ich wieder da bin. Ich verlasse mich auf dich!"
Wenn der Anlass nicht so traurig gewesen wäre, dann hätte ich mich über so viele nette Worte aus dem Mund meines Vater auf einmal echt gefreut!
Aber wenn er schon mal in einer solchen Stimmung war, dann musste ich das ausnutzen. Also schlang ich kurz den Arm um ihn und meinte: „Du kannst dich auf mich verlassen!" und ging an ihm vorbei ins Haus.
Wir fanden meine Mutter zusammengesunken am Küchentisch. Ich ging sofort zu ihr und setzte mich neben sie. „Mama, was ist los? Warum haben sie Samuel verhaftet?"
Sie sah mich an und fing an zu schluchzen. „Ich weiß es nicht genau. Sie kamen mit zwei Autos hier an und erzählten was von einem Cyberangriff, ich habe nicht alles verstanden. Dein Bruder leugnete es nicht, erzählte aber von einem

seiner sogenannten Freunde. Und, dass das Ganze dessen Idee gewesen sei."
In diesem Moment setzte sich David zu uns an den Tisch und schob meiner Mutter und mir eine Tasse Kaffee zu.
„Danke, ich frage lieber nicht, warum Sie mitten in der Nacht zusammen mit meinem Sohn hier auftauchen, David. Aber es ist gut zu wissen, dass er nicht alleine kommen musste!"

Es dauerte fast zwei Stunden ohne eine Nachricht von meinem Vater, bis er zusammen mit Samuel nach Hause kam.
David hielt sich im Hintergrund, denn das war nicht der Augenblick für unser Outing – so hatte ich es mir auch nicht vorgestellt!
Er erklärte uns, was man Samuel vorwarf und dass mein Bruder, wenn es hart auf hart kam, mit einer Gefängnisstrafe rechnen musste. Aber so weit würde er es nicht kommen lassen, er würde mehr als einen guten Anwalt kennen und einer davon hätte einen Lehrstuhl für Cyberkriminalität inne, den würde er gleich heute anrufen.
Aber für jetzt könnte man nicht mehr viel tun, denn es war gerade mal halb sechs Uhr morgens.
Auf der anderen Seite war auch an Schlaf nicht mehr zu denken.
Meine Mutter war sofort wieder im „Mutter-Modus": „Oh Gott, ich habe gar nicht genug zum Frühstück für so viele Leute im Haus."
Da schaltete sich David ein. „Kein Problem, ich habe auf dem Weg hier her eine Bäckerei und eine Tankstelle gesehen, ich besorge was. Gibst du mir die Autoschlüssel, Micha?" und weg war er.
Dann herrschte erstmal ein unangenehmes Schweigen in der Küche. Samuel hatte nichts gesagt, seit er mit meinem Vater zurückgekommen war und ansonsten gab es im Moment auch nicht viel zu sagen. Nach ein paar Augenblicken ergriff mein Vater das Wort.
„Ich gehe davon aus, dass ich die Anwesenheit dieses jungen Mannes richtig deute, Michael?"

„Ich habe keine Ahnung, wie genau du Davids Anwesenheit deutest, Papa, aber wenn du fragen willst, ob er mein Freund ist, dann ja. Er ist mein Freund, mein Partner, mein Liebhaber, wir wohnen zusammen und ja, er lag bei mir im Bett, als du angerufen hast und ja, er hat keinen Moment gezögert, mit hierher zu kommen, obwohl er wusste, was ihn hier erwartet."

„Habe ich dich so erzogen ..."

Keine Ahnung, was genau er fragen wollte, denn er wurde in diesem Moment von meiner Mutter unterbrochen.

„Gabriel, um Gottes Willen halt den Mund, du redest dich um Kopf und Kragen! Deine Söhne sind hier, einer hat großen Mist gebaut, der andere ist glücklich verliebt und beruflich erfolgreich. Überleg bitte, welcher der beiden jetzt deine ganze Energie braucht und welcher nur ein einfaches 'das freut mich für dich'!"

Samuel und ich tauschten Blicke aus und begannen gleichzeitig laut loszuprusten. So hatten wir unsere Mutter bisher nur sehr, sehr, sehr selten erlebt. Aber es stand ihr und mein Vater war tatsächlich sprachlos!

„*Ja, so fand ich euch ein paar Minuten später dann auch in der Küche. Ich hatte ja die Unterhaltung nicht mitbekommen, ich war nur ganz erstaunt, dass dein Vater mich während des Frühstücks zwar komisch ansah, aber so gar keine Sprüche fallen ließ. Deine Mutter nahm mich vor unserer Abfahrt aber zusammen mit ihm kurz zur Seite. Sie umarmte mich, bot mir das 'du' an, hieß mich in der Familie willkommen und meinte noch völlig trocken, dass sie mich an meinem Schwanz aufhängen würde, wenn ich dir weh tun würde. Dein Vater nickte dazu zustimmend und wies mich darauf hin, dass er für mich weiterhin „Herr van Theen" und nicht Gabriel sei!*" - „*Ja, er hat so eine charmante Art, die man einfach lieben muss, mein Vater!*" - „*Das war sie nun, unsere Geschichte, war mal was anderes, als sich abends im Bett Bücher vorzulesen, oder?*" - „*Ja, aber mindestens genauso unterhaltsam!*" - „*An Dana habe ich länger nicht mehr gedacht, du hast doch noch Kontakt zu ihr, oder?*" - „*Ja, ab und an mal ein Telefonat oder 'ne Mail. Sie ist damals nach dem Studium zu einer großen Firma in Hamburg gegangen und hat richtig Karriere gemacht. Zuletzt klang sie aber nicht mehr so glücklich! Ich wollte mich immer nochmal bei ihr melden!*" -
„*Mach das, aber nicht mehr jetzt, ich bin ein alter Mann und brauche meinen Schönheitsschlaf, außerdem haben wir morgen einige Termine!*" - „*Ja, Dana hat Zeit – und ihre Geschichte auch! Gute Nacht, mein Schatz!*" - „*Ich liebe dich!*"

Playlist

1. Jethro Tull – Aqualung
2. Queensryche – Silent Lucidity
3. Rush – Tom Saywer
4. R.E.O. Speedwagon – Can't fight this feeling
5. Faith No More – Epic
6. Magnum – On a storyteller night
7. Metallica – One
8. Metallica – Whiskey in the jar
9. Metallica – Nothing else matters
10. Poison – Stand
11. Dire Straits – Money for Nothing
12. Dire Straits – Brothers in Arms
13. BAP – Do kanns zaubre
14. Volbeat – Lady Pearl